上癮

ADDICTION

vol 4

柴雞蛋 著

I.

八年，彈指一揮間。

八年前，那個與顧海無話不談的髮小轉眼間已經成了異國人士。顧海偶然一次出國，碰到了李爍，他已經移民加拿大了，談起在國外生活的種種，李爍無不唏噓感歎，真想念皇城根兒的那些日子，真羨慕你過年還能串門子，真想吃一碗正宗的滷煮火燒。

「你可以隨時回去。」顧海說。

李爍感慨，「家都沒了，回去也是個北漂[1]。」

「家沒了，人還在呢。」

李爍突然想起來什麼，「對了，白洛因現在在哪呢？」

「不知道。」顧海的情緒掩藏得很深，「應該也在國外吧。」

「應該？」

「嗯。」

這是一家民營高科技企業，坐落於北京市中關村高新技術開發區，主要業務是為軍工和民用電子行業提供系統整合服務，以及一系列的通訊設備。像這樣的公司在中關村比比皆是，不過這個公司有它獨特的經營管理模式，備受業內人士關注。

這個公司除了總經理以外，從上面的管理層到下面的員工全是女人，而且是清一色的美女。一般在這種企業，女職員是不占優勢的，可總經理有嚴重的性別歧視，專門歧視男性，於是該公司每年的招聘會都會引來各路美女。

不過該公司選拔制度非常嚴格，前來應聘的女員工要長得漂亮，還要理科專業畢業，擁有高學歷和過人的智慧。除此之外，她們必須是單身，以後的擇偶方向要與本單位的經營業務掛鉤，顧名思義，就是盡量和客戶談戀愛。

在這個理科女生如此稀缺的當下，本公司的這個招聘政策無疑將京城所有競相追捧的理科女畢業生全都網羅至此，差點兒把那些大齡理科男畢業生趕盡殺絕。

於是，該公司每年的年會，一位總經理面對著上百位美女，那陣勢就像皇太子選妃一樣。

這些大齡剩女每天最大的愛好就是議論他們的總經理，並樂此不疲。

這幾天正是公司新一年度的招聘會，她們可議論的話題又多了。

「哎，妳們聽說了麼？今年招聘會的人數比去年多了一倍，那現場就和北影表演專業面試似的，一個比一個漂亮。」

「光漂亮有什麼用啊？沒本事白搭！上個月新來的那個小梁，還是紀委書記給介紹來的呢，結果沒幾天就給辭了。」

1：指從中國各地到北京謀生、卻沒有北京戶口的人。

「她那純粹是奔著咱總經理來的，想藉這麼個機會釣個金龜婿，結果咱總經理根本不鳥她！」

「咱總經理鳥過誰啊？鳥過妳麼？鳥過妳麼？」

「沒，我都來這一年多了，也沒和他說上幾句話。」

「就是嘛，妳說咱總經理怎麼想的？千方百計招了這麼多美女進來，結果瞅都不瞅一眼。原以為來這是當花瓶供著，結果尼瑪是來幹力氣活兒的！」

「他是在等吧，等那個能讓他動心的，指不定哪天就有個幸運的小妞被他欽點。」

「我好憐憫那個小妞，妳想想，咱總經理是高幹子弟，又有真才實學，還經營著這麼一家公司，最重要的是他長得也好啊！這是典型的高富帥啊！妳想想，這種男人給妳，妳能駕馭麼？每天百十號美女的眼睛虎視眈眈地盯著妳，妳受得了麼？」

「我還聽說咱總經理一個人住，從不請保母，而且會做一手好菜！」

「我滴個天啊！百年難遇啊！我更加可憐那個被看上的小妞了。」

「少來了，真要看上妳，妳就在被窩裡偷著樂吧！」

「噓——別說了，總經理來了。」

顧海面無表情地穿過銷售部的辦公大廳，徑直地走進辦公室，後面還跟著副總，也是一位年輕貌美的女士。

顧海剛進去沒多久，剛剛安靜下來的辦公室又沸騰了。

「看到了麼？咱顧總今兒穿了一件紫色的襯衫。」

「看到了！看到了！和他的氣質好搭！」

「哎，我好羨慕咱們副總，她可以隨意進出總經理的辦公室。」

「咱能和她比麼？人家可是顧總高薪挖過來的，說不定就是那個被欽點的小妞，只是沒當眾宣布而已。」

「千萬別這麼說，我還得在這熬兩年呢，給我留點兒ＹＹ[2]的空間吧！」

閻雅靜把一疊檔案遞到顧海手邊，「簽字。」

顧海隨意翻閱了一下，然後在合約書上簽了自個的大名。

每次閻雅靜看到顧海簽的字，都會感慨一番，「顧總你的字怎麼這麼漂亮啊？你是怎麼練出來的？」

顧海總是閉口不答。

閻雅靜接了一杯水，坐在顧海的對面，看著顧海那張冷峻的面孔幽幽地說：「顧總，你幹嘛要招那麼一大群色女進來？你知道麼？她們每天都在背後議論你，那天我上電梯的時候，聽到兩個員工在議論你的肌肉，說摸起來肯定很有質感。」

顧海不冷不熱地說：「下次再聽到，替我謝謝她們。」

「你！」閻雅靜佯怒的看著顧海，「你是喜歡這種眾星捧月的感覺吧？」

2：網路用語，為「意淫」的縮寫。

「這是樹立威信的一種手段。」顧海皮笑肉不笑。

閻雅靜也給顧海倒了一杯水，兩人繼續閒聊。

「對了，顧總，今兒有個人妖來應聘。」

顧海口中的水差點兒噴出來。

「不過她各方面條件都挺不錯的，既有男性開拓性的思維，又有女性的細緻和耐心，實乃不可多得的人才。」閻雅靜表情很認真。

「招進銷售部吧。」顧海淡淡說道：「說不定哪個客戶就好這一口。」

「哎，你寧可招個人妖進來，也不接受一個正經八百的男人。你怎麼就這麼討厭男人呢？不過這也是件好事，起碼證明你不是G。」

顧海抬起眼皮看了閻雅靜一眼，看得她寒毛直豎，然而幾秒鐘之後，顧海的目光又轉歸正常。

「把我電腦裡面的會議紀錄提出來，把裡面的文件重點傳達下去。」

閻雅靜放下手裡的杯子，麻利地打開顧海的電腦，習慣性地去找各種資料夾，結果都沒看到顧海所謂的會議紀錄。

「沒有啊，顧總。」

顧海微斂雙目，「可能是在我的私人電腦上，昨天我開會是帶著那個電腦去的。」

「呃……那我能打開麼？」閻雅靜試探性地問。

顧海輕描淡寫地回了句，「隨妳。」

結果，桌面剛一顯示出來，閻雅靜就被眼前的巨幅照片雷翻了，隨即發出歡樂的笑聲。

「顧總，我一看到你這張照片，就想起第一次見到你的場景了。」

顧海已經習慣了這張桌面背景，八年多了一直沒換。

「這個男孩是誰啊？」閻雅靜隨口問道。

顧海朝電腦桌面看去，一張在記憶深處作惡了多年的面孔，依舊那麼鮮活。

「一個失散多年的——兄弟。」

「失散了？為什麼失散了？」

閻雅靜意識到顧海並不願說起這件事，便聰明地轉移了話題。

「這照片是在青島拍的麼？」

顧海點點頭，「是，就是在青島碰到妳的那一年拍的。」

閻雅靜又仔細看了兩眼，還是忍不住想樂。

「這張照片拍得可真二[3]，讓我想起了佛光普照！」

「……」

「怎麼感覺像是佛祖開光似的？」

「你見過這麼帥的佛祖麼？」

「……」

3：愚笨之意。

「顧總？顧總？顧海！」閻雅靜大聲喊道。

顧海回過神來，看著閻雅靜，「怎麼了？」

閻雅靜一臉神祕的笑容，「我特想問你一個問題。」

「妳問吧。」顧海淡淡的。

「當初我往你身上噴的那些香水，到底發揮作用沒啊？」

顧海冷冷一笑，「明兒寫一份辭職申請交上來，我覺得我有必要重新聘請一位啞巴副總。」

閻雅靜立刻乖乖閉嘴，老老實實地把顧海電腦裡的檔案取了出來。

清晨時分的大漠戈壁，寒意正濃，一道耀眼的橘紅色尾焰畫破天際。

一位年輕英俊的空軍少校目光凌厲，冷冷擲出一聲，「出擊！」

一瞬間，數十架戰鷹呼嘯著撲向天際，北京軍區空軍所屬航空兵遠端實彈突襲攻擊訓練拉開序幕。這不是一次單純的飛行訓練，他們的目標是千里之外的大漠某地。到處潛伏著地空導彈攔截、雷達電磁干擾，以及進入目的地區域一次性空中格鬥等諸多兇險，可謂一路荊棘，殺機四伏！

空軍少校單獨駕駛隱形殲擊機，帶領整個攻擊編隊，直擊地面導彈兵陣地。

「加速俯衝！」

少校的命令如同一個重磅炸彈，在每個等待命令的空軍飛行員耳邊炸開。

一瞬間，少校的殲擊機連同數十架戰鬥機，以驚人的速度朝地面俯衝而去，戈壁灘上的駱駝刺在飛行員眼前急速閃過，揚起的沙塵如刀割般畫過機翼。一枚枚火箭彈吐著火舌飛向目標，轟隆隆一陣巨響，目標摧毀，騰起十幾米的沙柱。

順利完成第一階段的任務之後，少校從機艙走出，摘下面罩，露出一張英俊不羈的面孔。

「首長，喝水。」

少校接過水瓶，咕咚咕咚喝了幾大口，又將水瓶甩了過去，「謝了。」

「首長，你有幾分把握能贏？」

白洛因難得勾起嘴角，笑容頗有殺傷力。

「十分！」

2.

晚上，所有參與軍演的飛行員全部在野外宿營。

白洛因單獨睡一個帳篷，外面冷風呼嘯，白洛因的羊絨衫卻被汗水打濕了，脫下來之後發現外面沾滿了雜草和倒刺，抖落不掉，只能用手慢慢擇。

劉沖掀開白洛因帳篷的簾子，看到他赤膊坐在裡面，心裡驟時一緊，語氣中帶著濃濃的關切，「首長，你受傷了？」

白洛因挑起眉毛，看到一張靦腆斯文的面孔。

「我看起來像受傷的樣兒麼？」

「這倒沒。」劉沖有些不好意思，「我看你把衣服脫了，以為你在包紮傷口。」

「你先把簾子撂下，要麼進來，要麼出去！」光著膀子吹冷風真是有點兒吃不消。

劉沖只好鑽進白洛因的帳篷，腋下還夾著一卷薄被。

白洛因看到劉沖臂彎裡的薄被，目露詫異之色。

「你是害怕半夜被突襲，才跑到我帳篷裡睡麼？」

「不，不是……」劉沖挺尷尬的，「我是怕你冷，特意多給你送一床被子過來。」

白洛因揚起一邊嘴角，伸出胳膊勾住劉沖的脖子，幽幽地問：「賄賂上級？」

劉沖憨笑兩聲，「哪能這麼說啊？咱們現在同屬一個分隊，你又是分隊主力，明天的作戰任務全指望你的指揮調度，凍著誰也不能凍著你啊！」

白洛因哼笑一聲，「算了，拿回去吧，一人就發一床被子，凍著誰都不合適。」

「你不是比我們更不禁凍麼？」劉沖笑笑。

白洛因英挺的眉毛微微擰起，「我怎麼不禁凍了？」

「你還記得去年春節去東北執行任務麼？咱們住在一個宿舍，你晚上睡覺總往我這邊鑽。有一天晚上還把手放在我肚子上了，結果第二天我就拉稀了。」

白洛因輕咳了兩聲，「我那是習慣性動作，夏天睡覺也到處鑽。」

劉沖攥了攥白洛因的手，悶悶地說：「可你的手確實很涼。」

「那是因為我血涼，所以身體的溫度比正常人低。」

劉沖撓了撓頭，「這樣啊……」

白洛因繼續擇衣服上的倒刺。

「我幫你擇吧。」劉沖說。

白洛因確實有點兒沒耐心幹這種細活兒，於是就把衣服遞給了劉沖，自個裹起一床被子，躺在地上思索明天的作戰計畫。

滴滴滴——警報聲響起。

白洛因的動作猶如一隻野豹子，很快從地上竄起，拽過劉沖手裡的衣服，麻利地套在身上，迅速走到帳篷外邊，結果發現了兩架「敵機」盤旋在領地上空。

「我操！」劉沖狠狠罵了一句，「這個點兒還搞突襲，他們都不用喘口氣麼？」

白洛因迅速朝領地中心走去，劉沖也訓練有素地回了自個的帳篷取裝備。

前後不到兩分鐘，這邊所有的飛行員全部武裝完畢，此時，敵方的機群已經逼近領地的上空，開始一撥撥發起猛烈的進攻。

「兵分兩路！」白洛因思路異常清晰。

他帶領兩架戰鷹迅速脫離機群，藉助雲層掩護，撲向「敵機」，掩護分隊死死咬住，瞬間發射兩枚中距空對空導彈。

砰！砰！兩聲巨響，天空燃起兩團火球，兩發命中！

因為事出突然，準備不足，白洛因這一方雖然攻破了敵機的突襲，但損傷很大，消耗時間過長，一直到凌晨四點多，這場拉鋸戰才宣告一個段落。

結果，躺下不到一個鐘頭，警報聲又響起了。

白洛因剛剛瞇起的眼睛再次睜開，瞳孔裡散射出冷硬的光線。你大爺的！存心吧？知道我貪睡還專門撿晚上打！不在一天之內幹掉你們，老子就不姓白！

短短三天時間，演習任務圓滿結束。

因為表現出色，白洛因被上級領導特批了兩天假期。劉沖駕駛著直升機送白洛因回家，白洛因靠坐在旁邊的駕座上，目視前方，眼睛裡有掩飾不住的倦色。

「首長，你當初為什麼入伍啊？」

遲遲沒有得到回答，劉沖用餘光瞥了白洛因一眼，發現他已經睡著了。

身體斜靠在機艙的內壁上，後腦勺抵著駕座，下巴微微上揚，勾勒出一張稜角分明的臉。劉沖還記得兩年前自個剛來到部隊的時候，白洛因被調任到他們營隊做指揮官，剛見到白洛因的第一眼，所有的新兵都被他身上那種英姿颯爽的氣質給迷住了。劉沖至今仍然記得白洛因第一次直視自己的時候，那種心臟狂跳的感覺。

如今已經入伍兩年了，劉沖才和白洛因真正走近，他發現白洛因軍事素質過硬，飛行技術水準高超，可生活上卻是個徹頭徹尾的迷糊蛋。他的宿舍衛生評比永遠都是倒數第一，他的生活用品總是忘記放哪，他的門鎖隔三差五就會被他弄壞……

可一旦到了訓練基地或是演練場，他的思維卻比任何人都縝密。

看著白洛因心無雜念地睡著，劉沖忍不住後怕[4]，幸好他親自送白洛因回家，不然白洛因若是在飛行途中睡著了，空軍部隊將遭遇多大損失啊！

劉沖正想著，白洛因突然開口說道：「即便我睡著，我也能把直升機安全地開回家。」

劉沖驀地一驚，他怎麼知道我在想什麼？

白洛因酣睡中的嘴角翹起一個魅惑的弧度。

又是一年多沒回家，白漢旗腦袋上的白頭髮又多了一層。

「您怎麼不染染髮？」白洛因抱怨了一句，「還不到五十歲，弄得像個小老頭一樣。」

4：事後回想起來，感到害怕。

鄒嬸無奈地笑笑，「我也說過你爸好多次了，他就是不去染，偏說白頭髮越多，兒子回來得就越勤。」

儘管白漢旗一個勁的否認，白洛因心裡還是挺不是滋味的。

鄒嬸倒是穿得挺鮮亮的，自從搬到大樓裡住，隔三差五就下去和一群中老年人跳舞健身。相比之下，白漢旗就顯得消極多了，他還有三年才正式退休，現在身體大不如從前，每天下班回來就紮在沙發上不願意動彈了，有時候看著電視就睡著了。

而且白洛因這次回來發現，白漢旗比以前愛嘮叨了，芝麻大的小事都要和白洛因說說，以前他從不這樣，也許他真的老了。

下午，趁著白漢旗上班的工夫，白洛因去了海淀分局花園路派出所，他的「好姐們兒」楊猛就在那當片警[5]。

正如白洛因所料，楊猛當初軍檢沒過，軍校沒去成。但是楊老爹不死心，你當不成兵，當個員警總可以吧？於是又托關係又送禮的，總算把楊猛給塞進局子裡了，從此楊猛就過上了每天加班，被同事擠兌[6]、被群眾欺負的苦逼日子。

白洛因開車在路上的時候，楊猛正在解決一場家庭糾紛。

女主角哭訴道：「員警同志，您得為我作主啊，他偷偷摸摸找小三，還不承認。」

男主氣憤反駁：「誰找小三了？妳哪隻眼睛瞧見我找小三了？」

女主拍桌子站起身，「還用我當眾揭發你麼？你那手機簡訊紀錄我都保存了！」

男主也站起身，「妳侵犯我隱私權！」

「你臭不要臉！」

「妳才臭不要臉呢！」

「……」

吵到最後女主號啕大哭，看著楊猛問道：「員警同志，您說這事怎麼辦吧？」

楊猛訥訥地看著這兩人，正了正警帽，清了清嗓子。

「那個……你們來錯地兒了，你們得去民政局辦離婚啊！」

「……！」

白洛因到的時候，楊猛正在被一男一女騎在地上打。

「老婆，這貨挑撥離間，使勁抽丫的！」

「老公，我早就瞅丫不順眼了，越看越像你的那個小三！」

白洛因就沒見過這麼窩囊的員警。

他走進屋內，一把提起男人的脖領子，冷著臉甩出門外。女主一看她男人吃虧了，一副要和白洛因拚命的架勢，結果看到白洛因的眼神和氣魄，最終嚥了口唾沫，罵罵咧咧地走人了。

鬧事群眾走後，楊猛看著白洛因，眼淚在眼眶裡打轉。

白洛因既心疼又無奈，大手摘掉楊猛的警帽，手在他的腦袋上胡嚕了一把。

5：社區派出所警員的簡稱。

6：排擠、欺負。

「得了，都當員警了，就別這麼矯情了！」

楊猛咬著牙說：「硬漢也有脆弱的一面。」說完，猛地抱住白洛因，手在他的後背上捶了幾拳。

「兄弟，你總算來了，你要是再晚兩年出來，只能瞅見我的骨灰了。」

白洛因一陣惡寒，「不至於吧？」

「不至於？」楊猛表情猙獰，「相當至於！」說罷，將白洛因拽著坐下，開始玩命倒苦水。

閻雅靜把申請書整理好遞給顧海，得到顧海點頭許可之後，轉身正要出門，突然被顧海叫住了。

「妳要去公安局麼？」

閻雅靜點頭，「是啊，這個申請書不是必須要到公安局蓋章麼？」

「我和妳一起去吧。」顧海說。

閻雅靜目露訝然之色，今兒總經理是怎麼了？怎麼突然知道憐香惜玉，親自開車送我過去了？

「前幾天我委託副局幫我辦點兒事，正好過去問問。」

好吧，我就知道你沒有這份心，閻雅靜翻了個白眼。

3.

楊猛和白洛因聊得正歡，某個高了楊猛一個頭的員警走到他倆跟前，扔下一疊資料，「這是新一週的工作報告，趁早兒送到分局去。」

楊猛悻悻地接過那份資料，歎了口氣，「聊個天都不讓人消停！」

「我送你過去吧，我車就停在外邊。」

「得！」楊猛樂呵呵的，「今兒我也體驗一把坐軍車的感覺。」

車子開在路上，楊猛問：「因子，你什麼飛機都會開麼？」

白洛因沉默了半晌，淡淡說道：「差不多吧。」

楊猛一副豔羨的表情，「因子，你太帥了。」

白洛因哼笑一聲，「假如你現在符合條件，可以入伍做飛行員，你願意去麼？」

楊猛搖搖頭，「不願意。」

「這不就得了！我還羨慕你這種安逸的工作環境呢。每天無非就是值班巡邏，寫寫資料，偶爾冒出個緊急任務，隨便出動幾個人就解決了。」

「哪有你說得這麼輕鬆啊？」楊猛嗟呼幾聲，而後臉色一轉，「不過和你們那種工作比起來，我這的確算安逸的了。」

白洛因沉默不語。

楊猛又問：「因子，在部隊特別苦吧？」

「沒你說得那麼血活7，還成，剛開始有點兒難熬，現在沒什麼感覺了。」

「我到現在也想不明白，你當初為啥突然入伍了。不過能選上飛行員的確挺不易的，一般人想當還當不了呢。尤其像你這種在部隊有關係的人，表現好更容易高升，將來前途無量啊！兄弟，好好奮鬥吧，我下半輩子就指望你了。」

兩個人聊著聊著就到了分局門口，白洛因把車停好，跟著楊猛進了公安局的辦公大樓。

「往這邊走。」楊猛朝白洛因說。

白洛因正欲拐彎，突然被不遠處一對身影震住了腳步，硬生生地愣在那。

「副局不在啊？」閻雅靜看著顧海，「你沒提前給他打個電話麼？」

顧海一邊走一邊說：「臨時有個急事出去了，一個小時後趕回來。」

「那你還等麼？」閻雅靜緊緊跟在顧海後面。

「明兒再說吧。」

顧海走路速度非常快，閻雅靜跟在他身邊，基本都要小跑的。結果顧海突然來了個急剎車，閻雅靜重心不穩，一下撞在顧海身上。

顧海伸出胳膊穩住閻雅靜的肩膀，防止她摔倒。

「怎麼突然站住了？」閻雅靜站穩之後問道。

顧海的眼睛直直地看著不遠處的白洛因，對視的那一剎那，周圍的空氣彷彿都凝滯了。不過兩米的距離，誰都沒有往前走一步，甚至連招呼都忘了打。

楊猛捅捅白洛因，「那不是顧海麼？」

白洛因如夢初醒，再把目光轉向顧海的時候，突然有種恍若隔世的感覺。

真的已經八年了麼？好像昨天還在夢裡和這個人打打鬧鬧，今天再看向他，突然就是一張陌生的面孔了。顧海的臉部輪廓更加成熟迷人，穿著西裝的他隱隱間透著沉睿穩重，眼神犀利如常，只不過內含的深意已經是白洛因看不懂的了。

顧海眼中的白洛因，也已經褪去了青澀的皮囊，記憶中那份純粹陽光的笑容，已經沒法安在他現在這張臉上了。有些東西，你總以為還在，其實已經失去很久很久了。

白洛因主動抬起腳走到顧海身邊，伸出胳膊給了他一個熱情的擁抱。放開的那一瞬間，聽到顧海有意的調侃。

「在國外待了幾年，果然就是不一樣，比以前有禮貌多了。」

白洛因的心像是被什麼東西扎了一下，嘴角依舊保持上揚的弧度。「你好像長高了。」

聽到這話，顧海冷笑一聲，「斷骨增高了。」

想起八年前的那場車禍，白洛因至今仍心有餘悸。

顧海用手在白洛因的額頭前比畫了一下，「你好像也長高了不少。」

「大概是國外的水土比較養人。」

楊猛在旁邊聽得糊裡糊塗的，這兩人胡說八道什麼呢？

閻雅靜看了白洛因好長時間，越看越眼熟，越看越眼熟，突然間想起來了，興奮地拉著顧海的手，「哎，他不是就是你電腦上……」

「是我哥！」顧海打斷了閻雅靜的話。

八年前，若是能逼顧海叫一聲哥，白洛因能美上三天，現在顧海主動喊出哥，白洛因的心裡卻透著幾分涼意。

楊猛盯著閻雅靜看了一會兒，忍不住開口問：「這誰啊？」

「對了，忘了給你們介紹了。」顧海生硬地將閻雅靜摟了過來，皮笑肉不笑地看著白洛因，「我的未婚妻，你未來的弟妹。」

白洛因心裡咯噔一下，不過，八年的軍人也不是白當的，他現在的心理承受能力可以媲美殲擊機的外殼。

「挺好，結婚那天別忘了給我一張請柬，這麼重要的場合怎麼能少了你哥我呢？」

顧海幽幽一笑，「忘了誰都不會忘了你的，追根溯源，我倆還是你給撮合的呢！當初要不是你聞到我身上有香水味，我還真不知道有人對我一見鍾情。」

白洛因淡淡回道：「那拍婚紗照的時候小心點兒，別把我弟妹掉進水裡。」

「放心吧，就算她掉下去了，我也能把她撈出來。」

兩個人凝望著彼此的雙眸，誰都能看出，對方眸子裡的真實情緒絕不如他們臉上表現得那般友好。

楊猛不知怎麼就瞧不慣了，在一旁陰陽怪氣地說：「那你倆現在就去民政局領證吧，剛才有倆口子去那離婚了，你們正好可以過去沾沾喜氣。」

顧海不動聲色地瞥了楊猛一眼，「現在是高空作戰，你加入是沒用的。」

楊猛起初沒聽懂，後來仰視著顧海，再看到他俯視自個的目光，一瞬間明白過來了。

尼瑪……高空……高空……

「你呢？現在還是光棍一條麼？」顧海又問。

白洛因大方承認，「是。」

「沒人要啊？」

白洛因還沒說話，楊猛又開口了，「我們因子怎麼可能沒人要？他現在可是首……啊……！」

白洛因攥著楊猛胳膊的手驀地一用力，愣是把楊猛後面要說的一個字給攥沒了。

「猛子，你怎麼在這呢？」

楊猛之前的一個同事調到分局這邊工作了，這會瞧見楊猛，不由得一樂，有陣子沒蹂躪他了。於是不由分說地將楊猛拽走，嘻嘻哈哈地在那邊鬧開了。

「敢問您現在是首什麼啊？」顧海刻意追問。

白洛因頓了頓，從容不迫地說：「首席執行官！」

「哇……」閻雅靜在一旁驚歎道，「這麼年輕就在國外公司當上首席執行官了？」

白洛因厚顏一笑，又朝顧海問：「你呢？你現在怎麼樣？」

「鄙人不才，區區一個小公司的總經理。」

白洛因從沒在顧海的臉上看到過如此謙遜的表情，雖然有點兒假，不過從一個直性子的人變得如此會包裝，已經讓白洛因很意外了。

楊猛在大老遠喊了一聲，「因子，走不走啊？該下班了，我還得回去收拾東西呢。」

白洛因再次將目光看向顧海，「走了。」

顧海示意性地點點頭。

擦肩而過的一瞬間，四目碰撞，心裡翻江倒海，臉上卻是波瀾不驚。

白洛因和楊猛一起出門，拽著他去馬路上攔計程車。

「咱不是開車來的麼？」楊猛傻眼了，「你那車不要了啊？」

白洛因沉著臉說：「回頭再來開。」

楊猛更糊塗了，「為啥？」

「軍車。」

楊猛轉過頭，看到顧海也正好走出來，隱隱間明白了什麼，乖乖地跟著白洛因上了計程車。上車之後，白洛因的目光始終朝著窗外，楊猛看不清他的表情。

「因子。」

「嗯？」

「你為什麼不想讓顧海知道你入伍了呢？」

白洛因把目光轉了回來，稜角分明的側臉捎帶著幾分壓抑，儘管他在努力掩飾，可楊猛還是能感覺到他前後情緒的巨大落差。

「你怕他去找你？」

「不是，你別問了，以後有機會我再告訴你。」

顧海上了車之後，遲遲未啟動，手指在方向盤上打著節拍，瞇縫著眼睛注視車內的某個角落，始終一言不發。

「顧總，你剛才說那個……什麼未婚妻的，到底怎麼一回事啊？都把我聽糊塗了。」

顧海的臉驟然一黑，毫無徵兆的一拳砸在方向盤上，整個車身都跟著搖晃。

閻雅靜在讀大學的時候和顧海偶然重逢，到現在為止，已經在他身邊待了五年有餘，她從未在顧海的臉上看到過如此激烈的情緒變化。

「你……你別誤會……」閻雅靜有些失措，「我知道你是開玩笑的，我沒往心裡去，我就是隨口問問。」

說話間，顧海已經把車子啟動了，調頭之後急速衝上了馬路。

閻雅靜的心跳隨著車速的提升越來越快，顧海一路上不停地超車、急剎、鑽空子……

閻雅靜一個勁地勸說，「顧總，別這麼開車，很危險的……」正說著，車頂緩緩向後打開，一股冷風灌了進來，吹得閻雅靜呼吸都困難。「啊啊啊……你這是幹嘛啊？這是冬天啊！顧總……顧海！……」

顧海甩了一句，「只有這樣才能讓妳閉嘴。」

4.

晚上，白洛因剛要睡覺，就接到了指導員的電話。

「小白啊，明兒咱們營隊舉辦慶功宴，你必須得到啊！」

白洛因沉默了半晌，問：「在部隊裡還是外邊？」

「就在國際會展中心五樓的一個宴會廳，酒席已經訂好了，你別又找各種理由推託。人家年輕人都巴不得能出去走動走動，你倒好，只要與訓練無關的活動，一律不參加，我是該誇你呢還是該訓你呢？」

「行了，我去還不成麼？」白洛因語氣裡透著幾分無奈。

指導員哈哈大笑，「你這個副營長就得多和新兵們交流交流感情，威信是要樹立的，但也不能過了，有的新兵看到你都不敢抬頭。」

白洛因擰著眉，「有這麼誇張麼？」

「你現在照照鏡子去！」

白洛因還真走到鏡子前面去了。

指導員又叮囑，「記得要穿軍裝，宴會開場有領導出席，還要拍照留念的。」

「行了，我知道了。」掛掉電話，白洛因仔細端詳著鏡子裡的臉，心裡默默念叨著：我這張臉有那麼嚇人麼？為了讓自己的形象變得溫和一些，白洛因打算洗完澡把鬍子刮一刮。

剛把刮鬍膏塗上，就聽到了敲門聲。

「誰？」

「首長，是我。」劉沖的聲音。

白洛因打開門，看到劉沖穿著厚厚的棉服站在外邊，肩膀上已經落了一層霜。

「有事麼？」白洛因問。

劉沖把衣服往白洛因懷裡一塞，什麼都沒說，頂著寒風就走了。

白洛因低頭一瞧，是自個放在洗衣店的軍裝，明天要穿的，還沒來得及取，就被劉沖給領回來了。免去了外出的麻煩，白洛因心裡暖洋洋的。

顧海公司盛大的年會也在今天舉行，同樣是會展中心五樓的宴會廳，就和白洛因營隊的慶功宴隔了一道門。

每年的這個時候，都是公司大齡女青年最幸福的時刻。她們不僅可以領到種種獎勵，而且可以和她們的總經理近距離接觸。所以在這之前的一段時間，這些女職員就忙著準備節目、挑選衣服，好在年會上大展風采，希望博得總經理的一番關注。

因為這個宴會廳美女如雲，而且各個打扮得花枝招展，導致禮儀小姐都不敢進去，統一換成了男服務生。

這群大齡女青年的確是太久沒有接觸男人了，這會兒見到一個服務生，全都目不轉睛地盯著人家看。

顧海到宴會快開始才趕來，後面跟著閻雅靜。顧海示意性地做了一番總結，剩下的事情全都交給閻雅靜來主持，他就負責旁聽和記錄。偶爾高興了，可能伸出手鼓鼓掌，大部分時間都冷著一張臉。

頒獎和總結發言階段過去，終於熬到了就餐時間，自助餐的形式讓氣氛變得輕鬆不少，很多美女也趁著這個機會和顧海套套近乎。

飯吃到一半，突然有個美女走進大廳，異常興奮地朝在場的姐妹們說道：「剛才我去浴室的時候，看到旁邊的宴會廳裡面坐滿了兵哥哥，而且都是空軍飛行員，帥死了！」

「瞧妳這點兒出息！」有個美女忍不住調侃道，「妳是多久沒見過那麼多男人了？至於激動成這樣麼？」

「我沒騙妳們，真的特帥，不信妳去門口看一眼，保證回來和我一個表情。」

這個美女偏偏不信這個邪，趾高氣昂地走了出去，不到一分鐘就殺回來了。

「天啊！我看到一個特帥的軍官，就站在門口，還看了我一眼，啊啊啊……我現在心跳得特別快，不行，我還得再去看一眼。」

此話一出，十幾個人跟著這位美女一起衝了出去。

白洛因坐在最後一排，感覺後背陣陣涼風，回頭一看是門沒關好，於是起身去關門。哪想剛站到門口，就有個羅剎女猛盯著他看，看得他脊背發涼，趕緊把門掩上了。

於是這十幾個美女敗興而歸，還把那個「造謠」的美女海扁了一頓。

這邊宴會廳的領導幾乎都撤了，攝影、錄影的也走了，剩下一群吃素多日的純爺們兒對著幾個禮儀小姐發騷。屋子裡正熱鬧，有個剛出去方便的新兵走進來，對著眾人連吹了三聲口哨，待到宴會廳安靜下來之後，一副神祕的表情看著眾人。

「咳咳……知道我看到什麼了麼？」

眾人一副期待的目光看著他。

此人猛地一拍桌子，狂笑三聲，「旁邊的宴會廳有個公司正在舉行年會，尼瑪全是美女啊，看得我眼都花了！真想廢了他們頭兒啊，簡直是暴殄天物，一個人霸占了那麼多美女，還讓不讓咱這群光棍活了？」

話音剛落，整個宴會廳都沸騰了。

「抓緊時間出去瞧兩眼，過了這個村就沒這個店了！」

「乾脆抓兩個進來得了，這樣大傢伙都能爽爽！」

「兩個哪夠分啊？最少得二十個！」

吵吵了將近五分鐘，指導員終於發話了。

「都給我坐下來，老老實實吃飯。」

一張張興奮的臉被打擊得七零八落，歎氣聲此起彼伏。

指導員清了清嗓子，「派個人過去邀請一下，看看人家有沒有興趣和咱們一起搞個聯誼會。」

此話一出，剛剛冷場的宴會廳又喧鬧起來。

「哈哈哈……不愧是咱們指導員啊，想得就是比我們周到！」

指導員笑得隱晦，都是爺們兒，誰不知道誰啊！

眾人商量了一番，一致決定讓白洛因出面，當之無愧的空軍第一帥，估摸著往門口一站，那群美女就乖乖地自個走出來了。

這麼歡樂的場合，白洛因也不好掃大家的興，於是硬著頭皮走出去了。

旁邊宴會廳的兩個門全都大開著，白洛因剛要抬腳走進去，突然就瞥見了閻雅靜，她拿著麥克風，站在臺上不知道在說什麼。白洛因的目光朝會場中心看去，一眼就看到了顧海，這廝正被美女團團包圍著，讓人忍不住聯想到官二代的色情派對。

白洛因一低頭就看到了自個的肩章，心一緊，趕忙閃出了美女的視線。

這邊宴會廳裡的哥們兒全都翹首以盼著。

白洛因清了清嗓子，面帶歉疚之色，「人家沒同意。」

聽到這個噩耗，一群硬漢抱頭痛哭。

這邊的宴會廳，剛剛被眾人吐槽的美女又發話了，「我好像又看到那個帥哥軍官了。」

「妳得了吧？少忽悠我們了，有本事妳拉進來讓我們瞧瞧！」

美女快被擠兌瘋了，心一橫走到顧海面前。

「顧總，能不能允許我去旁邊的宴會廳發個邀請，兩邊搞個聯誼啊？」

顧海這次表現得很豁達，「我沒意見。」

白洛因剛坐下，屁股還沒坐熱，就聽見眾人的驚呼聲和起鬨聲，抬起頭一瞧，剛才在門口看到的那個羅剎女竟然進來了。

「美女，妳走錯了吧？」有人迫不及待地開口搭訕。

美女頗有氣質地走到白洛因面前。

「首長，能不能邀請你的士兵和我們眾位姐們辦個聯誼宴會呢？」

白洛因：「……」

結果不想可知，這些吃素多日的爺們兒全都屁顛屁顛地跑了過去，和那邊戒葷多日的姐們一相聚，便有種相見恨晚的衝動，幾乎無需調動氣氛，很快就打成一片。那些準備好節目的美女們，這會兒競相上臺表演，表演完了還朝這邊的兵哥哥挑釁。

這邊帥哥雖多，可擅長文娛的實在太少了，不知誰喊了句：「讓咱們副營長上，咱們副營長唱歌可好聽了，也給她們個下馬威！」

此話一放出，所有帥哥和美女都尋覓著這位傳奇的首長，結果愣是沒找到。

白洛因坐在馬桶上快一個鐘頭了，坐得胸悶氣短，遂決定直接溜，回頭再和指導員解釋。

他從單間走出，到洗手臺洗手。旁邊也有個人在洗手，白洛因沒在意，結果抬起頭看向鏡子，整個人僵在那裡。

5.

顧海就那麼看著白洛因，看著他一身軍裝，帥氣凜然地站在自己旁邊。顧海的眼睛裡一陣刺痛，遏制了八年的毒瘤又開始在心底滋生蔓延，吞噬著他的每根神經和五臟六腑。

白洛因被顧海的目光灼燒得半張臉都是麻痛的，他很想給自己圓謊，編出一個理由，告訴顧海這身軍裝不過是他借來穿的。可其後進來的一個空軍，那一句：「首長，您怎麼躲這了？」徹底將白洛因打入萬劫不復的深淵。

白洛因將目光機械地移到那張興沖沖的面孔上，淡淡說道：「你們先玩著，我一會兒就過去。」

「那您快點兒，都等著您呢。」那空軍臨走前還催了一句。

白洛因鎮定了一下心情，眸色轉歸淡然，一副若無其事的表情看著顧海，「真巧，你也在啊？」

顧海開口就不留情面，「為什麼入伍卻不告訴我？為什麼夥同別人欺騙我的感情？先是告訴我你死了，讓我過了兩年生不如死的生活，後又和我說你出國了，讓我滿世界地找你，眼睜睜地看著希望一次次覆滅——你是不是覺得這麼折磨人特有意思啊？」

白洛因冷硬的視線遮蓋著內心的痛楚，「我從沒夥同過任何人欺騙你，他們愛怎麼說怎麼說，那是他們的自由，我從沒在背後操縱什麼，我一直過我自個的日子。」

「過你自個的日子？」顧海冷笑，「那你過得真消停，我佩服你強大的內心承受力，佩服你運籌帷幄的能力。」

「對，我內心特強大。」白洛因目光變得冷銳，「所以你別再嘗試惡語中傷我，我聽了也就是一笑而過，難受的是你自個。」

「是麼？」顧海咄咄逼人，「那你告訴我，你為什麼入伍？為什麼寧肯遭那份罪也不選擇出國？」

「那是我的自由，我不樂意出國，與你有什麼關係？」

「白首長，你敢說你不是因為我入伍的麼？」顧海冷冽的一聲逼問，狠狠地戳擊著白洛因的心口窩。

「我憑什麼為你入伍？你有什麼理由支撐這種可笑的猜疑？」

「還用我點明麼？當初我爸強令我入伍，我不樂意。只有一種方式可以打消他這種念頭，那就是你入伍。一旦你入伍了，他為了徹底隔離咱倆，就肯定不會讓我進部隊。我說的沒錯吧？」

白洛因點了一根菸，聲音低沉，「你真的想多了。」

顧海一把搶過白洛因的菸頭放在自個嘴裡吸，「是我想多了，還是你太能裝了？」

「我有裝的必要麼？你去大街上隨便拽個爺們兒問問，哪個被選上飛行員還有不去的？就因為你是少將的兒子，我入伍就是為了你麼？再者說了，你爸那麼大實力，即便我們都入伍了，他想隔離我倆也是輕而易舉的事！你找的這些說辭也太牽強了吧？」

「牽強的是你！」顧海目光沉睿，「你別忘了，你也是顧威霆名義上的兒子，你入了隊，就是穩固了他的基業，他身上的擔子輕了，自然會放鬆對我的限制。白洛因，你當初要不是這麼想的，我顧海兩個字倒著寫！」

「你愛倒著寫正著寫，你轉圈寫都沒人管你，少往自個臉上貼金。」

「我再怎麼往自個臉上貼金，也比不上您那兩下子！」顧海往白洛因跟前逼近兩步，「既然你堂堂正正入伍，又何必躲躲藏藏呢？首席執行官說出來倍兒有面子吧？要不您怎麼連首長這個稱謂都說不出口呢？」

白洛因雙拳緊握，目光中透著一股豁出一切的狠勁兒，「我為你入伍又怎麼了？為你入伍你就占了多大便宜麼？爺樂意！爺混到今兒這位置，為他媽哪個孫子入伍都值了！」

「你們家管這叫占便宜？」顧海面孔驟黑，眸中染上一層悲憤，「白洛因，你就是個二B！再也找不出一個比你更二的人了！」

「怎麼找不到？」白洛因怒聲還擊，「這不就有個活生生的例子站在我面前麼？」

顧海內心極度難受，說不出來的滋味，八年了，前幾年都不知道怎麼熬過來的，就這麼痛到麻木，以為永遠都不會有感覺了，結果這個罪魁禍首又殺回來了，而且還是全副武裝殺回來的！

白洛因也被激得夠嗆，目光很不善，看著顧海朝自個靠近，手還未伸到眼前，就被白洛因凌空擋住了。

「顧總，我現在是白首長，你就是來強的，也不一定是我的對手，別自取其辱了。」

「是麼？」顧海眸間一抹冷厲之色，「我倒要看看，當初在爺胯下浪叫的小騷貨，今兒能硬氣成什麼樣兒！」

顧海這話是迎著刀刃說的，說完立刻挨了白洛因一拳，結結實實的，離手便出一團瘀血。緊接著整個洗手間都躁動起來，水流聲，門板叩擊聲，四肢纏鬥撞擊聲，骨頭咔咔作響聲……聲聲刺耳。

沒一會兒，兩個宴會廳的大批人馬全都跑出來了，事發現場一團混亂，勸架的，觀戰的，瞧好的，嚇傻的……混作一幅精采的人生百態圖。

那群美女全是一臉驚愕的表情，有的人來公司三、四年了，別說看顧海打架了，就是看他大吼大叫都是一件奇聞，這怎麼……一下變得這麼粗野？擔心顧海吃虧之餘，心裡還是暗暗驚歎的，真沒想到總經理身手這麼好，以後又多了一個可以ＹＹ的話題了。

這邊的士兵和軍官們也是一副無法置信的表情，白首長也會爆粗口？也會在公眾場合打架鬥毆？這廝是怎麼做到的？竟然能把我們萬人敬仰的空中殺手惹急了？

最後是劉沖聯合幾名空軍外加酒店工作人員一起把白洛因和顧海拉開的，拉開之後，兩人臉上都掛了彩，即便停手了，兇悍的目光還在暗中廝殺著。

「行啊，白首長，身手不錯嘛。」顧海擦了擦嘴角的血痕，戲謔道，「這幾年沒少打飛機吧？」

顧海這個一語雙關的調侃，霎時讓白洛因無地自容，尤其這邊還有如此龐大的美女陣營，一個堂堂的空軍少校這麼被人當眾羞辱，實在有點兒下不來臺。不過，白洛因一點兒都沒惱火，還勾起嘴角笑了笑，看向美女團的眼神帶著超凡的氣度。

「下次想討妳們總經理歡心，別濃妝豔抹地跳那些風騷的舞蹈了，妳們總經理的口味很重，妳們這些小情趣是滿足不了他那獨特的胃。記住了，下次穿紅棉襖和綠褲子，再喊他一聲顧村長，妳們總經理準能樂壞了。」說罷又將目光轉向閻雅靜，在顧海冷眸逼視下，不緊不慢地說道：「弟妹，妳可能還不知道，我弟最愛吃鍋肉味的雞巴，下次逛超市的時候別忘了多給他買幾袋。」

閻雅靜當場石化了，顧海的臉色就更別提了。

白洛因幽幽一笑，朝身後的隊伍霸氣一揮手，「咱們走！」

鏗鏘的腳步聲消失在電梯口。

顧海回到公司之後，把手頭的那點兒事一交待，就馬不停蹄地飛去了香港。

顧洋這幾年在香港的生意做得風生水起，正是人生得意之時，結果又被他老弟敲了一悶磚。

顧海當著顧洋公司所有高層的面，硬生生地將他從會議室揪了出去。

「你怎麼越活越抽抽了[8]？」顧洋面色不善，「剛消停了幾年，幹了點兒正經事，又不知道自個姓什麼了吧？」

「八年前我出車禍之後到底發生了什麼事？你今天給我一個細節不落地交待清楚！八年了，我念在兄弟情誼上，沒和你計較剎車油管被割的事，畢竟出事的是我不是他。但是你也太不人道了，白洛因入伍的事，你竟然整整瞞了我八年！」

聽到這話，顧洋的臉立刻罩上一層冰霜。「我以為什麼大不了的事呢，鬧了半天又是當初那點兒糟事爛事。顧海，你能不能長點兒記性？能不能別把自個埋在那麼一個小土坑裡跳不出來？能不能讓我顧洋正眼看你一次?!」

顧海冷笑，「你是否正眼看我，我一點兒都不在乎，因為我壓根就沒拿正眼看你，甚至都沒把你當個人看！你的所作所為，和畜生沒有什麼區別！」

6.

「我是畜生？那你是什麼？牲口？」顧洋冷硬的視線飆了過去，說話也是狠辣不留情面，「我做過缺德的事，你又做了幾件積德的事呢？我傷了自個的親弟弟，你還傷了你親爹呢！你受傷那會兒是誰整天為你操心受累？你想過感恩麼？」

「你別把話題扯開！」顧海硬生生地打斷了顧洋的狡辯，「我現在就是想問你，我出車禍之後到底發生了什麼事？」

「那場車禍沒有導致你失憶吧？我記得你一醒過來就恢復意識了，其後發生的一切不是每天都在你眼前上演麼？你還想知道什麼？」

「我就想知道我醒來之前發生了什麼。」

「你醒來之前？這還用問麼？肯定是把你送到醫院，然後對你進行搶救。」

「你能不能別和我兜圈子了？」顧海的耐心在一點點兒被瓦解，「你明明知道我問的是什麼，在我車禍之後到甦醒這段時間，你到底和白洛因說了什麼？他又和你說了什麼？請你原原本本告訴我。」

「我告訴你又能怎麼樣？」顧洋注視著顧海，「已經八年了，你就是知道了真相，又能挽救回什麼呢？」

「我沒想挽救回什麼，我就是想知道！就是要圖個明白！」

「那好，那我告訴你，你聽好了。」顧洋言歸正傳，「你出車禍那一陣正趕堵車，白洛因一步一步把你背到救護車前面的。我趕到醫院的時候，白洛因正在病房外，醫生宣布你脫離危險，他就走了，走之前叮囑我，等你醒了，就說他死了。」

「不可能！」顧海無法接受這一事實，「肯定是你說了什麼話把他擠兌走了！」

「你要不相信我也沒辦法，不過他出國的這一說辭，的確是我編的。我當時看你整天活得不像個人，為了給你點兒希望，才編了那麼一套話。後來我找到白洛因的親友，他們也答應配合，這就是你處處打探不到消息的原因。」

顧海萬萬沒有想到，他這八年都活在一個騙局裡，他每天忍受著地獄般的煎熬，到頭來只是別人不痛不癢的一段陳述。

「這事我爸知道麼？」

「你說他能不知道麼？」顧洋冷笑，「當初白洛因決定入伍，第一個通知的人就是他，也是他親口承諾不再干涉你今後的發展。」

顧海終於明白，為何這八年來，顧威霆會對自己姑息縱容，會對自個出國尋找白洛因的荒唐行徑冷眼旁觀，原來他就是助紂為虐的那個人。他寧可看著自個兒子因為一個謊言困苦掙扎，也不願意把真相告訴他。

「小海。」顧洋語氣柔和下來，「有些話說來俗套，可就是那麼個理兒。即使當初沒人干涉你，你們倆這脾氣碰在一起，也走不了多遠。長痛不如短痛，與其讓你走那麼多歪路，還不如讓你斷了念想。」

「甭拿這些冠冕堂皇的理由來洗白你自個的罪行，我走多少歪路那是我自個的事，我吃苦受罪我認了，那畢竟是我選擇的！」

「有人干涉過你的選擇麼？」顧洋起身走到顧海面前，冷冷注視著他，「我不過是一個消息傳達者，試問我干涉你什麼了？你爸又干涉你什麼了？始作俑者是白洛因，說白了，一切都是你自找的！你如果真的了解他，真的如你所說的情深意重，你怎麼會找不到他，你又怎麼會輕易相信我們的話，任我們擺布你的人生？」

顧海露出一個殘破的笑容，「當我躺在病床上的時候，當我一年之內被定為二級傷殘的時候，除了你們，我還能信誰？」

「這就是你的無能所在！」顧洋一語中的，「清醒點兒吧，孩子！為什麼不想想自個為什麼孤立無援？為什麼不想想為什麼全天下的人都合夥騙你？因為在他們眼裡，你根本不值得信任，不值得依靠，不值得讓他們冒險和你講出實情！」

「沒人生下來就有足夠的本事供養自個！成熟是需要過程的，它不是人為創造的！」顧海赤紅著雙眸對著顧洋，「你把自個說得這麼威震八方，試問你出事的時候，為什麼只有我的電話可以打？你的人生是誰給你規畫的？你當初貪汙公款，是哪個親人善意告發的？」

顧洋一把攥住顧海的脖領，惡狠狠地提醒道：「我的關懷輕易不給人，給了就別輕易踐踏！」

顧海還未反擊，就被衝進來的幾名保鑣強行挾持住。

「不要動手！」顧洋的反應比顧海還要激烈。

氣氛陷入僵局，好一會兒，顧海才靜靜開口說道：「顧洋，我始終覺得，厚道是做人之本，你厚道就不怕有人比你更厚道，但是你陰險就總會擔心有人比你更陰險，你好自為之！」

顧海出門之後，顧洋的拳頭狠狠砸向桌面，心裡翻江倒海的。還有臉和我談厚道？我顧洋對誰不夠厚道？你除了對白洛因、對你自個厚道，你對誰厚道過？

白洛因剛回部隊就狠狠挨批了，先是教導員對其苦口婆心地教育一番，後來這事不知怎麼就傳到了師長的耳朵裡，第二天晚上九點多，白洛因還被師長請了過去，一站就是仨鐘頭。主動承認錯誤之後，還被要求寫五千字檢討，第二天一早必須交過去。

白洛因一直忙乎到凌晨三點，才寫了三千字不到，眼皮沉重地垂了下來，腦袋耷拉著，沒一會兒便磕到了桌面上。白洛因起身朝門外走去，打算吹吹冷風、清醒清醒。

軍區大院內一片寂靜，有幾盞孤燈在眼前閃動了一陣，終於和夜色融為一體。自從來了部隊，白洛因沒少熬夜，但是為了寫檢討熬夜，還是第一次。

怎麼一時衝動就動手了呢？

暢快過後，白洛因對自個的所作所為感到費解。

「先是告訴我你死了，讓我過了兩年生不如死的生活。後又和我說你出國了，讓我滿世界地找你，眼睜睜地看著希望一次次覆滅……」

白洛因的腦子裡反反覆覆重播著這句話，生不如死的生活是什麼樣的？自個剛來部隊的日子算生不如死麼？每天機械麻木地訓練，沒有鬥志、沒有目標的生活算生不如死麼？孤枕難眠的生活算生不如死麼？和他這些年的經歷比起來，自個所承受的一切都是浮雲吧？

他車禍醒來後，第一眼沒看到自己，那種心情是什麼樣的？當他聽說自個遭遇不幸，那種心情又是什麼樣的？他在醫院待了大半年，每年和醫療器械打交道，傷心無處訴說，難受無處發洩的心情又是怎樣的？他滿世界地打聽自個的消息，一次次地掃興而歸，那種心情又是什麼樣的？……白洛因不敢想了，這八年來，每每想起，身上的每根神經就會盤根錯節，擰成一股繩，扯裂著他的心。

有些事情，扎根太深，想要忘記，談何容易？

白洛因輕歎了一口氣，繼續伏案苦寫，什麼時候，一貫擅長的編寫功夫成了弱項，他竟成了一個靠體力吃飯的人。而那個一直被自個喚作缺心眼的傢伙，竟然經營了一家科技公司！

這個世界真奇妙。

「白洛因，二十六歲，國家一級飛行員，安全飛行時間為一四〇七小時，先後飛過殲七、殲八、殲十飛機，榮立二等功一次，三等功一次。在部隊工作時間，曾參與飛行技術理論研究，在無動力飛行理論方面取得獨創成果，並提出軍事理論新概念；武從生，三十七歲，國家一級飛行員……」

教導員介紹完畢，徵求研究所所長的意見。「目前為止，我們推舉上來的人員就這兩位，您看看哪個人更合適接手您現在擬定的這項無線電導航專案工程？」

所長濃眉緊蹙，一副謹慎的表情看著教導員，「你心裡更偏重哪一位？」

「這兩位各有優點，從經驗上來講，當然是武從生更為豐富，但從開拓性和前瞻性來談，儼然是白洛因更勝一籌。從我個人角度而言，我還是比較傾向於小白，他雖然年輕，但行事穩重，頭腦靈活，多從事這方面的研究有利於他個人發展。」

所長點點頭，「我也是優先考慮這一位。」

教導員攥住所長的手，目光爍爍。「這可是我們基地第一優先發展對象！」

所長淡淡一笑，「那就是他了！」

7.

劉沖抱著厚厚的一疊資料走進研究室，看到白洛因和幾個主要工程師紮在一張圖紙前認真地討論些什麼，他不方便上前打擾，就站到白洛因的位置等著。眼前有一個咬了幾口的麵包還有一杯早就涼了的茶水，寬大的茶葉漂浮在枯黃色的茶水裡，給人一種寡淡之感。

「想什麼呢？」白洛因的聲音突然冒了出來。

劉沖一個激靈[9]，扭過頭看著白洛因，尷尬地笑了兩聲。

「我在旁邊叫了你好幾聲，你都沒應我。」白洛因一邊說著一邊坐下來，翻了翻劉沖送過來的資料，問：「這都是你蒐集來的各大軍工企業詳細介紹麼？」

「不是很全，主要是一些我們合作過的，還有沒合作過但具備合作條件的。」

白洛因點點頭，淡淡說道：「其實我比較傾向於民營企業。」

「民營企業是不錯，現在很多部隊科研專案的合作單位都是民營軍工企業。特別是在零件和武器裝備分系統上面，完全可以轉交給這些企業代為研製，這樣一來可以吸收更多的人才和資本，節約研究經費，降低風險。不過民營企業也有局限性，比如管理體制不健全，資金實力不足，安全性和保密

9：突然受驚嚇而打冷顫。

性不如國有企業。」

白洛因一邊翻閱著手裡的資料一邊聽著劉沖的意見，不時地點頭默許。

「我們這個專案分成三個攻關小組，合作單位不可能只有一個，所以更需要慎重。我看了看你找的資料，前面一些都是曾經合作過的企業，經驗豐富，品質更有保障，但過於熱門，導致成本高、拖延現象嚴重。」

這一點劉沖很贊成，「我很不喜歡和那邊的高層打交道，太油滑了。」

白洛因的手翻著翻著，突然停在了某個公司的頁面上。「北京海因高科技有限公司……」

聽到白洛因嘟囔，劉沖趕忙解釋道：「這家公司成立時間不長，但近兩年發展非常迅速，據說它和陸軍那邊有過幾次合作，如果你對這家公司感興趣，我可以和陸軍那邊的研究員通個電話，讓他們傳遞一些合作資料過來。」

白洛因重點關注了一下這個公司，發現它剛註冊的時候就是個生產配套元器件的小公司，發展不足五年，竟然發展到如此大的規模，而且還成功闖入軍工業領域，真是不簡單啊！

「關於這個公司的資料只有這麼多麼？」白洛因問。

劉沖撓撓頭，「好像就這麼多，這個公司一直挺神祕的，它的經營管理方式在業內招惹了極大非議。不過他們公司管理層依舊我行我素，貌似這些負面影響還給他們創造了不少效益，說不定這也是他們公關宣傳的手段。」

白洛因挺好奇的，「什麼經營管理方式？」

「我聽說他們公司除了總經理是男的，剩下的領導和員工都是女的。」

劉沖這麼一說，白洛因額頭冒汗，怎麼越聽越像顧海的公司？再往後翻兩頁，看到企業法人那一欄赫然標注著「顧海」兩個大字。

「據說這些女人都不是善茬[10]，個個有兩下子，不然他們的業務也不會飛速拓展到這麼多領域。其實我挺佩服他們總經理的，有膽識有魄力，敢於標新立異，我就不行，我走路都得走直線。」

白洛因哼笑一聲，「他以前就那個德性……」

「啊？」劉沖表示不解。

白洛因清了清嗓子，「沒什麼，你忙自個的事去吧，我再看看。」

「哦。」劉沖補充了一句，「首長，忙歸忙，吃飯別湊合。」

「知道了。」

劉沖走後，白洛因又把目光投射到紙上。

「北京海因高科技有限公司……海因……」

那個在年會上邀請空軍部隊聯誼的美女小陶升職了，一下子從小組長變成了部門經理，升職原因眾多紛紜，總經理給出的解釋就四個字——很有眼光。

閻雅靜當時的反應就是，「這個理由太難服眾了吧？」

10：指好對付、應付的人。

顧海瞥了閻雅靜一眼，「那妳說個服眾的理由。」

閻雅靜平緩了一下呼吸，表情略顯不快。「要我說，就是因為她屁股大。」

顧海不動聲色地把玩著手裡的打火機，冷峻的面孔上浮現幾絲玩味之色。「照妳這麼說，妳的屁股應該是這個公司最大的。」

「你！……」閻雅靜羞憤得不知該說什麼好了。

顧海言歸正色，「行了，把小陶給我找過來。」

閻雅靜面色難看地走了出去。

這是小陶第一次被總經理點名去辦公室，一路上屁股都快扭成花了，那些勤勤懇懇的女員工，這會兒全都用一副審視妖精的目光看著她，小陶的虛榮心得到了大大的滿足。

「顧總……」

顧海抬起眼皮，看到一張笑靨如花的面孔。「坐吧。」

小陶一副嬌羞狀。

「派給妳一個任務。」顧海看著小陶。

小陶瞇著眼睛笑，「顧總請講。」

顧海對小陶赤裸裸的勾引不為所動，語氣很鄭重地對她說：「我們近期打算和一個空軍研究所合作一個專案，這是項目負責人，妳的任務就是說服這個負責人，讓他答應和我們合作。」

「為什麼是我呢？」小陶故作謙虛，「我怕這事我談不攏，您也知道，我這人最不擅長的就是和男人打交道。」

「妳已經成功一次了，我相信妳會成功第二次的。」

小陶一副驚訝狀，「成功一次了？」

顧海點點頭，把白洛因的資料以及照片推到小陶面前，「看到了麼？他就是負責人。」

「原來是那個帥軍官啊！」小陶滿眼桃心，意識到自個有點失態，小陶把嘴上的笑容攏了攏，「我盡力而為。」

顧海點點頭。

小陶內心掙扎了一下，還是試探性地說道：「總經理，我有個問題想問你。」

「問吧。」

「您真的喜歡紅棉襖和綠褲子啊？」

顧海的眼色經歷了複雜的變化之後，終於開口，「妳真的想知道？」

小陶不住地點頭。

「等妳完成了我交待給妳的任務，我再告訴妳。」

兩天之後，小陶苦著一張臉再次來到顧海的辦公室。

「總經理啊，我辜負了您對我的殷切期盼，我使用了各種方法去勸說那個首長，可他就是不為所動。」

顧海倒是沒表現出任何失望，只是問：「妳是怎麼說的？」

「我就把咱們公司的情況一五一十地告訴他了，重點強調了一下公司的優勢，為了顯示我們的誠意，我還把咱們公司生產過的樣品全都拿過去，一一給他們展示介紹。甚至……為了公司的利益，我還犧牲了個人的尊嚴，小小地施展了一下美人計。可那個首長就像個木頭一樣，我……」小陶欲言又止，滿腹委屈無處訴說。

顧海又問：「他有沒有說為什麼不和我們合作？」

說到這處，小陶更加難以啟口了。

「他……他說咱們條件挺優越的，就是可信度低。還說他對總經理的為人很不放心，對總經理的生活作風表示懷疑。他說……他無法和一個只招女員工的公司合作。」

這是小陶第一次在顧海的臉上看到如此生動的表情，內心惶恐不安，生怕哪句話說錯了，剛到手的職位和「寵幸」就這麼沒了。

顧海一句話都沒說，徑直地走了出去。

「首長，有人找。」

白洛因從研究室走出來，看到顧海的車停在外邊，他就倚在車門處，朝白洛因招了招手，好像兩人是熟識多年的老朋友，前兩天打架的根本不是他們一樣。

白洛因的腳步不由自主地走了過去。

「方便找個地兒聊聊麼？」顧海問。

白洛因點頭，「成，我去開車。」

二十分鐘後，兩人去了一家安靜的茶館裡喝茶。

沉默了半晌之後，顧海先開口，「我的下屬和我說，你之所以拒絕合作，是因為懷疑我個人的生活作風。」

「沒錯。」白洛因直言不諱，「我們的研究項目是高度保密性的，除了要求公司有足夠的實力，更要求公司的信譽度要好。我認為，一個只招美女的經理是不可靠的，我不敢輕易和這樣的公司合作。」

顧海莫名其妙地笑了笑，「那好，我今天就向你證明一下，我的作風有多端正。」

其後的兩個小時，兩人斷斷續續地聊了很多工作上的事情，沒有一點兒多餘的話。白洛因一直在等，等顧海所謂的「證明」，結果太陽都落山了，顧海也沒說出個所以然來。

「顧總！」白洛因暫時打斷顧海，「我覺得你有必要直接切入主題，我的時間不多了。」

「你認為什麼是主題？」

白洛因好心提醒，「你不是想向我證明你的作風有多端正麼？」

「我已經證明完了啊！」顧海攤開手。

白洛因眸色漸沉，「你是怎麼證明的？」

顧海幽幽一笑，「老相好，我們單獨相處了三個多小時，我沒做出一點兒非禮的舉動，這還不夠證明我的作風有多端正麼？」

8.

白洛因的黑眸像是兩把冰刀刮蹭著顧海的心。

「你把我叫到這，說了這麼多廢話，其實就最後一句話是說給我聽的，對吧？」

顧海皮笑肉不笑地看著白洛因，「你還是這麼了解我。」

「因為你就是一個洋蔥。」

顧海微斂雙目，「此話怎講？」

「你把自個包裹得圓滑豐滿，讓人忍不住想挖掘你內心深處的祕密，可含著淚一層一層剝開之後，發現洋蔥根本就沒心。」

顧海不怒反笑，「沒心總比爛心強。」

白洛因深吸了一口氣，「顧總，我請你吃頓飯吧！」

「白首長，這多不好意思。」

白洛因挺客氣，「不好意思的是我，你們拿出這麼大的誠意要和我們合作，我卻駁了你的面子。這頓飯就算給你賠個不是，希望顧總別往心裡去。」

得！這句話算是把顧海的合作意願一棒子打死了！

顧海不僅沒變臉，還豁達地笑笑，把手自然地搭到白洛因的肩膀上。

「一日夫妻百日恩，這點兒小事我不會放在心上的。」

白洛因感覺顧海壓在自個肩膀上的那隻手像是灌了鉛，壓得他找不到一點兒重心。

到了酒店，服務生呈上菜單，白洛因直接遞到顧海面前。

「甭客氣，想吃什麼就點。」

顧海假惺惺地說了句，「那咱就來點兒家常菜吧！」

「別介！」白洛因挺大方，「家常菜就沒必要來這吃了，你自個的手藝都不比這的大廚差，還是點些平常吃不到的吧。」

「那多不好意思。」說完這話，顧海一口氣點了十幾個名菜，而且每樣菜都要了兩份，點完之後一副追悔莫及的表情，「完了，我把這當成早點攤了，以為咱倆還是以前那個飯量，吃什麼都得來雙份。要不，我再讓服務生把重複的那幾道菜撤下去？」

白洛因笑著說不用了，其實心裡特想罵人，顧海，你他娘的絕對是故意的！

菜上齊後，顧海剛要動筷，突然又頓住了。

「白首長，萬一我吃完這頓飯，你又突然改主意，想和我們合作，你不就賠大了麼？」

「絕對不可能！」白洛因陰惻惻的眼神瞄著顧海，「你就踏踏實實吃吧！」

吃過飯，白洛因去結帳。

「先生，一共是四萬三千五百一十二元，請問您是刷卡還是付現？」

顧海在旁邊假模假式地問了句，「你的錢夠麼？要不刷我的吧？」

白洛因直接把卡遞了過去，這一頓飯吃得真肉疼。

出了酒店，白洛因停住腳看著顧海，「我回部隊了，你也早點兒回去，省得弟妹擔心。」

顧海心裡驀地一緊，「你不請我去你那坐坐麼？」

白洛因回過頭，顧海的眼神在深夜裡看不清晰。

「我那就是部隊的宿舍，沒什麼好看的。」

顧海的笑容越發不真切，「找了你那麼多年，起碼讓我看看你的藏身之處吧！」

白洛因沒說什麼，徑直地鑽進了車。

顧海一路尾隨白洛因到了部隊，而後又跟著他回了單人宿舍，很普通的三居室，對於一般男人而言，房間還算整潔，但是對於顧海這種經常出入軍隊宿舍的人而言，這種房間就算不堪入目了。

「你好歹是個副營長，房間髒成這樣，怎麼不找幾個勤務兵給你打掃打掃？」顧海環顧四周，一副嫌惡的表情。

「我不喜歡別人進我的房間。」

顧海打開冰箱看了看，裡面很空，就擺了幾瓶飲料，還有一罐腐乳。顧海把那罐腐乳拿出來，擰開蓋子，一股惡臭撲鼻而來。

「你什麼時候好這口了？連臭豆腐都吃！」

「不是臭豆腐，是醬豆腐。」白洛因說著，自個拿了過來，結果差點兒被熏一個跟頭，再一瞧裡面都發霉了。「放在冰箱裡，忘了吃了。」白洛因直接把罐頭扔到垃圾桶裡，悻悻地說：「你真不該來。」

「嘿，我說，白首長，您的內褲怎麼到處扔啊？」

白洛因轉過身，瞧見顧海正提著他的一條內褲跟那晃盪，面露奚落之色。白洛因沉著臉把自個內褲搶過來，一副反感的表情，「少碰我東西！」

「窮講究什麼啊？以前你哪條內褲不是我給你洗的？」

這話一說出來，屋子裡陷入片刻的死寂，兩個人的目光從無意地相撞到刻意地避開，誰都沒再繼續這個話題。

白洛因把內褲連同積攢的襪子、襯衫一類的髒衣服統統扔進洗衣機裡，沒一會兒，洗衣機轉動的聲響從浴室傳出。

顧海的目光朝白洛因的寫字桌下方看去，一箱桶裝速食麵，已經吃掉小半箱了。桌上還有兩包沒開袋的餅乾，一罐八寶粥……顧海心裡特想罵人，白洛因，你他媽吃的這都什麼玩意啊？你他媽蓋的這是什麼破被子啊？你就不能多走幾步去飯館吃？你就不能把被子拿出去晒一晒？你丫八年白活了，都沒學會照顧自個，沒見過比你更廢物的了！

白洛因再回到臥室的時候，發現顧海正在擺弄他的枕頭。

「你給我放下！」

毫無徵兆的一聲大吼，顧海還沒來得及拆下枕套，就被衝過來的白洛因一把推下了床。

「你至於麼？」顧海冷哼一聲，「我是看這枕套太髒了，想拆下來給你扔到洗衣機裡，話說你天天枕著它不噁心啊？」

白洛因從嘴裡擠出三個字，「爺樂意！」

顧海在房間裡轉了一圈，故作一副不痛不癢的表情站到白洛因面前，幽幽地說：「說實話，瞧你過成這樣，我心裡特解恨！」

白洛因表情冷冷的，「爽夠了趕緊走人吧。」

「沒爽夠呢，還想再爽爽。」說罷，又在屋子裡遛達起來。

白洛因懶得搭理他，自個去洗手間刷鞋去了。

顧海剛遛達到門口，就聽見敲門聲，看了下表，九點五十了，這個點兒還有人到訪，白洛因的私生活不簡單啊！

「首……」看到顧海，劉沖嘴裡的「長」字硬生生地嚥了回去。「你不就是那天打我們首長那個人麼？」劉沖的眼神突然狠厲起來。

顧海揚起一個嘴角，「正是在下！」

「你……！」劉沖怒吼，「你把我們首長怎麼樣了？」

「你這話多給你們首長跌份兒11，什麼叫我把他怎麼樣了？你怎麼不問問，他把我怎麼樣了？」

白洛因聽到說話聲走出來，瞧見劉沖站在門口，愣了半晌，問：「這麼晚到這幹嘛來了？」

劉沖見白洛因安然無恙，這才放心地走進來，手裡提著一包東西，放到桌子上，略顯拘謹地說：「首長，我看你這幾天沒怎麼吃飯，所以從外邊給你捎點兒餃子回來了。還熱呼的呢，你趁熱吃幾個吧。」

「今兒你不是有任務要執行麼？」白洛因問。

劉沖局促地解釋，「是，剛回來，怕你還沒吃東西，就……」

「他吃了。」顧海突然插口說道，「你給我吧！」

劉沖自然不會傻到把自個的心意送到敵人的手裡，於是攥得更緊了，完全沒搭理顧海這一茬，繼續朝白洛因說：「首長，你先把鞋放下，我給你刷，你先吃餃子來，涼了就不好吃了。快吃吧，茴香餡兒的。」

「你們首長不愛吃茴香餡兒的，他愛吃西葫蘆雞蛋餡兒的。」顧海的口氣中帶著濃濃的強調意味。

「誰說我不愛吃？」白洛因擦了擦手走過來，「我口味兒早就變了。」說罷，將劉沖手裡的袋子拿過來，打開飯盒，用筷子夾起一個餃子放進嘴裡，一邊嚼著一邊笑著朝劉沖說：「真香。」

顧海沒想到，過了八年，他看到這一幕，還是有種想把飯盒扣在地上的衝動。

其實這麼多年，什麼都沒變，只是更能裝了而已。

「那你慢慢吃，我先走了。」出門前別有深意地看了劉沖一眼。

顧海走了沒一會兒，劉沖就走了。

白洛因嘴裡的餃子突然就吃不下去了，其實他的口味根本沒變，他不愛吃茴香餡兒的，他就愛吃西葫蘆雞蛋餡兒的，只是沒人給他做了而已。

那個被顧海無意間碰過的枕套，裡面靜靜地躺著顧海的那件校服。八年前白洛因從家裡離開，什麼都沒帶走，就帶走這麼一件洗褪色的校服。每天枕在腦袋下邊，就好像枕著顧海的胸口，若有若無的心跳聲會讓他睡得很踏實。

11：指丟人現眼、不體面、有失身分。

9.

第二天劉沖才知道，原來昨晚上針鋒相對的那個人，就是他心中的偶像。

「什麼？他就是顧海？那個不走尋常路的年輕企業家？」

白洛因淡淡一笑，「是，他還是顧首長的兒子。」

劉沖目露驚詫之色，「顧威霆麼？我的天啊！他已經是副大區了，用不了兩年就能晉升為中將了。怪不得他能涉足軍工領域，原來有這麼強大的靠山啊！幸好我昨天沒說什麼過激的話，他應該不會報復我吧？」

白洛因似笑非笑地看著劉沖，「那可不一定。」

劉沖的眼睛瞪得更圓了，「不是吧？他連那麼點兒小事都記仇？」

「他這人心眼特小，你想想那天我倆在酒店打架的事，其實就因為我開門的時候撞了他一下，他就朝我下黑手。」

白洛因說得和真的似的，劉沖聽得也和真的似的。

「完了，我那天勸架的時候貌似還給了他兩拳，他一定是記住我了。不然昨晚上不會和我要餃子，早知道我就給他了！」

白洛因扶額，你丫立場真堅定！

「行了，不逗你了，他不會和你計較這種小事的。」

劉沖順順胸脯，又問：「那他昨晚找你來是什麼事？」

「他想和咱們這個項目合作，昨晚來這的主要目的就是說這個事。」

「原來是這樣啊。」劉沖撓撓頭，「那你答應他了麼？」

「沒。」

劉沖不解，「為什麼不答應？他們公司條件很優越啊，又是主動拋出橄欖枝，幹嘛不答應啊？你就不怕傷了他？」

「我早就把他傷得渣都不剩了……」

白洛因甩下一句讓劉沖不明所以的話，就大步走出了研究室。

三天之後，白洛因去所長那裡彙報專案進展情況。

「這些是選入攻關小組的人員名單，有的已經簽合約了，這些是選擇的合作企業，裡面有協商好的合作條件。如果您沒什麼意見，我就派人去和那邊簽字了。」

所長仔細翻閱著，眉頭一直緊鎖。說實話，白洛因心裡挺緊張的，有些入選的企業是具備一定冒險性的，他又是第一次接管這麼大的專案工程，心裡多少有點兒沒底。

沒想到，所長全部看完之後，對白洛因大加讚賞。「不錯，計畫安排很周密，條理清晰。該穩的地方很穩，又不乏一些突破性。還是年輕人有頭腦啊，我們這群老古董已經跟不上時代潮流了，頂多能給點兒意見，真要拿主意的時候，還得靠你們這群中堅力量。」

白洛因釋然地笑笑，「我們現在就是摸黑前行，沒您這盞指路燈是不行的。」

「哈哈哈……對了，這個海因科技公司是第一次和我們合作吧？」

白洛因的心又提了起來，「是的，不過他們和陸軍、二炮那邊都有過合作，而且價位定得比較低，我是看中這點才把它入選的。」

「不錯不錯。」所長拍拍白洛因的肩膀，「本來我還想和你提提這個公司，讓你考慮一下，沒想到咱倆想到一塊去了。」

白洛因挺高興地從所長的辦公室出來，立刻派人去各大公司商確合作細則。結果，下午傳過消息來，海因科技公司那邊不同意合作了。

白洛因遭到當頭一棒。

「為什麼？」

「他們說咱們定的條件太苛刻了，完全沒考慮到他們公司的利益。」

白洛因立刻黑臉了，「條件是咱們定的麼？明明是他們派人洽談協商的時候自個提出來的，現在竟然把矛頭指向咱們，也忒他媽的不地道了！」

老子合作是給你丫面子，還敢給我蹬鼻子上臉12！

白洛因怒氣沖沖地給所長打電話，電話一直占線，後又找到研究部部長，說明了來意，部長一聽白洛因的決定，當即駁回。

「你不能和所長說這件事。」

白洛因臉色凝重，「為什麼？」

部長歎了口氣，「你當初如果不和他念叨這件事還好，你一念叨，他就把這事擱心裡了。要是別的公司還好，偏偏是顧首長兒子的公司，所長和顧首長交情又好，萬一他已經把這事和顧首長念叨了，你還怎麼把話收回來？」

白洛因心中暗暗咬牙。

部長又問：「你怎麼突然改變主意了？」

「不是我改變主意了。」白洛因恨恨的，「是他那邊不守信用，之前把價位壓得很低，我們已經把預算撥出去了，他們那邊又突然要加價，而且提出很多苛刻條件，之前一直都沒說明，您覺得這樣的公司有合作的必要麼？」

部長無奈地笑笑，「商界和官場是一樣的，你得勢時你壓我，我得勢時我壓你。在未定合約之前，一切變化都有可能，關鍵看你的應變能力了。這樣吧，你再派人去那邊協商一下，看看他們那邊能不能鬆口。」

白洛因緊緊抿著嘴唇沒吭聲。

部長拍拍他的肩膀說：「這個問題說大不大，說小也不小，最好別意氣用事。必要時候走走別的門道也可以，孰輕孰重，你自個掂量掂量。」

聽到這句話，白洛因算是看透了，他是徹底鑽進顧海下的套了，心裡恨得咬牙切齒的。顧海，你丫真狠！你這八年沒白活，竟然都算計到我頭上了！

無奈之下，第二天只好找人去那邊協商，結果不到中午就回來了，告訴白洛因協商未果，那邊根本不讓他進，說必須要負責人親自來才肯接待。

思慮了整整一夜，白洛因決定忍辱負重，親自上陣。

剛邁進顧海公司的一樓大廳，一股濃濃的胭脂水粉味兒撲鼻而來。白洛因突然感覺自個不是進了一家公司，而是進了一家窯子；他不是來找老闆的，他是來找老鴇的。

「先生，請問您有什麼需要麼？」

白洛因越發懷疑顧海經營的正當性了。

坐電梯直達六樓，一路穿過各個部門，在無數色女的目光追逐下，白洛因終於到了會議廳，他是第一個被允許進這家公司的男性。

「先生，請坐。」

一個粗嗓門、大高個的美女給白洛因倒了一杯茶，白洛因只是不經意地瞥了她一眼，就瞥到了那濃密的腿毛，白洛因喉嚨不由得一緊，再往上看，此女骨架很粗壯，胳膊上還有肌肉，面部輪廓越看越像男的——不會是招聘條件太苛刻，讓一些易裝的男人混雜到這裡了吧？

美女心思敏銳，看到白洛因的眼神，立刻猜出他心裡所想。

「我是女的。」美女開口強調了一下。

白洛因這輩子都沒這麼尷尬過。

顧海推門而入，看到白洛因坐在正中間的椅子上，筆挺的軍裝包裹著威武挺拔的身材，英氣逼人的臉上帶著淡淡的肅殺之氣，犀利的目光從顧海進門開始一路尾隨到他坐下，唇線繃得緊緊的，完全不像是來洽談的，倒像是來宣戰的。

美女俯下身，貼到顧海耳邊小聲說了句什麼，顧海點點頭，美女走了出去。偌大的會議廳只剩下白洛因和顧海兩個人。

「剛才那個不是女人，是人妖。」顧海輕描淡寫地陳述。

白洛因朝顧海投去一個欽佩的眼神，「你的口味越來越重了。」

「你來之前我就在想，該怎麼招待你才不算失禮呢？本想給你安排幾個美女，後來一想不妥，你在軍隊裡禁欲了這麼久，突然見到美女會不會吃不消？所以就先給你上了盤開胃菜，讓你的胃慢慢適應一下。」

白洛因黑亮的眸子閃動著，嘴角機械性地往外咧。「謝謝您嘞！」

顧海笑得很開心，「你今兒找我什麼事？」

白洛因言歸正色，「項目合作的事。」

顧海點了一根菸，不動聲色地抽著。於是，前兩天對話的角色又反了回來，這次是顧海百般刁難，白洛因耐著性子為其講解合作的各種好處。

「這是一塊肥肉，很多企業都在搶，你不做的話，很快就會有人頂替上來。」

顧海點點頭，「這個我明白。」

白洛因心裡暗罵，明白你丫還不麻利地接過去？想是這麼想，白洛因還是調整了自個的語氣，很平和地朝顧海說：「所以，你最好再考慮考慮。」

「該考慮的是你們。」顧海攤開手，「我們從沒說過要停止合作，只要你們同意抬價，我們這邊馬上簽合約。」

白洛因硬著臉，「價位在這擺著，同意就簽，不同意就拉倒。」

顧海直直地看著白洛因，讓你說句服軟的話就這麼難麼？

白洛因心一橫猛地起身，老子寧可不幹了，也不在這瞧你的臉色！

「孰輕孰重，你自個掂量掂量……」白洛因的腦袋裡突然閃出部長的這句話。他的腳步一轉，以驚人的耐受力走到了顧海的面前。「我同意提高價位，簽合約吧！」

顧海幽幽一笑，「我又改主意了，不想和你們合作了。」

白洛因面孔驟黑，一把扯住顧海的領帶。「顧海，你丫成心的是吧？」

「從一開始我就是成心的。」顧海用手臂勾住白洛因的脖子，「你會看不出來麼？」

白洛因用手肘狠狠戳向顧海的小腹，怒道：「顧海，你丫甭給我蹬鼻子上臉！我為什麼和你合作，你丫心裡明鏡似的，少給我裝孫子！今兒我就把話撂這了，還是原來的價位，一毛不多給。你簽了咱倆就多多聯繫，不簽我就當不認識你！」

一股清新的風順著白洛因的嘴一直刮到顧海的心窩裡。

「你要早說這麼一句痛快話，咱倆還至於浪費那麼長時間麼？」顧海樂呵呵地拍了拍白洛因的後腦勺，一下從奸險的商人變成了好說話的鄰家大哥。

白洛因暗暗磨牙，為了國家的偉大復興，為了人民的安居樂業，我忍了！

顧海吸了一口菸，吐到白洛因的臉上，聲音裡夾帶著一股冷颼颼的氣流。

「那天的餃子，好吃吧？」

白洛因冷哼一聲，「就沒吃過那麼好吃的餃子了。」

顧海深邃的眸子定定地看著近在咫尺的這張側臉，那硬朗的線條流暢地在臉上勾勾畫畫，將熟悉的五官勾勒得更加成熟俊美。唯一沒有變化的就是那張倔強的嘴，八年如一日地翹起那樣一個傲然的弧度，淡淡的紅色褪去了青春時代濃烈的色彩，染上了一層年華沉澱出的凜然和大氣。顧海真想在上面咬一口，嘗嘗八年前的甜潤換成了怎樣一番味道。

香菸混雜著顧海的鼻息一層層彌漫開來，周圍的空氣突然有些發燙，白洛因的腦袋下意識地挪了下位置，讓顧海撲了個空。

「我走了。」白洛因抬起腿。

顧海一把拽住他的胳膊，笑容在嘴角溢開，「今兒我請你吃頓飯吧。」

「不必了。」白洛因不動聲色地推掉顧海熱情邀請的手，「又不是做買賣，沒必要把帳算得這麼清。」

「親兄弟還得明算帳呢，何況咱倆還不是親的。」

白洛因依舊梗著脖子，「我今兒……」

「你不想去我那看看麼？」顧海打斷了白洛因的拒絕。

白洛因的表情變了變，半分玩笑半分真地朝顧海問：「你是想讓我看你的住處還是你的婚房？」

「有什麼不一樣麼？」顧海目光幽幽。

白洛因心裡一沉，「的確沒什麼區別，走吧。」

顧海的新房在西城區，一百多平米，相比其他的房子算是小的了，但是一個人住也足夠了。最大的空間還是讓給了健身房，臥室只有一個，顧海特意領著白洛因去參觀了一下，果然比白洛因的房間整齊多了，白洛因下意識地朝床上瞄了兩眼，發現被子和枕頭什麼的都是兩套。

「什麼時候結婚？」白洛因問。

沒聽到任何回應，白洛因轉過頭，發現顧海已經不在身後了。

他又去工作室轉了轉，看到顧海的電腦是開著的，螢幕保護程式不停地閃著兩人在海邊的合影。白洛因忽的一下愣住了，心裡像是被什麼東西揪了一下，說不清楚的滋味。他晃動了一下滑鼠，企圖避開那張照片，結果發現桌面背景也是它。

白洛因恍恍惚惚地坐到電腦前，鬼使神差地將桌面背景和螢保全都更換了。

顧海正在廚房裡做飯。白洛因倚在廚房門口，叼著菸，靜靜地看著顧海忙碌的身影。

他依舊是那副模樣，冷峻瀟灑的外表，溫柔細膩的內心，偶爾兇惡奸詐，偶爾直爽豁達。他可以對厭惡的人冷漠無情，也可以對心愛的人百般呵護。這樣的一個男人，威風凜凜、事業有成、疼惜愛人——多少女人夢中的白馬王子。

他也曾經，完完全全屬於我一個人。

顧海把菜放入鍋中，嘩啦啦的響聲伴隨著他熟練的動作。

白洛因突然冒出一句，「極品高富帥。」

顧海把頭扭向白洛因，邊炒邊問，「說什麼呢？」

白洛因緩緩地吐出一口菸霧，似笑非笑地看著顧海，「上次你派來洽談的美女員工，一個勁地向我誇你，她說我們老闆風流倜儻、才貌雙全、為人正直、感情專一、責任心強，又能賺大錢，又會做家務，你考慮一下吧。」

顧海刻意問了句，「那你動心了麼？」

白洛因直接扭頭走人。

幾碟小菜上桌，還有兩盤餃子，都是顧海親手包的。白洛因看著滿桌的菜，心裡莫名的感慨，剛想抒發一下感情，就聽到顧海在對面說。

「這頓飯就當我可憐你的，白光棍！」

白洛因滿腔的熱血被這一瓢涼水稀釋了。

看著熱氣騰騰的餃子，白洛因忍不住夾了一個，本以為會是西葫蘆雞蛋餡兒的，結果咬開之後發現是茴香豬肉的，白洛因心裡有少許的失望，不過沒有表現出來，嚼吧嚼吧就嚥下去了。

顧海又從另一個盤子裡夾了個餃子給白洛因，白洛因咬開一看，竟然是西葫蘆雞蛋餡兒的，眼中透出幾分欣喜，迫不及待地咬了一口，清香淡口，裡面還放了蝦仁，鮮味十足，七、八年沒吃過這個餡兒的餃子了。

白洛因吃完之後還想再夾，結果筷子剛要伸過去，突然又頓住了。

這可如何下筷啊?!

夾茴香的不至於栽面兒[13]，可不愛吃啊！西葫蘆雞蛋的愛吃卻不能夾啊，夾了肯定得露餡啊！

13：意為丟了面子。

草，吃個飯還給我設道陷阱。

最後，白洛因想出一個轍，反正他得把西葫蘆雞蛋餡兒的餃子吃了，至於茴香的，就當是配菜吧。於是，左邊夾一個，右邊夾一個，兩盤都不得罪。

這下我看你說啥。

其實在白洛因吃前兩個餃子的時候，顧海就看出了他的所好，只是沒挑明而已。這會兒看到白洛因狼吞虎嚥地吃著飯菜，連話都顧不得和自個說，心裡沒有任何得意感，只是有些心疼。尤其當他看到白洛因硬把不愛吃的餃子往嘴裡塞的時候，心裡特不是滋味，他不該做這盤餃子來擠兌白洛因，他明明知道他愛吃什麼餡兒的。

白洛因正要夾起一個茴香餡兒的餃子，突然發現盤子不見了。

「行了，甭裝了，知道你丫就是個沒人疼的東西！」盤子已經被顧海拿到自個面前，一口一個，沒一會兒就把那盤餃子吃了。

這頓飯吃的時候有太多的心情和感慨，以至於白洛因幾乎把桌上所有的菜都掃光了，卻想不起來自個吃過什麼，只記得那些菜都很好吃，一如既往的好吃。

吃過飯，顧海去洗碗，白洛因坐在客廳等著他，等顧海全部收拾好走出來的時候，白洛因已經靠在沙發上睡著了。

顧海靜靜地走到白洛因身邊，垂目端詳著他，突然有種錯覺，他感覺他們還待在八年前的家裡，他們還是八年前的彼此，這一身陌生的裝扮只不過是角色扮演的需要，他們僅僅是在玩遊戲，他們一直都在一起。

白洛因平日裡睡在宿舍的時候很警覺，可到了這裡，不知是因為房間太暖和還是什麼，他睡得很沉，即便有人碰他的身體他都沒有察覺到。

顧海蹲下身，輕輕拽過白洛因的手。早已經不是記憶中那隻骨節分明、白淨清爽的大手，每根手指上都有老繭，有兩根手指的指甲蓋還扭曲著，像是受過什麼傷，顧海並不知道這是白洛因當年撬鋼板留下的疤痕。

當然，比起顧海額頭和後背的傷，這些傷太微不足道了。不過，它仍舊能輕易地挑起顧海的某種情緒。

突然一陣手機鈴聲，驚醒了酣睡中的白洛因。白洛因睜開眼，顧海的臉近在咫尺，他的目光凝滯了片刻，很快從顧海臉上移開，迅速起身去接電話。

「好的，好的，我馬上就到。」

顧海站在不遠處看著白洛因，「有緊急任務？」

白洛因一邊換鞋一邊忙不迭地回道：「是，有點兒急事。」

說話間鞋已經換好了，白洛因來不及說聲再見就出了門，整套動作十分麻利，前前後後不足三十秒，白洛因的身影就消失在夜色裡。顧海記得，以前他叫白洛因起床的時候，白洛因從睜開眼到坐起身起碼要磨蹭十分鐘，現在的他從困頓到精神僅需十秒鐘，是什麼樣的訓練把一個人的生活習慣改得如此徹底？又是誰在這八年的時間裡，如此盡心盡力地替我報復他？

白洛因急匆匆趕到部隊醫院的時候，劉沖已經暫時脫離了危險。

「怎麼回事？」白洛因問。

和劉沖在一起訓練的隊友紅著眼圈說：「今兒下午我們訓練的時候，他的飛機出現了特殊情況，他迫不得已選擇跳傘，結果高度不夠，墜落到半山腰的一個亂石堆上，幸好當地的村民及時發現報了警，不然他現在就沒命了。」

白洛因臉色有些凝重，「那他現在情況怎麼樣？」

「全身多處骨折，下巴碎了，好在大腦沒受損。不過流血過多，身體很虛弱，現在還在昏迷中。首長，您要不要進去看看？」

白洛因淡淡說道，「不用了，等他好點兒我再來看他。」說完，白洛因轉過身，心情沉重地離開了病房。他從沒和任何人說過，他現在極其怕血，別說進病房探視病人，就是站在走廊裡看到急救室一閃一閃的燈光，都會無端冒出一身冷汗。

II.

姜圓跟隨顧威霆住到軍區大院已經七年了，在這期間，白洛因探望她和顧威霆的次數屈指可數。有時候姜圓想兒子了，會藉著身分之便跑去白洛因的部隊看他，這幾年下來，白洛因和姜圓見面的次數比和白漢旗還要多。

眼瞅著春節臨近，一些單位都放假了，姜圓又坐不住了。

白洛因這幾天快忙瘋了，除了每天必有的體能訓練和技能訓練，還要定期視察工作，其餘的時間一律泡在研究室裡，一旦有特殊任務，還得擠時間去執行。每天的睡覺時間不足五個小時，吃著飯的工夫都能打個盹。

姜圓找到白洛因的時候，白洛因正對著一堆資料抓狂。

「小白，你媽來找你了。」剛進門的一個工程師笑呵呵地朝白洛因說。

白洛因睏倦的目光朝門口打量了一眼，懶懶的朝旁邊的副手說：「你告訴她，我很忙，讓她沒什麼事就先回去吧。」

副手沒一會兒就推門進來了，「報告首長，您的母親說她有十分要緊的事，您只需給她十分鐘，她說完就走。」

白洛因只能暫時放下手裡的活兒，起身朝外走去。

姜圓坐在車裡，看到白洛因出來，剛要下車，白洛因給她打了個手勢，不必下車了，有什麼話就在車裡說吧。

「哎呦，瞧你這臉色難看的！這幾天很累吧？」

白洛因點了一根菸，淡淡說道：「手頭攢了一堆活兒，說是今年批年假，讓我一定要在年前把事弄完了，過個消停年。早知道要這麼趕，我寧願在部隊過年，也不想整天這麼熬著。」

姜圓心疼地看著白洛因，「媽給你帶了很多補品過來，都在後車廂裡，你下車的時候別忘了拿走。」

白洛因深邃的目光掃了姜圓一眼，「您找我來不會就為了這些補品吧？」

「當然不是了。」姜圓拉過白洛因的手放在自個手心裡，「媽前兩天見到一個老同學，你應該管她叫張阿姨！張阿姨有個女兒，今年和你一樣大，對外經貿大學的研究生，剛畢業兩年，月薪就過萬了……」

白洛因一聽這話就沉下臉了，「您到底想說啥？」

「你都二十六了，整天這麼單著怎麼行呢？到時候好姑娘都被人家挑走了，可惜了你這份好條件！你看你入伍已經八年了，一切都穩定下來了，是時候考慮結婚的事了。」

白洛因拍拍姜圓的手，「我真的特忙！」

姜圓見白洛因要下車，死活拉著他不撒手。

「因子，那個女孩真不錯，我見過了，長得挺漂亮的。你張阿姨是公務員，再有兩年該退休了，她先生是中學校長，多好的家庭條件啊！」

白洛因陰著臉，「她就是總理的閨女我也沒興趣！」

「那你要等到啥時候啊？」姜圓也急了，「你都二十六了，小海也有女朋友了，你還等什麼等啊？到時候你那些哥們弟兄都結婚了，就剩你一個光棍，你好意思出去見人麼？」

這是姜圓八年來第一次提顧海，以前這個名字在白洛因這是禁詞，今兒大概真被逼急了。

「我有什麼不好意思的？」白洛因笑容裡透著一股寒意，「我要等他們的媳婦兒全都人老珠黃了，再包養一批十七、八歲的小姑娘，整天去他們面前晃悠。」

「你！……」姜圓氣得差點兒吐血。

「十分鐘到了。」白洛因冷冷甩下這麼一句話就下了車。

剛回到研究室，看到副手拿著公事包正要往外走。

「幹什麼去？」白洛因問。

副手先是敬了個禮，而後一臉正色地說：「報告首長，去北京海因科技公司簽合約。」

「行了，給我吧，我去！」白洛因伸出手。

副手有點兒不樂意，「那個，首長，還是我去吧，這種小事就不麻煩你了。」

白洛因一看副手眼底暗藏的那股暗流，就知道這小子想什麼呢，怪不得當初招聘工程師的時候，部隊裡但凡有點兒資歷的全都踴躍報名，鬧了半天不是支援這個項目，而是支援這個項目的合作商。

「我去吧，回來順路去醫院看看劉沖，你幫我把電腦裡的資料重新整合一下，弄得有點兒亂，看得我頭都大了。」

副手沒吭聲。

白洛因輕咳一聲，語氣嚴肅，「你有什麼意見麼？」

副手立刻挺直身板，「報告首長，沒有。」

「那就忙你的去吧！」白洛因含著笑拍了拍副手的頭。

閻雅靜家裡出了些狀況，已經請假一個禮拜了，這幾天顧海的工作也挺忙。前幾天沒什麼感覺，這幾天總是加班，顧海真有點兒想閻雅靜了。

下午開完會，顧海總算盼到了閻雅靜的電話。

「顧總，我回來了。」

顧海暗鬆了一口氣，總算回來了。

「我只是回來看看你，一會兒還得走。」

顧海微微擰起眉毛，他感覺閻雅靜的語氣有些不正常。「怎麼了？」

閻雅靜的聲音突然哽咽起來，「顧海，你能下來麼？我不想這樣進公司。我就在門口，和你說兩句話就回青島了。」

「好的，妳等我一會兒，我馬上下來。」

顧海剛走到門口，就看到閻雅靜紅著眼圈站在那，短短幾天沒見，整個人憔悴了很多。

「發生什麼事了？」

閻雅靜抱住顧海，頭抵在他的胸口，眼淚不爭氣地流了下來。「我媽被確診為晚期肺癌，醫生說活不過半年了，嗚嗚嗚……」

顧海表情凝重，「沒事，積極治療，實在不成把妳媽轉移到國外治療，我認識幾個外籍內科專家，我可以幫妳聯繫聯繫。」

閻雅靜還是哭著不說話。

白洛因的車正好開過來，剛要推開車門走下去，就瞧見了不遠處那不和諧的一幕。白洛因心裡咯噔一下，那種感覺很不好，儘管他早就認可了這個現實，可腦中想像和親眼見到是兩碼事。

顧海的手還在閻雅靜的肩頭上拍著，就聽到身後傳來一句善意的警告。

「在公司門口親熱叫什麼事啊？好歹是個總經理，也不注意點兒形象。」

顧海的胳膊一僵，扭頭看過去，白洛因手托著下巴倚在車窗上，饒有興致地欣賞著他們倆。

「你怎麼來了？」顧海走過去問。

白洛因把手裡的合約書遞給顧海，「找你簽字。」

「哦，那你去我辦公室，咱倆慢慢聊。」

「不必了，你直接在這簽了吧，我沒工夫陪你聊。」說罷，遞給顧海一枝筆。

如果閻雅靜沒在這，顧海一定會死纏爛打把白洛因糊弄上去，可現在還有一個眼淚吧嗒的功臣在旁邊站著，顧海也不好強行挽留。

他簽完字把合約書遞給白洛因一份，手抵在車窗邊緣，幽幽地問道：「你看我們倆這樣，也不眼紅？」

白洛因反問，「我為什麼要眼紅？」

顧海嘴角含著不懷好意的笑容，「要不我給你介紹一個吧，我們公司美女有的是，你好歹也是我哥，看你總是光棍一條，我這個弟弟心裡不落忍[14]啊！」

14：過意不去、不忍心。

白洛因拋給顧海一個頗有殺傷力的眼神，甭想藉機刺激我，爺不上那個當！

回去的路上，白洛因拿起合約書看了一眼，他的名字和顧海的名字簽在一起，完全是一模一樣的字體，早知道就自個簽了，何必費這工夫！白洛因將合約書甩到副駕駛位上，拿起手機。

「洛因麼？」姜圓的聲音。

白洛因深吸了一口氣，「您把那女孩的聯繫方式給我！」

姜圓剛才還沉鬱的聲音，一聽這話，立刻像打了雞血般興奮起來。「你真的想通了？想和她見一面？太好了、太好了！媽立刻給你發過去，你要是不好意思主動聯繫她，媽幫你安排見面的事。」

撂下手機，姜圓異常興奮地給顧威霆打了個電話。「老顧啊，你有工夫給洛因的上級去個電話，讓他給洛因批一天假吧！」

顧威霆有些不快，「軍人的假能是說批就批的麼？那要經過層層審核，妳不懂就少插手這邊的事。」

姜圓熱情不減，「咱們洛因開竅了，他終於要去相親了！」

那邊沉默了半晌，「……這事我去安排，妳甭管了。」

放下手機，姜圓美得嘴都闔不上了。

12.

三天之後，白洛因百忙之中抽空去相親，足見白首長對本次相親的重視。

女孩提前到了咖啡廳，選了個靠窗的位置，偶爾看看窗外的景色，能緩解一下緊張的心情。一輛軍車慢慢地駛入她的視線，女孩的心怦怦亂跳，她事先已經了解到白洛因是個軍人，這裡面坐的人該不會是……

先下來的人是司機，女孩草草瞥了一眼，極其普通的一張臉，心裡有少許的失望，不過想想，男人太帥了也不是好事，一個人的魅力體現在方方面面，還是先了解一下再說吧。

女孩很快把目光移了回來。

白洛因走進咖啡廳，按照女孩提供的座位號，直接找了過來。「妳好，我叫白洛因。」

女孩抬起頭，一瞬間呆愣在原地。一個英俊瀟灑的軍官就這樣活生生地出現在她的面前，高大英武的身材，無可挑剔的外貌，盛氣凌人的氣勢，唇角微微揚起，露出一個爽朗溫和的笑容。再加上之前看了張普通的臉，有了這麼一番對比，更加凸顯了白洛因出眾的外貌氣質。

女孩心中狂喜，這種感覺就像是中了頭彩。

「你好，我叫狄雙。」女孩伸出手。

白洛因禮貌地和女孩握手，感覺到她的手心濕漉漉的。

兩個人簡單地聊了一會兒，白洛因對狄雙的印象還不錯，落落大方，說話有條有理的，一看就是個睿智的女人；狄雙對白洛因的印象就更好了，不僅長得帥，而且談吐不凡，話雖不多但是句句精練，舉手投足間傳遞著一種無法抗拒的迷人氣質。

「這是我第一次相親。」狄雙笑著說，「本來我還覺得相親這事挺不靠譜15的，不過今天我算是來對了。」

聽著狄雙直言不諱地表達自個的好感，白洛因也沒繞彎子，打算把情況和狄雙說明：「我可能暫時不會離開部隊，如果妳真心想和我交往，就得做好被冷落的心理準備。」

狄雙含著笑點點頭，她早就被迷昏了頭，這會兒什麼都聽不進去了。

白洛因又說：「我平時工作很忙，少則幾個禮拜，多則幾個月，妳可能都見不到我。」

狄雙依舊笑著，「沒關係，我可以等。」

白洛因繼續轟炸，「我經常會有緊急任務，一旦執行任務，很有可能出現生命危險。」

「我不怕，我會在背後默默地支持你。」

白洛因扶額，「我覺得我們可能不太合適。」

狄雙這下笑不出來了，「為什麼？」

「說實話，妳有點兒太好了，我不忍心耽誤妳。妳想想，若是有一天妳成了我的妻子，每天在家任勞任怨地為我付出，我卻連起碼的溫暖都給不了妳……」

「我沒你想的那麼好。」狄雙打斷了白洛因的話，「和你見面之前，我還暗戀著我們總經理。」

「啊？」白洛因眉頭輕皺。

狄雙趕忙解釋，「不，我就是想說，其實我的條件沒你想的那麼好，我這邊也有很多不方便。你沒有人身自由，我也沒有人身自由，你們部隊不許可隨意外出，我們公司還不許談戀愛呢。」

「還有這種公司？」白洛因納悶，「妳是從事什麼工作的？」

「我是科技公司財務部門的一名會計。」

「會計為什麼不讓談戀愛？」

狄雙好看的紅唇撇了撇，「不是不讓會計談戀愛，是所有職員都不能談戀愛，如果真的想談，也要通過上級部門的審批，配偶必須是和公司業務往來掛鉤的。如果隨便找個人就談戀愛，那會遭解雇的。」

「你們公司的規定也太苛刻了吧？」白洛因還是第一次聽說這種制度。

狄雙點點頭，「所以我說，咱倆很適合在一起，我們都具備搞地下情的條件。」

白洛因正色說道：「談戀愛就要鄭重其事地談，相處時間再短，感情也要是明亮透光的。抱歉，我不認同女朋友要因為我而放棄事業。」

狄雙面露急色，眼睛看向窗外，突然靈光一閃。

「我可以向上級部門申請，因為你符合審批條件，我們是軍工企業，而你恰恰是軍官，肯定會對我們公司的發展有幫助的，總經理一定會同意的。」

白洛因微微瞇起眼睛，輕聲問道：「你們公司叫什麼名？」

狄雙很自豪地念出全稱，「北京海因科技有限公司。」

狄雙看到白洛因驟變的臉色，以為他對自個的公司有什麼成見，趕忙開口解釋道，「我們公司是正規經營的，雖然總經理只招女人，可我們公司從沒有任何潛規則。」

還不如不解釋。

看到白洛因的臉色更沉，狄雙的心有點兒涼了。

「白洛因，我說句不好聽的，你條件雖好，但是不見得能找到一個般配的。整個北京城任你挑，凡是適合你的，全在我們公司。像你這樣的人不只一個了，有的人比你條件還好，他們又想找年輕漂亮的，又想找有文化的，又想找能擔起事的人做老婆。結果出了我們公司的大門，他們一個也找不到。」

白洛因笑容複雜，「聽妳這麼說，我怎麼覺得你們公司像是在給高官富商養女人？」

「可以這麼說！」狄雙毫不避嫌，「但是我們公司養的是正妻，明媒正娶的女人，絕不養一個小三！」

白洛因被狄雙逗樂了。

狄雙看到白洛因笑，心情又變好了，說話語氣也柔和了不少。

「其實我就是想告訴你，你不和我在一起，也得和我們公司別的女人在一起。我們除了樣貌不同，其他的幾乎都一樣，既然都是你的菜，何不吃那盤現成的呢？」

白洛因：「……」

初次見面，兩人聊得挺開心，因為狄雙下午要上班，所以只能提前告別了，白洛因讓司機把狄雙送回公司，狄雙從車裡走出來的時候，臉笑得像朵花一樣。

這一幕正好被小陶看到了。本來小陶不愛管閒事，可這個男人竟然是白洛因。她對白洛因印象太深了，先是在酒店被他迷到，後又與他合作洽談，小陶對白洛因最大的印象就是「冷」，這個人太難接觸了。所以她看到白洛因主動送狄雙來公司，才會異常震驚。

於是，她緊走兩步，和狄雙一起進了電梯。

「剛才那男的是誰啊？」小陶故意問。

狄雙雙腮泛紅，「我男朋友。」

小陶心裡很不是滋味，雖然她對白洛因沒意思，可女人的嫉妒心很強。我哪點兒比妳差啊？憑什麼那麼帥的軍官就相中妳了？

於是，這則消息很快在公司傳開了。因為這陣子一直很忙，加上閻雅靜出事，顧海無心顧及其他，也就一直沒過問。結果小陶見狄雙一直好好的，心裡按捺不住，趁著去彙報工作的契機，和顧海說起了這事。

「顧總，你有沒有聽說，咱們公司財務部的小狄會計談戀愛了？」

顧海面無表情地點點頭，「略有耳聞。」

「那您怎麼不管管啊？她這是無視公司的規章制度，如果不採取一些處罰措施，恐怕以後就沒人遵守這項規定了。」

顧海瞥了小陶一眼，「我抓到確鑿證據，一定會處理的。」

「我親眼看到了！」小陶脫口而出。

顧海冷哼一聲，「妳的眼睛算證據麼？」

小陶窘著臉不吭聲。

「公司的風氣不光靠眼來維持，也要靠嘴。」短短一句話，把小陶的那點膽兒全都嚇沒了。

小陶走後，顧海靠在辦公椅上，眼睛微微瞇著，看著天花板上的紋路，不知怎麼的就想到了白洛因嘴角的細痕。那次在公司門口匆匆見了一面之後，已經很多天沒有他的消息了。

心裡又有種不安分的東西在往外鑽。

顧海的手在胸口的位置輕輕按了一下，像是一種無聲的自我暗示——你得繼續吊著！

關於狄雙的傳聞很快平息了，這一天是週五，白洛因趁著去醫院看劉沖的機會，就順勢開車去顧海的公司探望女友。這會兒正趕下班時間，白洛因絕不是故意的，他把手頭的事兒忙完就已經這個點了。

狄雙這一次算是在眾目睽睽之下投向了男人的懷抱。尤其這個男人還是很多人親眼見過、並為之傾慕的人。

一瞬間，公司門口一片譁然。

13.

顧海從公司門口走出來，正要去停車場，突然瞄到了白洛因的車。

他果然沉不住氣了……

顧海心裡有幾分小得意，但是臉上沒表現出來，依舊保持著不苟言笑的總經理形象，面無表情地朝白洛因走去。

結果，其後的一幕讓他那張臉徹底面癱了。

這是在他的公司門口，在嚴格的制度高壓下，他的員工毫不避嫌地和男人說說笑笑。這還不是重點，重點是這個男人是白洛因，而這個女職員又是近日被傳談戀愛的人。

顧海一步步走過來，兩人的談話終止了。

狄雙轉身看到顧海，非但沒有驚慌失措，還一臉興奮地朝顧海說：「顧總，這是我男朋友白洛因。應該不用我給你介紹了吧？他是咱們公司最近合作的一個專案工程的負責人，我和他談戀愛應該不算違紀吧？」

顧海的目光自始至終都對著白洛因，那裡面暗藏的能量足以將整個辦公大樓夷為平地。

「她說的是真的麼？」

「你說呢？」白洛因幽暗的眼神瞥了顧海一眼，「我白洛因說過不負責任的話麼？」

顧海突然往前跨了一步，整個人都貼到了白洛因身前，狠厲的目光如刀子般刮著白洛因的臉，牙縫裡硬生生地擠出三個字，「你——找——死。」

白洛因用手按住顧海的雙肩，控制好兩人的距離，而後露出不善的笑容。

「我這不是為了你著想麼？省得你這個當弟弟的整天替我著急。這下好了，我已經不是光棍了，你也不用費心幫我在公司裡踅摸[16]了。我發現你們公司真是個寶地，除了總經理和副總經理，其餘的人都挺適合我。」說罷拉過狄雙的手，拽到顧海面前。「以後她就是你嫂子了，在公司裡還靠你多多照顧。」

狄雙羞赧地看了顧海一眼，「總經理，我都有點兒不好意思了。」

顧海硬是將兩個人攥在一起的手扯開，更確切的說是劈開，狄雙疼得直咧嘴，白洛因的臉噌的一下變了色。

「顧海，你要為你說出的話、做出的事負責！」

顧海黑著臉，一字一頓地說：「我不知道什麼叫負責，我只知道什麼叫負心！」

白洛因苦笑，「負心？這詞用在咱倆之間還合適麼？顧總，你是不是穿越了？你回頭看看，你現在站在哪說這句話。你已經是有身分的人了，馬上就是別人的丈夫、某個孩子的爹了，你早就沒資格和我說這句話了！」

顧海勃然大怒，猛地將白洛因的頭按在車頂上。「白洛因，你他媽就是個畜生，沒心沒肺的畜生！」

白洛因猛地一股狠勁兒，又把顧海推搡[17]在車身上，怒吼道：「我就是畜生，你已經在心裡喊了我八年的畜生，我不在乎你多喊幾年！」

結果不想自知，兩人又在公司門口開戰了，只不過這次多了一個女人的參與。一邊是男朋友，一邊是暗戀過的上司，狄雙毅然決然地選擇了前者。只不過她的力量太薄弱了，湊上前去還沒站穩呢，就被甩到三米開外了。

聽到狄雙的哭聲，白洛因先停手，走過去把狄雙扶進車裡。然後在顧海的目光逼視下，直接開車走人。

心痛被車軲轆[18]拖行一路。

第二天，狄雙剛到公司就直奔顧海的辦公室，所有女人都在等著看笑話。

「顧總。」

顧海抬起頭看了狄雙一眼，眼神和平日裡沒什麼不同。「有事麼？」

狄雙紅著眼圈將一份辭職申請遞給顧海，「我知道我已經沒有待下去的必要了，與其等你轟我，還不如我自個走人。總經理，感謝你這兩年來的大力栽培，在這個公司我學到很多。但是抱歉，我不能因為這個公司放棄我的感情，希望你能理解。」

「誰說我要轟妳？」顧海撩起眼皮。

狄雙驀地一愣，「……昨天已經鬧得那麼僵了，難道你還容得下我麼？」

16：尋找。踅，音ㄒㄩㄝˊ。
17：用力推。搡，音ㄙㄤˇ。
18：車輪。軲轆，音ㄍㄨ ˙ㄌㄨ。

「妳是我嫂子，我容不下誰也得容得下妳啊！」顧海一反常態，語氣很平和地說，「一碼是一碼，別把感情和工作混為一談。我看了下，妳這兩年的業績不錯，閣副總家裡出了點兒事，短時間回不來，妳就先接替她的工作吧。」

狄雙被顧海的氣度和心胸深深地震撼到了，不愧是她暗戀過的、神一般的男人啊！

「行了，收拾收拾搬過來吧。」

狄雙受寵若驚地看著顧海，「搬……搬到哪？」

「妳還是別搬到閣副總的辦公室了，萬一她提前回來，妳還得收拾。妳直接搬到我這吧，我這間辦公室足夠大，我派人再去訂一張辦公桌，以後妳就坐在我的對面辦公。」

狄雙驚訝地張大嘴巴，「不是吧？那我豈不是……」

豈不是成了公司員工的頭號公敵？

「怎麼，妳不滿意麼？」顧海冷笑，「不滿意我可以把那邊的臥室也騰出半間送給妳。」

「不不不……我已經很滿意了。」狄雙走出顧海的辦公室，有種飄飄欲仙的感覺。好運也來得太快了吧？先是白撿到一個無敵帥軍官，這又陰差陽錯地升職了，她自己都有點兒嫉妒自己了。

這則消息很快就在公司傳開了，反應最大的自然是小陶。這廝前一天還在被窩裡偷著樂，被抓個現行吧？妳就等著挨批鬥吧！結果第二天，在她期盼的目光中，狄雙垂頭喪氣地走進顧海的辦公室，喜氣洋洋地走了出來。不僅沒盼到她走人，還把她盼到了顧海的辦公室裡，享受了空前絕後的待遇，前陣子的鋒頭都被她搶光了。

這幾天，顧海算是給足了狄雙面子。

先是把她安排到自個的辦公室辦公，等於兩人平起平坐，而後開會、外出全都帶著她，就像貼身祕書一樣。到最後吃飯、休息時間都和她在一起。兩人早上一起來，晚上一起走，顧海的司機負責接送狄雙上下班。

「咳咳……妳們說那個狄雙哪好啊？怎麼說被欽點就被欽點了？」

「我哪知道啊？我還以為她移情別戀了，結果那天問她，她還和那個首長在一起。」

「不是吧？」一臉驚愕的表情，「她一手把著兩個男人？」

「最討厭這種女人了，真賤。」

「噓……」

狄雙在無數羨慕嫉妒恨的目光中走進辦公室。將近兩個禮拜了，虛榮心在前兩天得到滿足，而後便是一個漫長的煎熬過程。輿論壓力什麼的都是小事，最痛苦的是超負荷的工作壓力和無時無刻不受到監視的生活壓力。

因為受到顧海的重用，她一點兒都不敢懈怠，每天在顧海的眼皮底下盡心盡力地做事，從不趁著工作時間聯繫白洛因。可隨著工作負擔的加重，她的休息時間越來越少，每天晚上回到家便睏得不行，想和白洛因聯繫一下，結果沾到枕頭就睡著了。於是，不堪重負的狄雙終於在某天上廁所的空兒給白洛因發了條求救的訊息。

當天晚上，電話就打到了顧海那裡。

「給你嫂子放一天假吧！」白洛因說。

顧海淡淡回道：「就因為她是我嫂子，我才不能給她開綠燈。那天你說的話讓我感觸頗深，我不能感情用事，我得公私分明，不能讓你看不起我！」

撂下手機，白洛因都快把自個的嘴唇咬出血了。

顧海走進浴室，痛痛快快地洗了個冷水澡。

第二天早上，狄雙一改平日清苦的形象，光鮮亮麗地來到公司，笑容滿面地走進辦公室，臉上寫滿了幸福。

顧海一抬頭，就看到狄雙脖子上那條刺眼的項鍊。一看項鍊的款式和風格，顧海就知道是誰送的，這麼多年，白洛因的品味一直沒變。

狄雙見顧海盯著自個的脖子看，臉頰微微泛紅，低聲說道：「你哥送的。」

顧海哼笑一聲，「妳什麼時候和他見面了？」

「我沒有和他見面，是他昨天聽說我心情不好，派人連夜送來的項鍊，就放在樓下的信箱裡，今兒早一打開嚇了我一跳。真沒想到，軍人也懂浪漫……」狄雙說著說著臉又紅了，幸福溢於言表。

防不勝防啊……顧海陰鷙的目光投射到狄雙的臉上，「馬上就到年終了，這幾天公司的事比較多，我已經在這住兩宿了，實在有點兒吃不消。這樣吧，從今天開始，妳也留在公司住，幫我分擔分擔，妳看怎麼樣？」

狄雙臉色突變，看著顧海的目光中帶著幾分緊張，但有些話積壓在心中過久，她覺得是時候挑明了。

「顧總，我承認，以前我對您有過幾分好感，但那都是過去的事了，現在我一心一意地愛著我的男朋友。有句話不是這麼說麼？兄弟妻不可欺。顧總，您對我的好我都看在眼裡，但是抱歉，我心裡已經有別人了，您適可而止吧……」

顧海：「……」

14.

顧海公司的對面有一家茶餐廳，閻雅靜就坐在那裡等顧海。

「妳母親的情況怎麼樣？」

閻雅靜消瘦很多，眼睛也已沒了平日的神采。「不好，已經擴散到整個腹腔了，醫生說救治無望，只能盡量減輕病人的痛苦，提高病人的生活品質。這段時間家人都陪在她身邊，我們每天都高高興興的，生怕她看出什麼。不過我想她已經了解到自己的病情了，只是太要強，即使知道了也不會表露出任何難過的情緒給我們看。」

顧海沉聲說道：「既然如此就沒必要難受了，多陪陪她，別留下什麼遺憾。」

閻雅靜強擠出一個笑容，「我媽昨天還和我說，也不知道能不能在有生之年看到女婿。」

「那妳得抓緊時間了。」顧海隨口回了句。

閻雅靜定定地看著顧海，看著他成熟俊朗的側臉，想著這些年兩人一起走過的日子。看著公司從一個小企業變成現在的規模，而她，也從一個追求者衆多的女孩變成了別人口中的剩女。三、四年一眨眼就過去了，她也從父母眼中的驕傲變成了臨死前最大的心結。

而他，還是沒有意識到這一切究竟代表了什麼，偶爾冒出的那兩句曖昧的話，全是調侃用語。

「我聽說你把狄雙提為副總了？還讓她搬進了你的辦公室？」

顧海把目光從窗外轉了進來，淡淡回道：「是。」

「你……」閻雅靜欲言又止。

顧海的眼又看向窗外。

白洛因的車就停在門口，他拿著手機在打電話，顧海多希望自個的手機會響，可惜那個手機裝在口袋裡，特別安靜老實。

沒一會兒，狄雙就從公司門口走出來了。

「你今天怎麼這麼清閒？我一叫你，你就出來了。」狄雙把半張臉藏在領口裡，眼睛笑得彎彎的。

白洛因淡淡回道：「難得妳今天有空，我正好去看看戰友，他過幾天就要出院了。」

「我們找個地方吃飯吧。」狄雙說。

白洛因略顯無奈，「我一會兒就得回去，部隊那邊還有事。」

狄雙搓搓手，「可是這裡太冷了。」說罷轉過頭，看到對面的茶餐廳，眼睛一亮，「要不我們去那裡面坐一會吧？」

其實，狄雙是故意的，她一早就知道顧海去了茶餐廳。

白洛因點頭說好。

兩個人剛坐下，白洛因就瞥到了旁邊的顧海和閻雅靜，兩個人目光交錯，停滯了幾秒鐘後，白洛因先揮了下手，顧海微微揚起嘴角，而後沒事人一樣地移開目光，開始和同桌人說說笑笑。

閻雅靜略帶詫異的眼神看向顧海，問：「狄雙和你哥在一起啊？」

顧海冷著臉點點頭。

狄雙突然拿起自個的皮包，從裡面掏出一雙手套，很鄭重地遞給白洛因。

「這是我親手織的，你要知道，我休息時間可短了，能織出這麼一雙手套真是不易啊！你一定要戴上試試，絕對不能嫌棄啊！」狄雙說這話的時候刻意把聲音放得很大，像是故意說給某個人聽的。

白洛因突然開口說道：「我有一個手套戴了九年了，確實該換換了。」

「天啊！你也太節儉了吧？一個手套戴九年？」狄雙一副大驚小怪的表情。

旁邊的某人心裡咯噔一下。

狄雙紅著臉催促道：「你快試試啊，試試看合不合適。」

白洛因拿起一個手套，在某個人兇悍的目光注視下，一點點地套到手上。手套稍微小了一點兒，又很厚，戴起來很笨重，所以當白洛因戴另一隻手的時候，這隻手完全活動不開了，戴了好久都沒戴上，狄雙主動把手伸過去。

「哈哈哈……」狄雙笑得臉頰泛紅，「一隻大、一隻小怎麼辦？」

白洛因寬容地笑笑，「沒事，戴著戴著就一樣大了。」

「那你不許摘了啊！」狄雙故意說得很大聲。

白洛因沉默以對。

狄雙見白洛因沒回答，急赤白臉地坐到他身邊，小聲地催促道：「當著總經理的面，你就答應一下吧。」

「為什麼要當著他的面？」白洛因納悶，我沒指使妳這麼做吧？

狄雙附在白洛因耳邊說：「我想讓他死心。」

白洛因朝顧海瞟了一眼，正好觸到他如冰的雙眸，心裡驀地一緊，難不成顧海和狄雙說了什麼？

結果，狄雙下一句卻說：「你弟對我心懷不軌。」

這句話著實把白洛因嚇著了，顧海怎麼還對她不軌了？

梳理了一下情緒，英俊的臉上浮現幾絲笑意，「妳想多了吧？人家不是和女朋友坐在一起麼？」

「哪啊？」狄雙嘟著嘴，「他本來就有那個意思，好像我自作多情似的，他倆平時在公司經常待在一起，也沒見誰承認過啊！何況他倆一點兒都不像戀人，我們公司沒有一個人認為他們是情侶。」

白洛因突然意識到了什麼，猛地將頭轉過去，眼神直直地看著顧海。

閻雅靜剛把頭轉回來，淡淡地笑了笑，「我好羨慕狄雙。」

「羨慕她幹什麼？」顧海的臉覆了一層冰霜。

閻雅靜飽含深意的目光看了顧海一眼，「羨慕她可以大膽地把愛送出去。」

顧海冷笑，「妳不用羨慕她，妳比她還幸福呢！她不就是送東西給別人麼？今兒我送東西給妳。」說罷，從懷裡掏出一枚戒指，「這枚戒指我也戴了九年了，今兒我把它送給妳。」

閻雅靜驚愕地看著顧海。顧海沒有絲毫開玩笑的意思，逕自伸過手去，將那枚戒指戴在閻雅靜的手指上。

白洛因的心裡有一架戰鬥機，剛才是四十五度角衝上天際，現在是九十度角直線俯衝，重重地砸向地面，一片殘骸。

他把目光投到狄雙臉上，聲音裡聽不出任何情緒。「這回妳心裡踏實了吧？」

「……」

晚上回到部隊，白洛因無心搞研究，便到各連隊視察就寢前的紀律。現在入伍的新兵很多都是九〇後的高學歷兵，在家嬌生慣養，部隊又禁止打罰，所以管理難度比以前大多了。有幾個新兵素質不錯，可到了這好久都沒能適應環境，一直讓白洛因挺頭疼的。

不遠處有兩團黑影，聽到這邊的腳步聲後，迅速朝西竄去。白洛因大步跟上，幾秒鐘後，一手押著一個人的胳膊，硬是拖到了他的辦公室。

「哪個連哪個排哪個班的？」

兩人一看到白洛因冷厲的目光，嚇得兩條腿直打晃，結結巴巴地彙報了情況。

「在這幹嘛呢？」

其中一個人膽怯地從口袋裡掏出菸，往白洛因手裡塞，「首長，您抽菸。」

白洛因最看不上這種沒正形的人，犯了錯誤第一個想到的不是認錯，而是如何避開懲罰。其實抓到他倆的那一刻，白洛因就知道他們在那幹嘛呢，審問無非是要個態度而已。

「你倆躲在那抽菸是吧？」白洛因又問。

這小子又開始狡辯，「沒，這菸是別人給我的，我沒抽，一直放在口袋裡。」

白洛因不動聲色地站起身，在倆小子戰戰兢兢的目光注視下，把菸灰缸裡的菸灰和菸屁股一股腦倒進杯子裡，攪和攪和遞給二位。

「喝下去。」

另一個士兵驚恐地瞪大眼睛，「你這屬於體罰。」

「你可以去告我。」白洛因聲音沉睿。

狡辯的士兵開始苦苦哀求，「首長，我們真的沒抽菸，我們覺得屋子裡太悶了，出來透透氣、說說話而已。您別讓我們喝這個了成麼？我一看它就噁心。」

「要麼喝下去，要麼被開除，自個掂量。」

自這之後，兩人徹底戒了菸。

白洛因又忙到凌晨兩點，拿起手機看了一眼，今兒竟然是小年夜了。很久沒失眠過了，不知道是不是過了最佳睡眠時間，白洛因在被窩裡翻來覆去，身體很疲倦，精神卻遲遲不肯鬆懈下來。

手機突然響了，白洛因習慣性地翻身下床，以為是有緊急任務，結果發現來電話的人竟然是顧海。心裡突然一沉，但還是接了。

「白洛因，這八年來你都沒想過我麼？」

白洛因殘破的手指擰著一個被角，心裡澀澀的，也許是夜太靜了，靜到讓人不忍心說謊。

「想過。」

那邊沉默了很久，突然又說道：「我很後悔八年前的今天因為一串糖葫蘆和你吵架，如果我知道那是你最後一次吃糖葫蘆，我一定不捨得罵你。」

15.

臘月二十五，顧海的公司正式放假了，這群被關在囚籠裡的大齡剩女們，也如一隻隻美麗的小鳥，飛向了眾多雄鷹聚居的巢穴，去享受短暫的眾星捧月的時光。狄雙也終於獲得了解放，只可惜白洛因依舊那麼忙。

顧海飛去了青島，探望了生病的閻母。

閻雅靜將顧海從閻母的病房裡拉出來，面色凝重地看著他。「顧海，可不可以幫我一個忙？」

顧海沉聲說道：「妳忘了？我以前說過，妳當初救了我一次，我欠妳的這個人情一定會還的。妳說吧，只要我能辦到的，決不推辭。」

閻雅靜淺淺一笑，「辦是肯定能辦到的，就是願不願意的問題。」

顧海很肯定的語氣和閻雅靜說：「如果能辦到，就肯定願意。」

閻雅靜深吸了一口氣，定定地看著顧海深邃的雙眸。「和我訂婚。」

顧海的臉色因為這句話發生了急速的扭轉。

「現在反悔還來得及。」

顧海收了收眸底的詫異，正色問道：「妳先告訴我，為什麼突然要和我訂婚？」

閻雅靜轉過身，透過清亮的玻璃，靜靜地看著窗外。

「我就是想讓我媽走得安心點兒，你放心吧，只是訂婚，不會結婚的。等我媽去世了，我們就解除婚約，繼續做朋友。」這番話說得閻雅靜心裡很憋屈，事實上當她看到顧海的第一反應，就明白他對自個的心了。只不過還抱有一絲幻想，幻想顧海可以藉著這個契機和她說一句，乾脆我們直接在一起算了……

顧海沉默的點了一根菸。

久久沒有聽到回應，閻雅靜突然在旁邊發出輕笑聲。

「不願意就算了，我找別人也是一樣的。只不過我媽這麼多年一直以為我和你在一起，如果你來扮演這個角色，可能她的心裡會更踏實。」

顧海眸色暗沉，「妳讓我再想想。」

手裡的菸頭越來越短，顧海的心卻還在某個不知名的角落盤旋著。

「顧海，我可不可以問你一個問題？」閻雅靜突然開口。

顧海把目光轉向她。

「你是不是喜歡狄雙？」

顧海啞然失笑，「怎麼妳也這麼覺得？我一直以為妳比公司其他的女人精明。」

閻雅靜突然攤開手，掌心有一枚戒指。

「難道那天你送我戒指，不是故意氣鄰桌的某個人麼？我沒那麼傻，會天真地以為這枚戒指是送給我的。」

妳猜對了……只可惜妳腦中的某個人和我腦中的某個人錯位了，妳永遠都不會知道，我心中那個埋藏了八年的愛人，是一個男的。

閻雅靜見顧海沒回答，繼續試探。

「昨天回去的路上，我看到他們兩個人在車裡接吻。」

自己的想像，和別人口中的陳述，對於心的殺傷力是完全不同的。此時此刻，顧海想掩飾自個的情緒都掩飾不了，這種滋味太難受了，尤其在接受的第一瞬間。

閻雅靜心裡的幻想徹底破滅了。她把戒指塞回顧海的手裡，笑容裡罩著一層水氣，「你就招了吧，我又不會擠兌你。既然你心裡已經有人了，我只好退而求其次了，你就當我什麼都沒說過。」

閻雅靜轉身要走，卻被顧海抓住了胳膊。

閻雅靜不敢轉身，她的眼圈已經紅了，她不想讓顧海看到自己這麼狼狽的模樣。

「我幫妳。」顧海淡淡的。

這次換閻雅靜拒絕了，「不必了，我不想當罪人。」

顧海將閻雅靜的身體扳正，深沉的目光定定地看著他，語氣很篤定。

「我是心甘情願幫妳的，我現在沒有愛人，妳不需要有任何顧忌。」

閻雅靜眼神怔怔的。

顧海晃了晃手裡的戒指，嘴角浮現一絲複雜的笑容。「這枚戒指款式太老舊了，而且刻著我與別人的ＬＯＧＯ，不太適合妳戴，我會買一個新的做為訂婚禮物送給妳。就算做不成夫妻，也能給妳留個念想。」

一陣歡呼過後，研究室的幾名主要工程師從電腦前跳起來，激動不已地抱在一起。

「終於攻克了第一個技術難關，可以回家過年啦！」

白洛因瞇縫著眼睛笑，打了個手勢讓諸位安靜下來。

「今兒中午我請客，咱哥幾個找個地兒好好搓一頓[19]！」

「哈哈哈，那我們得狠狠宰你一把！」

「就是，成天讓我們加班到深夜。」

晚上，白洛因心情愉悅地給白漢旗打了個電話。

「爸，今年我能回家過年。」

白漢旗還沒開口說話，白洛因就聽出了那份遮掩不住的興奮。

「成，我和你媽這兩天正備年貨呢，你要是回來，就得多準備點了。」

「不用。」白洛因說，「我在家待不了幾天。」

「甭管待幾天，也得讓你吃飽喝足了。」

掛了電話沒一會兒，醫院那邊的電話就打過來了。

「首長，我可以出院了。」

白洛因眸色一亮，「這麼快?你等我一會兒，我派車去接你。」

「不用了，小梁開車來接我了，我們馬上就到部隊大門口了。」

白洛因披了件衣服走了出去，沒一會兒，就看到一輛車緩緩駛過來。

「你怎麼站外邊啊？」劉沖問。

白洛因沒說話，和另一個軍官把劉沖扶下了車，攙到了自個的宿舍。

「你那間宿舍暫時別住了，這邊會給你安排一個單人宿舍，你可以安心養傷不受打擾。如果你想回家過年，可以申請上級審批意見，不過我不建議你回去，路途遠太折騰。你盡量讓你父母過來，部隊這邊也會把他們安頓好的。」

劉沖不住地點頭，「幸好這傷不影響我繼續當飛行員，不然我爸我媽得難受死！……對了，首長，我這次算是立功了麼？」

白洛因揚起一邊唇角，「應該會考慮給你一個。」

劉沖樂得直拍巴掌，「那我明年提軍銜就有希望了！」

白洛因在劉沖的腦袋上狠彈了一記，「官兒迷！」

劉沖嘿嘿笑了兩聲。

白洛因看劉沖很難受地坐在床上，腰背都直不起來，便朝他說：「你先在我床上躺一會兒，等那邊的宿舍收拾好，我再把你送過去。」

劉沖挺客氣，「那多不好啊！」

白洛因嚴肅的目光掃了劉沖一眼，劉沖立刻乖乖地躺下，白洛因過去將被子搭在他的身上。

工程終於有了進展，可以安心回家過年，劉沖這小子也出院了……籠罩了心頭多日的陰霾終於在今天放晴。白洛因正想著，突然聽到汽車鳴笛聲，扭頭朝外看，幽深的眼眸深處暗流湧動。

顧海打開車門走了出去，剛走到門口就迎上了白洛因。

19：為「吃一頓好的」之意。

「讓你這個首長親自出門迎客，真有點兒擔當不起！」顧海看起來心情不錯。

「我不是來迎你的，我是來攔你的。」

「攔我？」顧海目光爍爍，「怎麼著，還金屋藏嬌了？」

白洛因微微揚起一邊唇角，「別說，還真藏了一個。」

顧海臉色變了變，跟著白洛因一起進了屋，劉沖躺得老老實實的，瞧見有客人來了，正要起身，結果被白洛因按住了。

「老實待著，沒你的事。」

看到這一幕，顧海的心情自然不用說，但是他沒往歪處想，畢竟白洛因有女朋友了。只是覺得心裡不痛快，特別不痛快！憑什麼一個小兵都能躺在白洛因床上，而他卻連進門都要看人臉色?!

白洛因倒了杯熱水放到顧海手邊，「找我什麼事？」

他以為顧海會找N多個藉口做為此行的目的，但這次顧海沒有，他很爽快地從口袋裡掏出一張請柬。在觸到那一抹紅色的瞬間，白洛因臉上的肌肉就僵住了。

顧海用不輕不重的語氣宣布，「你弟我大後天訂婚，你這個當哥的怎麼著也得來捧個場吧？」

這是顧海最後亮出的殺手鐧，事實證明這招奏效了。他面前的白軍官，再也不會頂著一張雷打不動的面孔，高調的叫囂著他的無動於衷了，再也不會用凌厲的眸子肆意挑釁著自個的權威了，他用一副慘澹的面容特寫生動形象地刻畫了他心中遭受的打擊。

白洛因的眼珠很久才轉動，嘴角牽強地揚起，這是他裝得最不像的一次。

「恭喜你。」

當顧海終於在白洛因的臉上收穫他一直渴望的反應後，突然發覺心裡一點兒成就感都沒有。當白洛因抖著手接過請柬的那一瞬間，他心裡異常的難受。他本來還準備了一堆擠兌人的話，這會兒一句都說不出來了。

顧海轉身出門。

劉沖興奮地朝白洛因問了句，「首長，顧總要結婚了？」

白洛因背朝著他點了點頭。

「對你來說，今兒可真算個好日子啊！」

16.

顧海答應幫忙的第二天，就把這事和顧威霆說了。

顧威霆聽了之後很高興，也沒埋怨顧海突然做決定，也沒拽著他對女方家庭情況問東問西，只是不住地點頭說好。好像他兒子不是搶手的高富帥，而是一個整天為娶媳婦發愁的屌絲[20]，只要有女人願意跟他，無論這個女人怎麼樣，顧威霆都欣然接受。顧海已經很久沒在顧威霆的臉上看到過這樣的笑容了。

在得知白洛因沒有出國而是入伍之後，顧海曾想過當面質問顧威霆，後來打消了這個念頭。他爸真的已經老了，這種老不是體現在他的外在風貌上，而是體現在他對子女的態度上。顧海記不清顧威霆多久沒朝自個大吼大叫了，當父母每做一項決定前都徵求你的意見時，就證明他們真的老了。

臘月二十六這天，顧威霆和姜圓才與閻雅靜的父母見面。

閻雅靜的母親為了給親家留個好印象，從醫院出來前特意化了妝，但還是遮蓋不住臉上的病態。閻雅靜的父親也是山東省的高級官員，和顧威霆有過一面之緣，不過是幾年前的事情了，兩個人都沒什麼印象了。兩大家子人圍著一張桌子而坐，全都面帶笑容。

顧海先拉著閻雅靜的手站起身，看著顧威霆和姜圓說：「這就是我的女朋友，閻雅靜。」

閻雅靜略顯拘謹地叫了聲，「叔叔、阿姨好。」

姜圓笑著說：「真沒想到，雅靜這麼漂亮。」

「謝謝阿姨。」閻雅靜有些不好意思。

顧威霆破天荒地朝未來的兒媳說了幾句客氣話，「我這兒子沒什麼大本事，性子又直，有時候管不住自個的脾氣，這都隨我。以後你倆過日子，難免會有磕磕碰碰，到時候就指望妳能多多包容了。」

閻父在一旁插口道：「老顧你也太謙虛了，能嫁給你家小海，是我們閨女的福氣。」說罷將寵溺的目光投向閻雅靜，「我們就這麼一個閨女，從小就慣著，這麼大了連煮飯都不會。說實話，你們家不把她轟出來我們就知足了。」閻母聽完這話，也笑著點點頭。

閻雅靜又把顧海介紹給自個的父母，顧海起身敬了閻父一杯酒，和他們簡單地聊了幾句。閻父對這個女婿甚是滿意，不愧是將軍的兒子，舉手投足間霸氣外露，既無怯意又不顯張狂，說話得體行事穩重，把女兒託付給這樣的男人，他們再放心不過了。

吃飯的時候姜圓捅了顧威霆一下，笑著說：「老顧，你看他倆，是不是越看越般配？」

顧威霆但笑不語。

閻父無意間問起顧威霆，「你們是不是還有一個兒子？」

姜圓搶過話來，「是，我們那個兒子是殲擊航空兵，今年也是二十六歲，已經是少校軍銜了。」

閻父朝顧威霆和姜圓投去羨慕的眼神，繼而又問：「那你們的那個兒子成家了麼？」

「還沒。」姜圓遲疑了一下，又笑了笑，「不過快了、快了。」

20：意近臺灣網路用語「魯蛇」（loser）。

顧海眼中的強光一閃而過。

閻母啞著嗓子說：「既然快了，為什麼不趕在一起辦喜事？這樣你們就一下了了兩樁心願。」

「我們那個兒子不急，他現在任務重，生活不穩定，過陣子再考慮也來得及。關鍵是先把小海的事辦了，這兩人要是給耽誤了，我們心裡得落下多大的遺憾啊！」

「是是是……妳看我這身體也不好，巴不得一時半會兒就把我這閨女送出去。」

「看到閨女結婚，妳心裡一高興，說不定這病就好了。」

兩家人有說有笑的，這頓飯吃得無比和諧，閻雅靜總是給顧海夾菜，小倆口的甜蜜一點兒都不像是裝出來的。

顧威霆已經很久沒喝過這麼多了，去洗手間的時候走路都有些打晃，還是顧海把他扶進去的。

爺倆站在一起洗手，顧威霆突然叫了聲兒子。顧海扭頭看向他，顧威霆的眼神褪去了平日的犀利，說話語氣帶著濃濃的醉意。

「其實爸知道，你這八年過得挺苦的……」顧海的手頓了一下，沒有關閉的水流還在不停地沖刷著洗手池的內壁，就像這麼多年延綿不絕的思念和悲傷。

「爸，你喝多了，我們出去吧。」

顧威霆揮著手，「我沒喝多。」

顧海硬是把他拉了出去，現在說什麼都沒用了，就讓他安安靜靜地過完這一年吧！

日子飛快降臨到臘月二十八。

這天一大清早，閻雅靜就被拽到了梳妝間，開始了繁瑣的化妝過程，等她從梳妝間走出來的時候，周圍一片驚呼聲。其中很多都是應邀來的女員工發出的，她們早就準備好相機了，一個勁地對著閻雅靜猛拍，拍完之後還要互相交流一番，整個宴會廳異常熱鬧。

十點過後，客人陸陸續續地趕來了。顧海就站在離入口不遠的位置，看到熟悉的朋友亦或是長輩，都會上前打聲招呼。他一直在等某個人，這種等待有種萬蟻噬骨的滋味，不明白為什麼等，也不知道等來要和他說什麼，就是有種不見棺材不掉淚的固執。

兩道熟悉的身影闖入顧海的視線。

顧海的眼眶一熱，雖然早已有了心理準備，可在看到白漢旗和鄒嬸的那一刻，還是有些呼吸困難。白漢旗明顯老了，走路時已經有些駝背了，可那一臉憨厚的笑容依舊。鄒嬸還是那副樸素的樣子，緊緊跟在白漢旗的身邊，不時流露出緊張的神色。

看到對面的顧海，白漢旗的腳步停住了。當年那個喊他叔的臭小子，如今已經西裝革履、風度翩翩地站在他的面前。一晃八年過去了，那個因為他撲跪在自個腳下的孩子已經入了伍，而為了那個孩子在地道裡忍飢挨餓的他，也將要步入婚姻的殿堂。

顧海走到白漢旗身邊，語氣有些不穩。「叔，嬸，你們來了。」

鄒嬸驀地一愣，手攥住顧海的胳膊，使勁地打量著他，而後驚訝地看向白漢旗，「這……這不會是大海吧？」

「妳這不是廢話麼？今兒咱看誰來了？」

鄒嬸激動不已地說：「瞧瞧，這孩子變化多大啊！我都快不認識了！在我心裡，你還是那個每天最早來我小吃店報到的高中生呢，一晃都有自個的公司了！」

白漢旗拍了拍顧海的肩膀，樂呵呵地說：「孩子，叔給你道喜了！」

顧海記得，八年前，他們親口向白漢旗坦白關係時，白漢旗就曾拍過他的肩膀，只不過那時候他一句話也沒說。

顧海收了收情緒，把白漢旗和鄒嬸引入賓客席。

路上，顧海隨口問道：「通天怎麼沒來？」

鄒嬸不好意思地笑笑，「高中課程緊，他這不是又要期末考試了麼？我就沒讓他來。」

顧海眼眶澀澀的，他心中的孟通天還是那個整天抱著他的腿叫哥哥的小屁孩兒。

「對了，爺爺、奶奶身體怎麼樣？」顧海又問。

白漢旗淡淡說道：「一個前年走的，一個去年走的。」

顧海心裡驀地一沉，接著就沒再問。他始終記得，白爺爺喜歡坐在一個折凳上，用一張長方形的紙條捲著碎菸葉，一口一口地抽著。有一次他走過去，讓白爺爺給他捲了一根，抽了一口發現勁頭特猛。白爺爺瞧見他那副扭曲的表情，還嘿嘿笑了兩聲，露出一口殘缺不全的老牙。

「連你都統治不了他？」

「這片莊稼都是劉少奇同志帶領我們種的。」

「毛嘟嘟是最紅最紅的紅太陽。」……

白洛因洗漱完畢，換上軍裝，站在鏡子前，英氣逼人。

車早已為他備好，司機就在外邊等著，白洛因隨手拾起桌上的那張請柬，靜靜地看著「顧海」這兩個字，然後闔上，僵硬的腳步朝門口走去。

外邊的天冷得徹骨，白洛因剛要上車，突然看見兩道熟悉的身影從旁邊閃過。

拽住其中一個問：「這麼著急忙慌的幹什麼去？」

「有緊急任務，沒通知你麼？」

白洛因還未回應，兩人就急匆匆地跑開了。

「你先等我一會兒。」白洛因把皮夾扔給司機，就朝那兩人追去。

「現在這架敵機已經非法闖入我國領空，我們現在必須緊急出動兩架戰機對其進行攔截，因為暫時無法準確判斷這架飛機的速度和性能，你們隨時可能發生危險。這正是考驗你們的時候，別的我就不說了，寫遺書吧！」

兩人的臉驟然變色，雖然都是鐵骨錚錚的漢子，經歷過無數次的實戰演習，可真到了性命攸關的時刻，誰都不敢輕易點頭。

「你們要違抗命令麼？」參謀長的臉色猛的沉了下來。

兩人的心跟著跌入深谷。突然，一個聲音從他們身後發出。

「我去吧。」

參謀長神色一滯，這才發現白洛因就站在不遠處。

白洛因臉色異常平靜，「我去吧，我不用寫遺書。」

17.

侵入我國領空的是一架不明國籍的偵察機，白洛因駕駛的戰機升空之後，迅速對這架偵察機進行搜尋定位，然而偵察機體積小，紅外線信號少，雷達難以探測和跟蹤。白洛因只能用肉眼搜尋，利用良好的加速性能，快速接近目標。

終於，白洛因發現目標，眼疾手快地射出一枚導彈，不料敵機立刻釋放干擾彈，躲過了白洛因的導彈攻擊。白洛因趁勢追擊，通過空中加油，橫越整個中國，一直追擊到西部地區。起初敵機一直採取躲避戰術，不料白洛因在後面窮追猛打，敵機不堪重負，也開始發起進攻，兩架戰機在空中展開了一場廝殺。

一直處於低速飛行的戰機突然加速，剛剛進入射程就打出一枚導彈，白洛因迅速規避，靈活的戰機瞬間完成大角度轉變。而白洛因所承受的超載也接近身體極限值，血液一股腦地往身下推，白洛因的大腦不能得到足夠的血液供應，眼前一陣模糊。

心裡卻沒有任何的恐懼，目空一切。

突然，白洛因又接到了機載告警警報，兩機馬上就要交叉對碰了，白洛因下意識地做了一個大超載機動，把敵機甩到了前面。而企圖偷襲的敵機根本來不及衝到白洛因戰機前，瞬間處於劣勢地位。

白洛因趁勢出擊，第一枚導彈發射出去，敵機左翼燃起大火，第二枚導彈發射出去，「轟」的一聲，敵機在空中爆炸，碎片四處炸開，在白洛因的眼前化為一縷濃煙。

就在白洛因準備返航的時候，機身突然出現不規則的晃動。白洛因試圖排除故障，可惜飛機各操縱面的舵面效應失靈，飛機進入倒飛的狀態。此時此刻，白洛因已經是頭朝下了，大腦嚴重充血，雙腳因懸空而難以搆到腳蹬，想要操縱飛機已經相當困難了。

很快，白洛因感覺到了機身的下墜，他清楚地看到下面是一片沼澤地。跳傘逃生的那一瞬間，一片火光在白洛因眼前炸開。

他突然想起了八年前的那一場車禍。

埋藏在心頭多年的恐懼在這一刻終於被衝破。

原來死亡也不過如此。

身著亮麗服飾的司儀走到顧海面前，小聲問道：「時間差不多了，可以開始了吧？」

顧海看了下表，又看了看滿堂的賓客，唯獨少了那麼一個身影。

「再等等吧。」

閻雅靜一直待在閻母身旁，閻母看起來比她還緊張，一個勁地追問：「怎麼還不開始？怎麼還不開始？」

閻雅靜被問得沒有耐心了，走到顧海身邊。「還有人沒到麼？」

顧海幽深的目光掃了閻雅靜一眼，靜靜地吐出三個字，「白洛因。」

「哦……」閻雅靜臉色變了變，「那再等等吧。」

所有賓客都已入座，除了工作人員和禮儀小姐，只有顧海還在大廳裡晃悠著。他站在門口，眸底滲出淡淡的焦慮之色，胸口一直無緣由的憋悶著。

顧威霆起身朝顧海走去。「你還磨蹭什麼呢？」顧威霆問。

顧海瞥了他一看，淡淡說道：「白洛因還沒到。」

聽到這個名字從顧海的口中發出來，顧威霆的心裡還是有些不舒服，語氣也跟著生硬起來，「不能因為他一個人，讓小閻的父母也陪著一起等吧？」

顧海朝閻母瞟去，她的臉色已經相當不好看了，估摸是因為身體不適，又長時間待在這種嘈雜環境的緣故。

「好吧……」

顧海正要挪動步子，突然看到入口處閃出一個身影，不過不是他一直在等的那位，而是另一位身著軍裝的陌生軍官。

軍官走到顧威霆面前，湊在他的耳邊小聲說了些什麼，顧威霆臉色驟變，繼而把目光轉向顧海，不過很快移開了。

正是這一眼，讓顧海的心臟遭受強烈一擊。他一步跨到兩人跟前，沉聲問道：「出了什麼事？」

「沒你的事。」顧威霆臉色暗沉，「你該幹嘛幹嘛去，部隊那邊出了點兒情況，我過去看一眼，儀式照常舉行，我……」

「是因子出事了吧？」顧海打斷了顧威霆的話。

顧威霆臉色變了變，怒道：「這是部隊內部事務，與你無關。」

顧海毫無徵兆地大吼出聲，「是不是因子?!」

顧威霆僵著臉沒說話，原本喧鬧的宴會廳一下陷入死寂，所有賓客全都把目光投向這裡，不清楚到底發生了什麼情況。閻雅靜站在不遠處看著顧海，心裡一陣陣發緊，隱隱感覺會有異常狀況發生。

顧海繞過顧威霆，大步朝門口走去。

「你給我回來！」顧威霆大吼。

顧海在兩名保安詫異的目光中走了出去。

「給我攔住他！」

一聲令下，三四名保安外加幾個工作人員，齊齊朝顧海追去。顧海大步流星地穿過會場通道，在眾人的眼皮底下，直接從三樓窗口跳了下去。

顧威霆隨後趕來，看到七、八個人戳在樓梯口，全都一副驚駭的表情。

「人呢？」

其中一個保安開口，「跳……跳樓了。」

顧威霆臉色鐵青地走到窗口，低頭一看，他兒子駕車揚長而去。

閻雅靜也走了出來，失魂落魄地看著顧威霆。「叔，到底發生什麼事了？」

顧威霆定了定神，壓低嗓音說：「家裡出了點兒狀況，小海心急他哥哥的安危，就先趕去部隊了。我也得過去瞅瞅，還得麻煩妳和妳爸媽說一聲，今兒出這事我們挺慚愧的，回頭等事處理完了，一定登門賠個不是。」

閻雅靜倒是很大度，「叔，您別這麼說，您趕緊去吧，人命比什麼都重要。」

顧威霆點點頭，馬上和另一個軍官離開了。

閻雅靜歎了口氣，果然騙人是沒有好下場的。

等顧海趕到事發地，已經是晚上了，除了幾名監測勘察的官兵，就只能看到一片飛機殘骸。呼嘯的寒風刮著，顧海有種頭重腳輕的感覺，他看到一名軍官朝自個走過來，臉上帶著沉痛的表情，他有種想把那張臉撕下來的衝動。

「白洛因駕駛的戰鬥機和敵機發生了對峙，我們監控到的畫面上顯示，我方戰機是先將敵方戰機擊落之後，才發生異常狀況的……」

「我不要細節。」顧海的眼神空洞洞的，「你就告訴我結果就成了。」

軍官嚥了口唾沫，沉聲說道：「戰機墜毀，飛行員失蹤。」

失蹤？多麼人性化的措辭，古往今來，多少勇士在各種事故中失蹤，至今杳無音信。

軍官小心謹慎地補充道：「戰機爆炸的前一刻，白洛因選擇了跳傘，而且是在安全高度範圍內，生還的可能性很大。」

「他跳到哪了？」顧海靜靜地問。

軍官垂下頭，小聲說：「目前還不確定。」

「他跳到哪了?!」顧海目光中的寒意足以將周遭的狂風逼退。

軍官聲音頹然，「沼澤地。」

顧海身形劇震，胸腔裡似乎有一股血流直衝上大腦，緊握的拳頭發出悲慟的脆響。

「為什麼讓他執行這麼危險的任務？你們他媽的都是幹嘛吃的？那麼多航空兵，為什麼單單要讓他送死？」顧海此時此刻就像一頭失了控的野獅子，逮到人便瘋狂地撕咬。

軍官忙不迭地解釋，「我不知道啊，這事不是我負責的，我只負責搜救啊，沒有情況發生，我……根本沒我的事兒啊……」

顧海嗜血的雙眸發狠地盯著眼前的這張無辜的臉，他恨透了這群不痛不癢的人。

「部隊已經派人進行大面積搜救了，我們力保在兩日之內搜尋到……」

顧海頂著寒風大步離開。

你就算陷進沼澤裡，我也要把你薅[21]出來！

白洛因落地的前一刻，還在想著自個的身體會陷到哪個深度，如果是胸口以下，就有生還的可能；如果是胸口以上、脖子以下，那就得看運氣了；要是整個腦袋都扎進去了，那就直接等死吧！

結果，下一秒鐘，他感覺到一陣撞擊的鈍痛，導致他半個身子都麻了。白洛因倒吸一口涼氣，疼痛感緩釋之後，他才發覺到不對勁。

怎麼回事？不是沼澤地麼？

白洛因坐在地上，用手按了按地面，發現特硬實。

21：薅，音ㄏㄠ，有拔起、揪出之意。

18.

奇怪了……白洛因放眼四望，周圍是一片荒野，水苔蘚滿布，像是一張張地毯。而他所處的位置是一塊高地，四周都是低窪的泥沼。看來不是在飛機上判斷失誤，而是運氣好，讓他正好降落在沼澤裡的一塊硬地上。

白洛因低頭看了一眼，飛行服完好，身上也沒受什麼傷。

看來是命不該絕。

白洛因站起身，觀察了一下周圍的地貌，以他多次野外生存訓練積累的經驗，除了他腳底下的這塊硬地，周圍都是危險沼澤，也就是無法下腳的。為了證實自個的推斷，白洛因從身後的樹上折下幾根樹枝拼接在一起，朝不遠處的地面戳刺過去，整整戳了一個圓圈，沒有一塊地皮是硬的。

白洛因傻眼了，這尼瑪怎麼出去啊？

剛才還感慨自個是上帝的寵兒，這會兒才發現，他其實是上帝的寵物。上帝最喜歡做的事就是先送他一塊蛋糕，再抽他一個大耳刮子！白洛因狂躁地繞著大樹轉了一圈，越看自個戳的那個圈越像個表盤，默默計算著等死的時間。白洛因一屁股坐在地上，現在只能等救援了。

也許太累了，白洛因坐了一會兒就睡著了，後來他是被凍醒的，醒了之後發現天都黑了，周圍升起一團團的霧氣，感覺就像電影裡鬧鬼前的徵兆。不過白洛因一點兒都不害怕，他現在真希望出現一隻鬼，叼著他從這地兒飛出去。

感覺嘴皮有點兒乾，白洛因四處瞅瞅，沼澤地倒是不缺水，就是有毒不能喝。於是果斷地開始在樹根底下挖坑，挖了三個多鐘頭，感覺到土壤越來越濕，白洛因脫下一件襯衣，包裹住那些土用勁攥，很快就滲出半頭盔的水。咕咚咕咚喝了幾大口，白洛因擦擦嘴，繼續靠在樹幹上休息。

就在白洛因眯縫著眼睛朝上空看的時候，突然發現一道紅光，一閃一閃的，很明顯是飛機。有救了！白洛因興奮地站起身，不停地朝上空大喊，又把降落傘的傘繩綁在樹杈上，做了一面旗幟，不停地舞動著。結果，那道光亮始終在低空盤旋著，就是不朝他這邊靠近。

白洛因也知道被發現難度很大，但還是不願意放棄希望，畢竟這塊地域被搜尋之後，就很難再來第二次了。於是他找來兩塊石頭，用力敲擊幾下，火星子是冒出來了，可周圍的植物太濕了，壓根點不著。唯一乾燥的東西就是這身飛行服，可萬一點著了，搜尋人員沒發現，他不就凍死在這了麼?!

這會兒白洛因再抬起頭，發現那道光亮越來越遠了——算了，白洛因果斷放棄，又坐回了原地。

幸好飛行服夠厚，可以抵禦寒冷，白洛因躺在地上繼續睡，把降落傘對摺，一面壓在身下當墊子，一邊蓋在身上當被子。結果睡著睡著就習慣性地開始翻身，身下鋪蓋的那一層全都捲到了身上，一陣狂風吹來，降落傘被吹跑了。

白洛因猛地驚醒，下意識地去拽，結果降落傘已經被灌進了風，差點兒把白洛因兜跑了。白洛因不得已只好撒手，眼瞅著被子和墊子就這麼沒了。

部隊連夜搜尋未果，顧海單派了一架飛機搜尋，也沒追蹤到白洛因的下落。眼看著天快亮了，飛行員朝顧海看了一眼，試探性地徵求他的意見。

「要不咱先找個地休息休息，吃點兒東西？」

顧海就回了兩個字，「繼續。」

好不容易熬到天亮，這一帶突然又起了大霧，即使低空飛行，也難以看清楚地面的狀況。到了中午，天氣情況異常，飛機連正常起飛都困難了，空中搜尋暫時停滯。

顧海等不及了，開車直奔荒野深處。越野車開到半路就陷入泥潭熄火了，顧海早就料到會有這種狀況發生，便將提前準備好的包拿出來背在身上，繼續朝沼澤深處挺進。

整整一個下午，顧海就靠著眼睛判斷和木棍試探，深一腳淺一腳地艱難前行著，不知道多少次判斷失誤踩進沼澤裡，又憑著頑強的毅力爬了上來。夜幕降臨，判斷難度進一步加大，顧海的速度也越來越慢，有幾個地方根本沒法通過，顧海就是玩命翻滾過去的。

又是一宿未眠，顧海的包裡裝著水和食物，他卻從沒摘下來過。除了找白洛因，顧海什麼都不想了，不親臨死亡，永遠不知道什麼對自己最重要。這一刻，顧海一點兒都不恨了，他完完全全體會到了當初白洛因的心情。現在如果讓他找到白洛因，就算白洛因下一秒鐘就結婚他都樂意！

沒有存在就沒有價值！

四周逐漸亮了起來，顧海又加快腳步。當他停在一大片沼澤地前，思索著從哪一邊走的時候，突然看到不遠處的矮樹幹上掛著一大塊布。他心裡驀地一緊，小心翼翼地挪到那個地方，撿起來一瞧，是一個完整的降落傘，傘繩上有個結，明顯不是風刮出來的，是用手打出來的。

顧海心臟狂跳片刻，眼中閃著興奮的光芒——白洛因一定還活著！

已經是第三天了，白洛因掐指一算，大年三十了。

想著前幾天給白漢旗打電話的時候，白漢旗那副興奮的口氣，心裡特不是滋味。好不容易能回家過年了，結果還是把老倆口給耍了。鄒嬸一定做了一大桌的菜在家等我呢，想到那一大桌的菜，白洛因的心裡更苦澀了，回頭朝樹上瞅一眼，樹皮都快讓他啃沒了。

白洛因一條胳膊環抱著樹幹，腦袋歪在樹幹上，愣愣地瞧著遠處。餃子，西葫蘆雞蛋餡兒的餃子……白洛因餓得腦袋發昏，迷迷糊糊瞧見不遠處晃動著人影，以為出現幻覺了，這種荒郊野嶺的地段哪有人類出沒啊！

顧海看到白洛因，兩條腿都僵了。

「因子！」

聽到聲音，白洛因睜開眼，竟然真有人站在幾十米開外的地方。再定睛一看，居然是顧海！雖然顧海早已泥漿纏身，可白洛因還是一眼就認出來了，心裡有股巨大的波浪翻滾著。

白洛因猛地站起身，一個勁地朝對面揮手。「大海，大海，我在這！」

顧海擦了擦腦門的汗，釋然地笑了笑。「行了，總共就幾十米，至於那麼大聲喊麼？我又不聾！」

其實白洛因也不想那麼大聲叫喚，就是情緒一湧出來就很難收住了。在這種荒野地帶，就是飛過來一隻蚊子，白洛因都得當親人一樣看待，更甭說顧海了。

「你在那站著別動，我這就過去！」顧海大聲說。

白洛因臉色驟變，急勸一聲，「別過來！危險！」

「沒事，我能過去！」

顧海正要邁腳，就聽白洛因在對面狂吼。「你丫要敢邁腳，我一猛子扎進去你信不信？」

顧海瞧了瞧白首長那副耀武揚威的架勢，只好訕訕地把腳縮回來，反正人已經找到了，也不在乎多等一會兒了。正好他也累了，這片沼澤的確夠大夠恐怖，他還是攢點兒體力再冒險吧。於是把包摘下來，坐在地上喘著粗氣。

白洛因看到顧海坐了下來，暫時鬆了一口氣，突然又瞥見了顧海那鼓囊囊的大包，眼睛一亮，大聲喊道：「你那包裡裝的是啥？」

顧海從包裡掏出一瓶水，咕咚咕咚喝了兩口，隨後大喊道：「都是吃的，你要麼？」

白洛因那雙眼都冒火星了，扯著喉嚨大喊：「有西葫蘆雞蛋餡兒餃子麼？」

顧海被氣笑了，「我能走到這夠不容易的了，你丫還讓我給你帶餃子？我是不是還得給你帶兩串糖葫蘆兒啊?!」

「冰糖肘子、醋椒魚、春餅捲菜、白切肉、門釘肉餅、滷煮火燒……」白洛因像報菜名一樣地在對面大聲叫喚，哈喇子22三尺長。哪有一點兒首長樣兒，整一個餓壞了的熊孩子！

顧海都不知道說啥好了，丫還是那個德性，可愛起來的時候，比誰都可人疼。

「趕緊扔過來，麻利兒的！」白洛因大聲催促。

顧海存心讓白洛因著急，「扔不準咋辦？萬一扔到沼澤裡不就糟蹋了麼？」

白洛因黑著臉怒吼：「你就不能扔準點兒？」

顧海頭一揚，仰仗著一書包吃的，得瑟勁兒又上來了。「我扔不準！」

白洛因急忙轉身找那根棍子，發現不夠長，又撅下兩根樹杈連上。結果這邊還沒完工，一個麵包就砸到腳上了，白洛因撿起來一看，麵包上拴著一根繩子，看來顧海早有準備。

吃完了再跟你丫算帳……白洛因狠狠咬下一大口麵包，這叫一個香啊！

「因子！」

毫無徵兆的一聲大吼，白洛因嘴裡的麵包猛地噎住，趕緊看向對面。

「我終於找到你了！」這一聲驚吼衝破雲霄，相隔十幾米，白洛因的耳膜都有種刺痛感。

「剛才不喊，這會兒瞎叫喚什麼？」

顧海黑黝黝的臉上露出幾分笑意，「我才反應過來！」

顧海這話一點兒都不誇張，剛才白洛因站在對面一個勁地朝他揮手吶喊的時候，他之所以能那麼鎮定，完全是因為反應遲鈍。

19.

白洛因吃完東西才想起什麼來，朝對面大喊道：「這麼危險的地兒，你媳婦兒也讓你來？」

我媳婦兒？顧海愣是沒想起來，白洛因說的媳婦兒是誰。

「什麼媳婦兒啊？」又喊了回去。

白洛因又喊一聲，「你不是訂婚了麼？」

「我訂個鳥啊？」顧海這會兒明白過來了，敢情這小子還以為他是有婦之夫呢，於是怒吼了回去，「我要真訂婚了還受這份罪幹什麼？我早過我自個的小日子去了，你就是爛在泥裡我都不管你！」

白洛因的心突的一下就亮堂了。「你沒訂？那你給我那請柬是幹嘛的？嚇唬人的？」

「對，專門嚇唬你這種大傻冒的！」

白洛因站起身朝對面怒喊道：「你丫真缺德！」

「我缺德？」顧海又喊回去，「就你那傍家兒23不缺德，她不缺德她怎麼不找你來？」

白洛因表面上兇著臉，其實心裡偷著樂。

「她一個姑娘家家的，她怎麼來這種地兒啊？」

顧海又怒了，「敢情我一個老爺們兒就能當驢使喚是吧？我掉進泥坑裏一身臭泥我就活該是吧？就算老爺們兒皮實，你瞧瞧有幾個老爺們兒真敢來這找你？你那些戰友呢？給你送餃子、躺你被窩的那個慫小子呢？」

白洛因聽見顧海連珠炮似的在對面轟炸，嗓子都啞了，忍不住喊道：「你歇會吧！」

顧海暫時閉嘴。

中間隔著一大片沼澤地，地面上冒著氣泡，周圍都是霧氣，兩人盤腿而坐，就像兩位得道高僧在這修煉。靜下來之後，兩個人隔岸對視了良久，心裡慢慢湧出複雜的滋味。

白洛因再次開口，「你到底是怎麼走過來的？」

這麼一大片沼澤地，這麼寒冷的季節，稍有不慎可能就出不來了。

顧海一聽這話又來勁了，恨恨地朝對面喊了兩字。「輕功！」

白洛因笑得眼角都濕了，這個問題何必問呢，自個心裡還不知道怎麼回事麼？這麼多年過去了，他的樣貌變了、職業變了、身分變了、為人處事的方式變了……唯一不變的，就是那顆對自己的心，總像是剛在炭火上烤過的，熱氣騰騰，支撐自己熬過了寒冷枯燥的八年。白洛因四仰八叉地躺在地上，看著灰濛濛的天，心情卻很明朗。

顧海看著對面那位躺得如此舒坦，再低頭瞧瞧自己這片地，總共沒有兩尺長，躺下去就陷泥坑裡了，於是大喊一聲，「我過去了啊！」

白洛因「嗖」的一下坐了下來，冷厲的聲音甩了過去。「你別動！」

顧海叫苦，「我這片地兒太窄了，腿都伸不開，待著太難受了。」

23：有「情婦」之意。

白洛因揮揮手，「那你往後挪挪，看看後面還有沒有稍微大點兒的硬地……」

往後撤？顧海一臉黑線，我好不容易走到這了，你還讓我往後撤？

「沒事，我過了很多這樣的泥塘子了，平躺著就能過去。」說罷就匍匐著撲了上去，無視白洛因在對面的阻攔。無奈這裡面的泥太軟了，顧海剛下去就陷進半個身子。

白洛因的臉都紫了，怒吼數聲，顧海總算在泥上穩住了，可稍微一動彈就往下陷。照這樣一寸一寸挪，會不會喪命姑且不說，就是順利挪到白洛因那，也得幾個小時的時間。顧海只好拽著草根先爬回原處。

白洛因大鬆了一口氣，後背都濕了。

「你別動了，給我老實待著！」

顧海喘了幾口粗氣，突然想起包裡還有一樣物品，於是趕緊掏出來。

白洛因目瞪口呆地看著顧海拿出一個充氣墊，把裡面的氣打滿，足足有一張單人床那麼大。這樣一來，身體接觸沼澤的面積就更大了，再加上一根繩子，就能一個人躺在上面，另一人在對面拽了。

白洛因不想讓顧海冒險，遂朝對面喊道：「你把氣墊給我，我過去！」

顧海黑著臉回了句，「總共就這麼大地方，我一個人都坐不下，你不嫌擠啊？」

白洛因無奈，「那你把繩子扔過來吧！」

於是，一個人躺在氣墊上，一個人在對面拽，不到十分鐘，顧海就順利到達彼岸。

八年後一個真正意義上的擁抱，彼此都摟得緊緊的。

離得近了，捨不得再說那些風涼話了，顧海的手狠狠抵著白洛因的後腦勺，語氣中透著濃濃的心疼，「這幾天凍壞了吧？」

「冷還能忍，就是餓。」白洛因實話實說。

顧海看到對面那棵被扒了皮的樹，自個的胃都跟著翻騰。

「書包裡還有吃的，你再吃點兒。」

白洛因的手緊箍著顧海的雙肩，聲音有些低沉暗啞。

「你是不是找了我三天了？三天都沒捨得吃包裡的東西吧？不然怎麼剩那麼多呢？」

「沒有。」顧海安慰道，「就找了你一天，前兩天都是坐飛機找的，一直沒誤吃東西，我帶的吃的比較多，怕到時候走不出去餓死在裡邊。」

其實顧海這三天來滴水未進。

「我不信！」白洛因推開顧海，審視的目光看著他，「我一摸你的肚子，就知道你有幾天沒吃飯。」

「你這個本事還沒丟呢？」顧海調侃。

白洛因當真把手伸進了顧海的襯衣裡面，冰涼的手掌一觸到顧海的皮膚，顧海的肌肉立刻縮了一下。很久沒有這麼涼的東西爬進來，都有點兒不適應了。

「你就是三天沒吃東西！」白洛因語氣很篤定，說罷要把手伸出來，卻被顧海按住了。

「你的手太涼了，放在裡面捂捂吧。」

白洛因還真沒客氣，好久沒這種福利了，得好好重溫一下。

兩人靠著樹坐下，白洛因坐在顧海的身後，冰涼的手放在顧海的後背上，很快摸到了一條猙獰的疤痕，沿著脊柱一路延伸向下，相比之前，腰側的那條疤痕已經微不足道了。

「挺嚇人的吧？」顧海問。

白洛因的頭重重地砸在顧海的後背上，低聲問道：「你還恨我麼？」

顧海刻意裝出一副苦大仇恨的口氣，重重地「嗯」了一聲。

白洛因心情沉重地歎了口氣。「其實我當時特不想走，可是沒辦法，有人容不下我，而你當時又躺在病床上不省人事，我特怕他會拿你的命威脅我，當時我覺得什麼都沒你的命重要。我沒敢進病房瞅你，我怕我瞅你一眼就走不了了。其實這麼多年，我一直都覺得特對不起你……」說到後面，白首長都有點兒哽咽了，沒辦法，當時的情景想起來還像是挖他的心一樣。

顧海還是第一次聽白洛因用這種口氣和他說話，心一軟便鬆了口，「行了，你也甭難受了，你這麼一出事，我心裡什麼都想明白了。」

「那你不恨我了？」白洛因吸了吸鼻子。

顧海豁達地揮了揮手，「罷了，看你這麼多年也挺不容易的。」

白洛因的手突然從顧海的衣服裡拿了出來，伸到他的臉上，一股大勁兒將他的臉扭過來，扳正對著自個，凌厲魅惑的目光直直穿入顧海的心臟。

「那你和她分手吧！」

顧海看著面前這樣英氣逼人的面孔，幽幽地問了句，「分手？」

「嗯，你又不喜歡她，別再耽誤人家了。」

顧海心裡強烈一震，那種刺激就像是有人往他的經脈裡注射了一管毒品，可他還能壓抑住內心的波濤，幽冷的眸子直直地對著白洛因。

「誰說我不喜歡她？」

像白洛因這種傲嬌的個性，能豁出面子這麼直白地表露心跡，肯定早已有了十足的把握。這會兒要是有人不買帳，那可真是存心找不痛快。

白洛因用膝蓋狠狠在顧海的尾骨上頂了一下，顧海下半身全麻。

「這是命令，必須服從！」

顧海幽幽一樂，「拿首長的權威來壓制我？我可告訴你，我這人吃軟不吃硬。你要是給我一個靠譜的理由，我興許還考慮一下。」

白洛因自然知道顧海想聽什麼，可他偏不那樣說。

「強扭的瓜不甜，哥也是為了你好。」

顧海存心找揍，「感情是可以培養的，過去那個年代，倆口子結婚前誰也沒見過誰，不是也能過一輩子？」

白洛因的大手狠狠扼住顧海的脖頸，「你丫來勁了是吧？」

顧海的手指戳在白洛因的腦門上，「警告你啊，別給我動手動腳的，我可是正經人！」

「我讓你丫正經！我讓你丫正經！……」

白首長拿出教訓新兵蛋子的魄力，對著顧經理一頓狂揍……

20.

轉眼天又要黑了，白洛因扭頭瞅了顧海一眼。

「咱們怎麼著？是坐在這等救援還是天一亮就往回趕？」

「往回趕？」顧海冷哼一聲，「就拿周圍這一片沼澤地來說，咱們怎麼出去？我過來的時候你能在對面拽我，現在我也過來了，誰給咱拽？」

白洛因輕咳一聲，「之前那麼多沼澤地你都過來了，還差這一片麼？」

「那會兒著急有動力，這會兒沒動力了，就想躺著。」顧海說得輕鬆，其實心裡繃得緊緊的，他一個人冒險可以，絕對不能拽上白洛因。好不容易盼來了白洛因的平安，再因為一時心急，回去的路上出點兒意外，多不值得啊！

白洛因歎了口氣，兩條胳膊墊在腦袋下面，仰躺在地面上。一條長腿屈起，一條長腿愜意地伸著，那一身飛行服裹在身上，落難都落得這麼有型。

「你看我幹什麼？」白洛因輕傲的目光甩了過去。

顧海那雙透視眼都看到白洛因衣服裡面了，還在那裝得有模有樣的，「誰看你了？真把自個當塊玉了。你也不看看你現在是什麼模樣，幾天沒洗臉了？」

白洛因瞇縫著眼睛，幽幽地反問道：「你丫還有臉問我幾天沒洗臉？你看看你身上裹了多厚的一層泥，我現在捅你一刀都扎不到肉！」

顧海身上的泥大多都乾了，於是心壞的他直接用大手在身上拍打幾下，周圍捲起一層煙土，把白洛因嗆出一米遠。結果，等白洛因回來的時候，顧海正往手上倒水。

「我說，你別這麼糟蹋水成不成？現在喝水都困難，你還用它洗手！」

不料，顧海把手伸向了白洛因的臉，用力胡嚕了一把，又往手上倒點水，又朝白洛因的臉上胡嚕一把。

白洛因明白過來了，顧海不是在拿這水給自個洗手，而是在拿這水給他洗臉。頓時惱羞成怒，當即吼道：「我的臉有那麼髒麼？」

「沒以前摸著光溜了。」顧海冒出一句。

白洛因先是一怔，而後一屁股坐在樹根底下，從包裡摸出一根菸，緩緩地抽了起來。「你看慣了公司裡那些細皮嫩肉的大姑娘，我這一身的糙皮當然入不了你的眼了。」

顧海也點了一根菸，一條胳膊支在樹幹上，眯縫著眼睛打量著白洛因。

「因子，你在部隊這麼多年，吃了不少苦吧？」

白洛因心裡一動，終於知道關心一下我這麼多年的狀況了？

「前兩年累點兒，等混出頭來就好多了。」

顧海撣了撣菸灰，又問：「那你的身體應該練得很結實吧？」

「湊合。」白洛因挺謙虛。

「肌肉也比前些年更有彈性了吧？」

怎麼越聽越不是味呢？白洛因微微擰起眉毛。

顧海又在白洛因的腿上拍了兩下，「身體的柔韌性應該挺棒吧？」

白洛因陰鷙的目光掃到顧海的臉上，「你到底想說啥？」

顧海附在白洛因耳邊，「那你是不是比八年前更禁操了？」
白洛因沒跳腳，只是把嘴裡的一口菸撲到了顧海的臉上。
「對，操你都綽綽有餘。」
顧海陰惻惻地笑，「有餘？來，讓我量量有多富餘……」手伸到下面，來了個猴子偷桃。
白首長被侵犯，一個霹靂神掌掃了過去，某隻偷腥的手立刻被震到一邊。不過這絲毫不影響某人的心情，相反，這種力道反而催生了他心中蘊藏已久的能量。黑暗將周圍一切籠罩，顧海從包裡掏出撿回來的降落傘，鋪蓋在底下，又拿出一個雙人睡袋，兩個人一齊鑽了進去。
起風了，白洛因禁不住縮了縮脖子。
「冷麼？」顧海問。
「還成，我這衣服禦寒的。」白洛因瞄了顧海一眼，「倒是你，我看你穿得挺薄的。」
「我這身泥也是禦寒的。」
白洛因忍不住笑了。
時隔多年，顧海發現，白洛因的笑容依舊這樣攝人心魄。
白洛因主動用胳膊圈住顧海。
顧海得了便宜還賣乖，「別總是和我套近乎，我已經是有身分的人了，拖家帶口的，要讓我丈母娘看見可怎麼解釋啊？」
白洛因冷哼一聲，「你丈母娘是看沼澤的啊？」
顧海嘴角噙著笑，「我丈母娘開天眼了。」
白洛因沒說話，定定地看著顧海，兩隻眼如一汪潭水，幽深不見底。顧海觸到他的目光時，直覺的有股強大的電流穿刺到內臟，這種目光他以前從未見過，乍一看是侵略性的，細細一品又感覺到內裡的醇厚柔情，讓人欲罷不能。

顧海的喉結處動了動，白洛因閉上了眼睛。

顧海的唇已經要貼上去了，突然又在白洛因的嘴邊停住了。這明顯是勾引啊！顧海覺得不過癮，他還想再來點兒，於是就那麼硬忍著不行動。

不到兩分鐘，輕微的鼾聲響了起來。

顧海呼吸一滯，直覺的一口血衝到了喉嚨。

草，鬧了半天是我自作多情！

夜深了，顧海還沒有睡意，他把白洛因搭在自個肩上的胳膊拿了下去，反手將白洛因摟入懷中。看著他酣睡的樣子，心裡覺得怪可憐的，也不知道在這種荒郊野嶺睡過多少次了，連這種又潮又冷的地兒都能睡得那麼香。

顧海最終還是在白洛因的臉頰上親了一口。

因子，等我把家裡那些亂七八糟的事都處理完了，一定好好疼你。

其實白洛因是在顧海之後睡著的，十二點已過，今兒已經是大年初一了。他這種常年待在部隊的人都記得今兒是什麼日子，可顧海卻忘了。

白洛因也在顧海髒兮兮的臉上親了一口。

大海，我現在什麼都不怕了，我可以憑自個的本事保護你，保護我們這段失而復得的感情。

顧威霆沒想到，八年之後，他還會過這麼一個不消停的年。

最初被告知顧海去搜尋白洛因的消息，顧威霆心裡帶著濃濃的憤恨和不甘，他無法理解，為什麼隔離了八年，他們那份感情還能重新生根發芽。但是隨著搜尋日期的延長，他心裡所有的憋屈都被擔心所取代，因為不光是白洛因沒了消息，顧海也徹底沒了消息。

今兒是大年初六，距離白洛因失蹤已經整整八天，距離顧海失蹤也已經六天。一般而言，因事故失蹤七天以上，存活機率就幾乎為零了。

八年前的那一場車禍，就已經夠讓顧威霆膽寒的了，所以當白洛因親口告知他要入伍的時候，顧威霆便沒強迫顧海走上這條路，就是怕哪天會遇到危險。本以為讓他經商，就可以安安穩穩過一輩子，結果現在又和死亡拴上了。

若是十年前、二十年前，顧威霆還敢大言不慚地說：「不就是一個兒子麼？就當白養了！」但是現在，他已經沒有這份魄力了，顧海的一場車禍讓他放棄了要第二個孩子的念頭，現在他只有這麼一條血脈了。縱使手下有千軍萬馬，這一條血脈斷了，他也一無所有了。

「首長，顧海的車被我們發現了。」

顧威霆急忙問道：「人呢？」

「人……不在車裡。」

顧威霆臉色驟變，扶著椅背的手暴起一條條青筋，坐下來的時候整個椅子都在打晃。

孫警衛走上前勸道：「首長，先別慌，小海身體素質這麼好，就是在野外待一段時間，也不會出大事的。何況這些年小海行事穩重多了，他下車前一定做好了充足的準備，說不定這會兒已經找到小白了，倆孩子正往家趕呢！」

「穩重個屁！他要真穩重他能開車去那麼危險的地兒麼？」

孫警衛心裡頂了句，你還不了解你兒子的心病麼……

屋子裡的氣氛正緊張，突然有人進來彙報。

「首長，您家二少爺來了。」

話音剛落，顧洋大跨步走入屋內，摘掉墨鏡，冷峻的目光打量著屋內的兩人。

「出了什麼事？」

顧威霆沉著臉沒說話，孫警衛把顧洋拽到一邊，把具體情況和他講明了。

顧洋臉色變了變，拍了拍孫警衛的肩膀。「我去找。」

沒一會兒，顧洋的身影消失在一片雪地裡。

21.

兩人在那塊硬地上足足耗了三天，期間有兩架搜尋的直升機從這裡飛過，一直在低空盤旋，愣是沒發現他倆。後來書包裡的食物全都沒了，白洛因當機立斷，馬上離開這，就算要冒險，也比坐在這等死強。

最開始離開周圍這大片沼澤地的時候出了點兒意外，不過好在是兩人，有情況發生的時候還能相互有個照應。過了最危險的地段，後面的情況就好一些了，雖然前進的速度很慢，但基本都很順利，沒再發生深陷的狀況。就這樣，兩人互相拖拽著，深一腳、淺一腳地朝顧海來時的方向返回。

大概走了三天，顧海來到停車的地方，車軲轆軋出的大坑還在，車已經不見了。顧海磨了磨牙，本以為熬到頭了，這樣看來還得再耗兩天。

沒了吃的，這兩天又是靠喝水撐過去的，運氣好的時候能逮點兒野味，因為沒有乾柴火，大多都生吃了，再不然就吃野草和樹皮。

「你等我一會兒，我肚子疼。」

白洛因剛要轉身，顧海拽住他，「你就在這拉吧，到處都是沼澤，萬一走遠了發生危險怎麼辦？到時候我救你都來不及。」

「我寧願掉進沼澤也不願意在你眼皮底下拉。」

顧海笑得咬牙切齒的，「你丫可真有骨氣。」

白洛因一溜煙沒影了。

顧海站在原地等著，等了不到五分鐘，就聽到不遠處傳來白洛因的呼救聲。

糟了！

顧海三步併作兩步地順著聲音的源地跑去，有兩次沒看清路差點兒陷進沼澤裡，一邊跑一邊朝白洛因的方向大吼道：「別掙扎，盡量平躺，加大身體和流沙的接觸面積。」

結果，跑到白洛因身邊，才發現他完好無損地坐在地上，一臉愁苦的神色。

「怎麼了？」顧海擦擦額頭的汗。

白洛因垮著臉，「拉不出來。」

顧海直接被氣笑了，真不知道說啥好了，一個便祕也鬧得這麼血活。

「咱倆吃了三天的野草、樹皮，能拉出來才怪。」說罷走到白洛因身邊蹲下，命令道：「把你手拿開！」

白洛因懶懶地抬起眼皮，問：「幹什麼？」

顧海不由分說地將白洛因放在肚子上的手拿開，然後把自個的手放上去，在那幾根糾結的腸子外邊大力地按揉著，一邊揉還不忘擠兌兩句，「你可真是活祖宗！真應該讓你手下的那些兵看看他們首長現在的熊樣兒！」

白洛因的眉頭越皺越緊，最後猛地朝顧海推了一把。

「我有感覺了，你趕緊走！」

於是，沒了利用價值的某人立刻被驅逐出境。

顧海站在一塊平地上等白洛因，突然聽到上空傳來一陣響動，他抬起眼皮往上看，果真發現一架直升機。而且這架直升機上的飛行員終於長了眼，沒再從他腦瓜頂上飛過去，而是在距離他十米開外的地方降落了。
顧洋從直升機上走出來，大步朝顧海走過來。
「你怎麼來了？」
顧洋表情很淡定，「聽說你出事就來了。」
白洛因一臉舒心的表情往外走，繞過兩棵樹，瞧見不遠處站著兩道身影。心裡一喜，還沒來得及高興，就看到了一張不善的面孔，微揚的嘴角很快收了回去。
顧洋在看到白洛因的那一剎那，視線也定住了。
白洛因走到兩人跟前站定，直說一句，「走吧！」然後就大步朝直升機走去。
不知道為什麼，顧洋看到白洛因如此淡定地從他身邊走過，沒有流露出任何異樣的神色時，心裡竟有種失落。
白洛因先上了直升機，看著飛行員問：「飛了多久了？」
「差不多快一宿了。」飛行員打著哈欠。
白洛因拍了他一下，「行了，我來吧。」於是很快坐到駕駛位上。
等顧洋和顧海上了飛機，白洛因和飛行員的位置已經對調了，他們哥倆理所當然坐在後面。
一路上大家都在沉默，白洛因突然開口問道：「有菸麼？」
顧洋抽出一根菸，不動聲色地遞給前面的白洛因，然後再拿出一根放到自個嘴裡。
啪！打火機的聲音。
白洛因扭過頭，一把攥住顧洋的手腕，將他推送到自個嘴邊的打火機搶了過來，
「借個火。」白洛因叼著菸，露出促狹的笑容。

顧洋被這個不明所以的笑容刺激得心尖微顫，還未來得及消化，白洛因已經轉過頭去，頸間煙霧繚繞，混雜的空氣彌漫了整個機艙。

白洛因沒有開著直升機回部隊，而是停在了一個廣場的平地上。

旁邊的飛行員一臉詫異的表情，「怎麼了？直升機出了什麼問題麼？」

「沒。」白洛因淡淡說道：「我該下了！」

「這……」飛行員一頭霧水，「你……你不回部隊報個到麼？」

白洛因冷厲的目光掃視著飛行員，「現在是我的休假時間，我回部隊報什麼到？」

「可……你起碼要讓領導們知道你是安全的啊？」飛行員的聲音越來越小。

白洛因黑著臉怒喝一聲，「你沒長嘴麼？」

飛行員被訓得像隻小雞子一樣，大氣都不敢出。

顧洋把目光轉向顧海。

顧海直接回了句，「甭瞅我，我不是部隊的人。」

顧洋陰著臉看著這二位爺從他眼皮底下大搖大擺地走了。

飛行員又把目光轉向了顧洋。

顧洋二話沒說，直接走人。

飛行員傻眼了，我這幹嘛去了？我不是奉命找人去了麼？人呢？……看著旁邊那架孤零零的直升機，立刻捶胸頓足，瞧我這點兒事幹的！剛才坐在直升機上還偷著樂呢，想著一下帶回倆，怎麼著也得立個三等功啊！這下好了，一個沒帶回去，還尼瑪比出發前少了一個！

兩人並肩走了半路，白洛因才覺得有什麼不對勁。

「你跟著我幹嘛？」

顧海冷哼一聲，「誰跟著你了？不過是順路而已。」

「哦。」白洛因忍不住多問了一句，「那你去哪？」

「去你們家。」

白洛因：「……」

顧海開口解釋道：「不是去你們家新房，而是去你們家老院。」

白洛因的臉色變了變，「老家一個人都沒有了，你回去看誰啊？」

「不知道，就是想去看看。」

到了前面的地方該轉彎了，白洛因猶豫了一下，「算了，我和你一起去吧。」

「你不先回家報個平安麼？」

白洛因淡淡回道：「不用了，我爸肯定不知道我出事，每次我有重大任務，部隊都是瞞著家人的。即便我真的失蹤了，也要等半個月後才會通知我家人。」

這一點顧海倒是知道，他只是覺得白漢旗一定猜到了什麼。

兩個人一起回了老家，院子裡的那棵棗樹已經被砍了，滿地的枯草，以前有人氣的時候，從不覺得這裡有多老舊。現在窗門緊鎖，木梁腐朽，瓦片凋零，心裡有種莫名的傷感。顧海到今天仍舊清楚地記得，他初次來到這裡時，白洛因因為一條內褲和他爸吵架的情景。

顧海推開白洛因臥室的門，裡面的一切都那麼熟悉，就連地上的坑都那麼親切。還有這張極具創意的雙人床，曾經砸過他腿的老吊鐘……

白洛因推開了爺爺奶奶的房間。小方桌上的那一碟鹹菜，牆角的那一根枴杖，坐在炕上拿著蒲扇的那道身影……

顧海站在門外，看著白洛因挺直的腰板在空曠的房間裡顯得異常清冷。他永遠都不會忘記白洛因蹲下身給白奶奶洗腳，和站起身為白爺爺擦嘴的情景，永遠不會忘記那裹著一身貧寒，卻總能給人帶來溫暖的窮小子。

「咱們去給爺爺奶奶上墳吧。」顧海開口說。

白洛因轉過頭時，已經褪去了憂傷的神色。

「別咱咱的，誰和你是一家人啊？那是我爺爺、我奶奶，要上墳也是我去。」

顧海揚唇一笑，「我也給咱奶奶當過一年多的翻譯官呢！」

白洛因斜了顧海一眼，從他身邊繞過去的時候，嘴角噙著一抹笑意，也許是突然想起了很多有意思的往事。

兩人走到門口的時候，白洛因的腳步突然停了停。顧海的腳步也跟著停了下來，他發現挨著門的這棵老杏樹沒被砍。

「這棵樹怎麼沒砍？」顧海問。

白洛因淡淡回道：「總要給阿郎留個伴吧！」

顧海問：「牠是什麼時候死的？怎麼死的？」

「三年前死的，沒原因，就是老死的，我回來的時候牠已經埋在下面了。」白洛因的語氣裡透著濃濃的心疼。

顧海安慰道，「這麼多年算下來，牠親你的次數比我親你的次數還多，牠也活得夠本了。」

白洛因捲著一身的寒氣出了門。

兩人到了陵園，各自捧著一束花，放在白爺爺和白奶奶的墓碑前。白洛因面色沉重，不知是說給顧海聽的，還是自言自語。

「我爺爺和奶奶走的時候，我都沒能見最後一面。」

顧海靜靜說道：「這樣也好，看著親人在自己面前嚥氣，是一輩子都忘不掉的陰影。」

白洛因每次站在白爺爺和白奶奶的墳墓前，心情都異常沉重，今天不知道是不是有顧海的緣故，一直長在心頭的那個疙瘩居然沒那麼痛了。

顧海在旁邊開口說道：「爺爺、奶奶，是我對不起你們，是我把你們二老的孫子從你們身邊搶走了，是我讓你們少見了孫子那麼多面……」

「你別在我爺爺奶奶面前胡說八道成不成？」

「你別攔著，你讓我說完！」顧海又把頭轉了過去，「如果你們在九泉之下還不能安息，就讓你們的孫子繼續禍害我吧，我絕無怨言！」

22.

顧海從陵園回來，就直奔家裡。顧威霆就在客廳的沙發上坐著，姜圓在廚房準備飯菜。顧海進來之後，顧威霆的臉色變了變，目光朝他看過去，焦灰的臉色，滿身的泥土，頹廢得都不像個人了。

看到顧威霆在看他，顧海在門口定了一會兒，默不作聲地換鞋。

「去找人也不打聲招呼，原本就一個人需要找，你這一搗亂，部隊上上下下的官兵還得連著你一起找。」顧威霆的語氣不是很好。

顧海也沒氣惱，轉過身，平心靜氣地朝顧威霆說：「如果我不去找，這個人就找不到了。因子是被困在一大片沼澤地，沒人幫忙根本出不來，那個地方常年下霧，飛機很難搜尋到，又沒有官兵肯去冒險。再說了，我也沒單獨跑到哪裡，他們找到因子的時候我恰好也在，怎麼能說我是去搗亂的呢？」

顧威霆冷哼一聲，「你總是這麼有理。」

顧海清了清嗓子，正色朝顧威霆說道：「我找的不是別人，是你兒子。」

姜圓聽到這邊的動靜，趕忙從廚房走出來，恰好聽到這麼一句話，頓時愣怔在原地，猶豫了好一會兒才開口說道：「先讓小海去洗澡吧，瞧這一身弄的。」姜圓對顧海是心懷感激的，至於顧威霆之前說了什麼，她就裝作不知道。

顧威霆看到姜圓複雜的目光，便沒再為難顧海，揚揚下巴示意他該幹什麼就幹什麼去。

三口人一起吃飯的時候，姜圓不停地給顧海夾菜。

「小海，多吃點兒，這次多虧了你。」

顧海不動聲色地吃著碗裡的飯，也沒再主動開口說些什麼。

父子倆心照不宣地選擇沉默。

這頓飯一直吃到末尾，顧威霆擱下筷子，才朝顧海問：「你打算怎麼和親家那邊交待？」

「該怎麼交待怎麼交待，實話實說。」顧海挺從容。

顧威霆聽到這話稍稍放心了。

姜圓一邊收拾餐具一邊說道：「他已經是二十六歲的人了，什麼該做，什麼不該做，心裡早有打算了。你就把心擱在肚子裡吧，現在的年輕人都比咱們有想法。」

顧威霆掃了顧海一眼，語氣生硬地說：「但願如此。」

吃過飯，顧海收拾收拾打算回自己那，臨走前，姜圓拽住了顧海。

「小海，那邊也算是有頭有臉的家庭，訂婚宴上出現這種狀況，確實有點兒讓人家下不來臺，畢竟也是個大姑娘。你記得提點兒東西去那邊看看，說點兒客氣話，別把兩頭關係搞僵了。」

顧海點點頭，「我知道了。」

第二天一早，顧海就去了醫院。

閻母的狀況看起來不是很好，幾名醫護人員二十四小時監護著，顧海說了兩句話，就被醫生委婉地請開了。

閻雅靜站在外邊，臉色越發憔悴。

「那天的事，對不住了。」顧海說。

閻雅靜寬容地笑笑，「沒事，你回來就好，你哥怎麼樣？找到了麼？」

顧海點點頭，「找到了，在一片沼澤地被發現了，如果晚一步，不知道會發生什麼情況。」

「那就好。」閻雅靜長舒了一口氣，「你們哥倆的感情真好，羡慕啊，我就缺個一奶同胞。」

顧海嘴角勾起一抹意味不明的笑容，「我倆不是一奶的。」

「啊？」閻雅靜表示沒理解。

我倆是吃著彼此的「奶」長大的，顧海心裡暗暗說。

「行了，不說這事了，妳媽情況怎麼樣？」

閻雅靜歎了口氣，「不怎麼樣，看醫生那表情，是沒幾天了。」

「剛才我和妳媽說話的時候，感覺她已經意識不清了。」

閻雅靜眸底掠過幾分苦楚，視線投向顧海時，有種走投無路的感覺。

「顧海，我媽的日子不多了，再參加訂婚宴也不現實了。我想過了，不搞那些形式化的東西了，乾脆就我們兩家人吧，明天一起吃個飯，就算是定親飯，也算是給我媽吃顆定心丸，讓她走得踏實一點兒。」

「小閻。」顧海換了副口氣，「我不能和妳訂婚。」

閻雅靜臉色驟變，陰鬱的目光隨之投到顧海的臉上，「難道做做樣子都不成麼？」

顧海很乾脆地告訴閻雅靜，「不成。」

「那……為什麼一開始不拒絕？到現在這種時候了才和我說？」

「對不起。」顧海難得開口表達歉意，「我一個人陪著妳沒什麼，但現在我是兩個人了，我不想讓他心裡有一絲一毫的不愉快。」

閻雅靜也是被逼得沒轍了，照她以往的脾氣，聽到這話早就調頭走人，可現在是非常時期，她必須要拋棄尊嚴，盡可能地為她母親爭取些什麼。

「我保證這件事不會告訴第二個人，也不會影響到你們倆的關係。」

顧海無奈地笑笑，說出的話卻是擲地有聲。

「我可以在任何人面前虛偽做作，但惟獨對他不行。」

閻雅靜感覺自己呼吸都困難，但她依舊無力抱怨什麼。

「也對，我家庭的苦，不應該轉嫁到你的頭上。」

顧海沉默了半晌，開口說道：「其實妳媽什麼都明白，她也不過是在陪著妳做戲，妳們娘倆何不在最後的日子坦誠相待呢？」

閻雅靜愕然的目光定定地看著顧海。

顧海沒再說什麼，拍了拍閻雅靜的肩膀，大步走出了醫院。

開車回去的路上，顧海的心還是陰沉沉的。

白洛因，我可又為你當了一次惡人，你丫要是不和那個小狐狸精分手，老子讓你趴著開飛機！

事實上，白洛因比他嘴還快，當晚回到家，接到狄雙的電話，就把實話告訴她了。

狄雙很傷心，「你是介意我和顧總走得過近麼？」

「我是介意，但不是因為妳。」

狄雙不明白，「我和他之間真的沒什麼，那天你也看到了，他已經把戒指送給我們副總了。而且你是他哥啊，就算你不相信我，也得相信他啊！」

「我挺相信他的。」白洛因說。

狄雙急了，「那為什麼還要分手？」

白洛因這幾年待在部隊，別的沒練出來，厚臉皮倒是練出來了。基本是有啥說啥，從不遮遮掩掩，盡顯軍人剛正不阿的風範。

「因為我喜歡的是你們顧總。」

正月初十這一天，也就是兩人回家的第三天，顧海公司的假期就結束了，上班的第一天，狄雙就找到顧海，提出辭職要求。

「為什麼？」顧海問。

狄雙直言不諱地說：「我無法容忍我的總經理搶走我的男朋友。」

這話本來是用來羞臊顧海的，哪想人家顧總美得心裡都開花了。

「多給妳開半年的工資，妳走吧！」

晚上，顧海接到閻雅靜的電話，手機那頭傳來閻母病逝的消息。

「別太難過了。」顧海勸了句。

閻雅靜哽咽著說：「謝謝你，昨天我把心裡那些話都和我媽說了，我媽不僅沒怪我，還誇我懂事了，今天她走得特別安詳。」

掛掉電話，顧海在心裡默哀了三分鐘，而後感覺心情一下輕鬆了不少。

日子竟然就這樣悄悄地明朗起來了，果然印證了那句話，大難不死必有後福。

白洛因立了功，領導特意多批了十天的假，原本二十天的假期變成了三十天，白洛因突然閒下來，不知道該幹點兒什麼好了。顧海已經在辦公室緊張地籌備地本年度的工作計畫了，白洛因還開著車在街頭閒逛。

不知道是不是因為常年開飛機的緣故，到了地面上竟然分不清東南西北了，感覺路況變得好複雜，繞著繞著就繞迷瞪[24]了。白洛因把車停靠在路邊，聽著GPS導航在那亂叫，心裡一煩就給關上了。

我是有多久沒上街了？怎麼這些街道全不認識了？

有人敲車窗，白洛因把頭扭過去，瞧見一位面善的大嬸。

「小夥子，來隻驢吧，你瞧這驢，會唱歌會晃悠腦袋，才五十塊錢。」

白洛因看這大嬸凍得嘴唇都紫了，心一軟就把錢遞了出去。

「行，給我來一隻吧！」

拿進來之後，白洛因把驢放在手裡擺弄了一番，一按開關，那隻驢就隨著音樂撲楞[25]腦袋，晃悠得可歡實了，就跟個人來瘋一樣。白洛因看著看著就笑了，他沒發現，街上來來往往的行人從這路過，瞧見一個英姿颯爽的軍官坐在車裡，對著一隻電動驢笑，是多麼有愛的一副場景。

白洛因笑不是好笑，他覺得這隻驢越看越像顧海，於是當即產生一個邪惡的念頭，他得把這隻驢給它失散多年的親爹送過去。

23.

顧海眉頭緊鎖，表面上是盯著文件看，心指不定飛到哪去了。

我和白洛因到底算怎麼回事呢？

我這邊也撇清了，他那邊也分了，彼此的心結都打開了，照理說就算在一起了。可回過頭來一想，當年的帳是結清了，可也沒人明說「繼續」或是「和好」啊！這不明不白的，真教人難受。顧海在辦公室踱步兩圈，心裡暗暗思忖著怎麼和白洛因開口，既不掉價又把話挑明了。

千萬不能再重蹈覆轍了，顧海一直把當年的莽撞表白當成一個敗筆。自那之後的兩年，他都沒有擺脫二愣子形象，他一直認為自個處於感情的劣勢地位，是開始的主動表白給埋下的禍根，這次一定得謹慎行事。

走著走著，顧海遛達到了窗邊，站了沒一會兒，就瞧見白洛因的車開了過來。顧海平靜的心瞬間掀起一層巨浪，從頭到腳的細胞都活了，一改往日冷峻的形象，神采飛揚地走上電梯。公司的職員紛紛側目，均是一副驚駭的表情，總經理今兒是怎麼了？訂婚的時候都沒見他笑得這麼歡實啊！

24：迷惑、迷糊。
25：快速的晃動。

顧海能不高興麼？他這邊還發愁怎麼開口呢，那邊就先沉不住氣了，歷史馬上就要改寫了！

不過，從電梯裡出來，顧海就像是變了個人一樣，若無其事地從大廳出口走出去，假裝沒看到白洛因，徑直地轉彎朝自個的車走去，做出一副有事要出去辦的假象。

結果，白洛因一心玩他的驢，根本沒看見顧海，他想著這會兒離下班還有一段時間，先在車裡等等，一會兒再給顧海打電話。

顧海都把車門打開了，瞧見那邊還沒動靜，心裡暗諷道：瞎成這樣，怎麼混上飛行員的？於是又喪眉搭眼地走了回去。整了整領帶，按捺心中的激動，板著臉敲了敲白洛因的車窗。

等白洛因把腦袋鑽出來，顧海立刻來了句，「你怎麼在這啊？」

白洛因推開車門走了下去，筆挺的軍裝往身上一穿，鋥亮的皮靴往腳上一套，那一副英姿颯爽、氣宇軒昂的俊模樣，差點兒把地上的幾隻母螞蟻都電暈了。

顧海那顆心早就伸出無數雙爪子朝白洛因撲了過去。

「你在上面瞧見我了？怎麼這會兒就下來了？」白洛因故意問。

顧海清了清嗓子，從容淡定地說：「我剛從外邊開完會回來，這不正要進去麼，瞧見你在這，就過來打聲招呼。」

打聲招呼……這句話值得白洛因揣摩。

顧海瞧見白洛因不說話了，假模假式地問：「你是來找狄雙的吧？你等著，我這就給你叫出來。」

白洛因一把拽住顧海的胳膊，怒道：「少給我裝啊！狄雙不是前兩天就辭職了麼？」

「是麼？」顧海輕擰眉毛，「每年的這個時候，公司都有不少辭職的，這事歸人事部門管，我還真不太清楚。」

白洛因冷笑著聽著顧海的一句句大瞎話。

「對了，你到底幹嘛來了？」顧海還問。

白洛因直說，「找你來了。」

顧海的心噗通了一下，愣是裝作一副無動於衷的表情。

「找我幹嘛？」

白洛因異常霸氣地回了倆字。「強姦。」

顧海後撤了一步，指著白洛因的腦門質問道：「哪來的流氓你？」

白洛因差點兒把顧海伸出的那根手指頭掰下來，「裝得還挺帶勁兒！那天晚上在沼澤地，誰偷偷摸摸親我一口？別以為我不知道。」

顧海嘴欠[26]地來了句，「再胡說八道我喊人了啊！保安，把這小流氓給我好好收拾一頓！」

結果，顧海的後邊真站了一個保安，而且這保安特實誠，一句好賴話聽不出來[27]，持著警棍就從顧海後面衝出來了，顧海還沒反應過來，他就朝著白洛因的右肩狠狠來了一棍子。

顧海的臉驟然變黑，上去就給了保安一腳，保安出溜[28]到車底下，顧海拽起來又是一腳。

26：說話口氣不好。
27：意為聽不懂對方說的是好話還是壞話。
28：滑動、滑行。

「誰讓你打他的？」顧海怒吼。

保安一臉委屈地從地上爬起來，「不是您讓我打的麼？」

顧海腥紅著雙眼，「我那是開玩笑的，誰讓你真打了？」

「我……我哪聽得出來……」保安小聲嘟囔了一句。

顧海又要動手，被白洛因一把拽住，保安趁機跑遠了。

顧海扭過頭看了白洛因一眼，劈頭蓋臉又是一陣數落。

「你也是，他從我身後衝過來你看不見麼？看見了你怎麼不知道防著？還讓他打你一棍子?!」

「我故意的。」白洛因面不改色。

顧海氣得不善，「你丫……」

白洛因湊到顧海跟前，冷魅的視線逼視著他的雙眸，幽幽地說：「有本事你別著急啊？你別發火啊？你不是淡定帝麼？再笑一個我瞅瞅！」

顧海心疼壞了，哪還笑得出來啊！

「少激我，我是怕把你這首長打壞了，公司擔不起責任。」話雖這麼說，眼睛還是不停的往白洛因被打的那個肩膀上瞟。

白洛因不再拐彎抹角了，直說：「本首長給你送兒子來了！」

「兒子？」顧海神色一滯。

白洛因把手伸進車窗，把那隻驢拿了出來，顧海的臉立刻就綠了。

「瞧瞧，跟你長得多像。」白洛因邪肆一笑，直接把驢放在車頂，按了下開關，小驢很配合地搖晃起腦袋，前前後後，左左右右，逗得白洛因前仰後合。

顧海也笑了，不過他不是被這隻驢逗笑的，他純粹是被白洛因的反應逗笑的。至於麼！一隻驢就把你逗成這樣，當年我在你身上辛勤耕耘，爽得你嗷嗷叫喚，事後都沒這麼對我笑過。

「拿著。」白洛因塞到顧海手裡。

顧海摸了摸驢頭，樂呵呵地問：「你怎麼知道我是驢年生的？」

「你當年的脾氣出賣了你的屬性。」說罷又拍了拍顧海的肩膀，「本首長賞你的，好好留著！」

顧海的嘴角掩藏著笑意，「這麼幼稚的東西，我都不好意思拿回去，讓人家看見多丟人。」

白洛因沉著臉去搶，顧海攥得那叫一個緊啊！驢腿差點兒讓白洛因拽斷了，都沒能從顧海手裡搶過去。

「看在你送我這麼大個禮的份上，本總經理特許你去我辦公室坐坐。」

白洛因傲然的目光朝顧海看了過去，「沒空。」說完這句話，乾脆俐落地開車走人了。

顧海暗自後悔，不如把話說客氣點兒了，煮熟的鴨子還讓他飛了！

白洛因剛一離開顧海的視線，顧海就把那隻驢當寶貝兒一樣地抱在懷裡，神采奕奕地進了公司，哪有一點兒不好意思的樣兒，恨不得讓全公司的人都知道，他媳婦兒送了他一隻高仿[29]本人的小驢。

臨下班，財務部門的經理來顧海的辦公室交財務報表。一進門，看到顧海正對著一隻驢愣神，平日裡顧海總是一副冷峻的形象，所以下屬不敢輕易和他開玩笑。

29：根據其外形、功能仿造出來的高度相似產品。

今兒這位部門經理進來的時候，顧海把目光從驢身上轉到她臉上，那份笑容還沒來得及淡去，讓部門經理誤以為顧海在對著她笑，於是破天荒開了句玩笑，「顧總，這隻小驢好可愛啊！」

顧海霸氣地一揮手，「這個月多加兩千塊獎金！」

部門經理瞬間目瞪口呆，我的天啊！平時累死累活的都沒漲過工資，今兒就誇了這驢一句，竟然就得了兩千塊錢！

下了班，顧海把小驢往懷裡一揣，又帶著它回家了。

白洛因其實一直都沒走，在顧海公司周圍逛了幾圈，瞧見公司下班了，又把車開了過來，跟在顧海的車後面，一路開到了他的住處。

顧海早就看到白洛因的車了，就是一直裝不知道，開門的時候，瞧見有人站在他後面，又擺出那副做作的表情，「你怎麼跟來了？」其實心裡恨不得趕緊把這人塞進屋，再把門一鎖，然後○○××……

白洛因倒是挺直率，「來你這蹭個飯。」說罷視線下移，盯著顧海手裡的小驢，問：「你不是說拿著它丟人麼？怎麼又帶回家了？」

顧海繼續嘴硬，「就是因為擺在公司丟人我才拿回來的。」

「那你還我，我還不在這吃了！」

白洛因黑著臉去搶，顧海一邊拽一邊推搡著白洛因，硬是把他推進了屋，還藉著他手上的力把門一撞，而後鬆開手，雙目威瞪。

「白首長，這可就是你的不對了，我都說了把驢還給你，你還一個勁地往裡面鑽。我們家這鎖有個毛病，只要一撞就打不開了，你說這事咋辦吧？」

白洛因冷笑，兩手交叉對握，骨頭攥得咔咔響。

「過來，首長親口告訴你！」

24.

其後的情景不想而知，首長和總經理在屋裡毫無形象地打鬥，結果還是首長贏了。這對顧經理而言簡直是奇恥大辱，是的，他輸了，平時第一次在體力上輸給了媳婦兒，整個人被按在沙發上不能動彈。

本來有一次偷襲的機會，當時手已經抄向了白首長的褲襠，只要力道夠了，白首長自然就倒了。可惜顧經理的手伸是伸過去了，勁兒還沒使上，骨頭就軟了。

白洛因雄糾糾氣昂昂地騎在顧海的身上，手拿著小鞭，哼哼著說：「怎麼著？顧總，你服還是不服？」

顧海瞇著眼睛笑，「你要是再往前坐坐，我就更服了。」

白洛因低頭一瞧，這會兒兩隻鳥正依偎在一起，他若是再往前坐坐，那他的鳥豈不就和我的……白洛因的眸子裡嗖的放出無數道冷劍，再對上顧海柔情四溢的眸子，一冷一熱撞到一起，瞬間化為淫靡的霧氣，彌漫了整個房間。

白洛因的上半身慢慢地俯下，一股強大的魅惑氣焰壓了上來。

顧海的心都化了，他的大手抄上白洛因的後腦勺，狠狠下壓，就在距離嘴唇一公分的地方停下了，然後，一口熱氣撲到白洛因的臉上。

「我想操你已經八年之久了。」

白洛因幽幽地來了句，「我也是。」

一股強大的電流順著兩人貼合的身體一路匯聚到小腹下方，顧海的呼吸凌然變粗，看著白洛因的視線帶著狂野的獸性。放在白洛因後背上的手輕緩地下移，等著某一個時刻，突然出手，瞬間將白洛因翻倒在身下。

可惜，白洛因身手敏捷地從顧海的上方翻身而起，乾脆利索地怕了拍手，扭頭給了顧海一個冷魅的笑容。

顧海此時此刻的心，就像是有無數隻螞蟻在爬。從未有過的征服欲在顧海的心內升騰而起，他發現，白洛因相比八年前，更令人難以招架了。這個毒種子一旦吞下，註定又要萬劫不復。

「我餓了。」白洛因很快收起了玩鬧的心。

顧海平復了一下呼吸，沉聲說道：「老實坐這等著。」言外之意，別再整什麼么蛾子[30]了，老子那點兒忍耐力你心裡是有數的。

白洛因一個人在外邊晃蕩了兩圈，覺得沒勁，就走到廚房門口，剛要進去，突然被裡面的情景嚇了一跳。顧海正在一塊肉上耍著花刀，眼睛瞇縫著，目露狡黠之色，白洛因心裡戚戚然，不會把我當成那塊肉了吧？

吃飯的過程還算和諧。

白洛因看著滿桌子的菜，心情甚好，便打趣地說：「都是我愛吃的，你是不是知道我要來，特意

30：花招、鬼點子。

在家預備好了？」

顧海冷哼一聲，「誰說這是給你預備的？你不來我也照樣吃，你來了我還不樂意給你吃呢。」說罷把那幾道好菜都挪到了自己這邊。

出乎意料的，白洛因沒搶回來，就老老實實地吃眼前這幾道素菜。

顧海心裡又不落忍了，想著白洛因在部隊受苦受累的，還吃不到一頓像樣的飯。好不容易來我這，想給他改改膳，結果說了一句不好聽的，這又吃不好了。

「得了，瞧你怪可憐的，今兒就賞你兩口，別到時候和人家說我顧總虐待你。」說罷，又把那幾道葷菜挪到了白洛因眼前兒。

結果，白洛因還是伸手去夾離自個遠的那幾道菜，顧海臉一黑，猛地朝白洛因的手背上來了兩下。

「你丫存心找不痛快吧？」

白洛因不動聲色地瞟了顧海一眼，而後便揚起嘴角去夾自個喜歡吃的菜。

顧海的心緒又有點兒不穩了，他清了清嗓子，鄭重其事地說：「白洛因，你變壞了。」

白洛因心裡哼了一聲，我哪變了？要不是為了揭開你這張老厚的臉皮，我能上趕著招你麼？我倒想看看，你能裝到什麼時候！

「我真同情你的另一半。」顧海歎了口氣。

白洛因冷笑，「同情他？他哪值得你同情啊？」

「你看看你現在，一臉的輕浮，哪有以前踏實！誰要是做了你的戀人，他得多不放心啊！」言外之意，你勾引我可以，別到處拈花惹草去。

白洛因漫不經心地回了句，「拴不住我，只能賴他沒本事！」

此時此刻，顧海心中萌生一個美麗的念頭，他好想把白洛因直接給操哭了！

吃過飯，白洛因擦擦嘴起身，「我走了。」

「就這麼走了？」顧海忍不住問了句。

白洛因微斂雙目，「不然呢？」

顧海臉色變了變，心裡默默地組織語言，想著怎麼恰到好處地把這個小人精給留下來，然後名正言順地將他吃乾抹淨，從此對自個俯首稱臣。

結果，白洛因壓根沒給顧海這個挽留的機會。

「我不能留在這，我得嚴於律己，讓我未來的戀人瞧瞧，我是多穩重的一個人，顧總，你說是不是啊？」點了一根菸叼在嘴裡，將軍裝上衣搭在肩膀上，異常瀟灑地走出了門。

晚上，顧海洗澡的時候就把持不住了，這簡直比毒癮犯了還難受，滿腦子都是白洛因的臉，那幽冷魅惑的小眼神，又長又直的兩條腿，損人時那微微揚起的小嘴，還有被軍裝包裹得渾圓緊致的小屁股……顧海這八年積蓄了太多的能量，怎麼發洩都不滿足，要是把他留下該多好，這一晚精盡而亡都值了！

顧海靠在床頭，焦躁地抽著菸，心裡自我催眠著，你要沉住氣，一定要沉住氣。如果你現在妥協了，他肯定會認為這種勾搭人的手段是奏效的，他會在你身上施展，也會跑到別人那兒發揚光大。一定要除掉他這個罪惡的習性，讓他徹底明白，自個是沒有任何魅力可言的，不要再去別人那兒自取其辱。

顧海硬是逼著自個睡著了。

第二天一早，他又揣著「兒子」去公司了。

其後的幾天，白洛因總會在下班之前開車過來，然後跟著顧海去他家蹭飯。顧海養成了一個良好的習慣，那就是每天快到白洛因來的時間，就準時守在窗口，饒有興致地欣賞著白洛因立在車前等待他的那道帥氣凌人的身影。

同時也享受著被別人追的極致快感！

閻雅靜把家事處理完就回公司了，她回來之後發現顧海的辦公室多了一樣東西，最初以為是哪個人惡作劇擺在那的，結果去了幾次後發現，這驢竟然是顧海帶來的，而且對它寵愛有加，誰若是說這隻驢的一點兒壞話，顧海肯定跟她翻臉。

今天臨下班，閻雅靜照例去顧海的辦公室。結果，發現他的目光又對著窗外。這種情形閻雅靜已經發現第二次了，她很好奇顧海在看什麼，那種眼神為什麼如此陌生。

「顧總。」閻雅靜敲了敲門。

顧海把目光移回來，眼睛裡的溫度降了降，只是淡淡說了句，「檔案直接放那吧！」

閻雅靜把東西放好，再把目光朝顧海投過去，發現他的眼神又瞟向窗外。

「你在看什麼？」閻雅靜忍不住問了句。

顧海幽幽一笑，招呼著閻雅靜過來，給她指指窗外的白洛因，「妳看他站在那是不是顯得特傻？」目光中遮掩不住的寵溺之色。

閻雅靜一副驚詫的表情盯著顧海看，她無法理解，顧海怎麼盯著自個的哥哥都能看得這麼帶勁？

何況她也沒看出白洛因哪裡傻，倒是覺得顧海這種行為挺傻的。

「哦，我這兩天下班總是看他待在這，也不知道在等誰。」

顧海唇角勾起一個驕傲的弧度，好像閻雅靜這話是故意說給他聽的。

閻雅靜又說道：「不過自從他來，咱們這的職員下了班都徘徊在公司門口不走，前天我出門的時候，正巧看到一個員工和他套近乎，還要了他的手機號碼。」

顧海的眼神凜然一緊，「他給了麼？」

「給了啊！」閻雅靜笑得唇角上揚，「他特有女人緣，我不只一次看到女生過去和他搭訕了。說實話，你哥確實是個禍害，他站在那太拉風了，想讓人不注意都不成。」說話間，自個的臉都有點兒紅了。

顧海這會兒再往下一看，滋味立馬變了，臉一沉起身走了出去。

25.

顧海從電梯裡晃蕩出來，一步一個響兒地朝白洛因走過去。剛剛還人來人往的門口，突然就消停了，那些徘徊的女職員，一瞬間找到了家的方向，紛紛向四面八方散去。

白洛因依舊倚立在車前，帥氣瀟灑的身段讓人無法斜視。

顧海走到白洛因身邊停下，兩人的臉幾乎快貼到了一起。

「幹嘛呢？」顧海問。

白洛因的手自然而然地放在顧海的肩膀上，「沒幹嘛，找地兒歇個腳、抽根菸而已。」

「那可真巧。」顧海皮笑肉不笑地看著白洛因，「每天都撿這個地兒歇腳。」

「這地方女的多。」白洛因點了一根菸。

顧海把白洛因嘴裡的菸搶了過來，塞到自個嘴裡，和白洛因並排倚靠在車身上，陰鬱的目光注視著眼前的辦公大樓。

「以後別來了。」顧海警告。

白洛因不屑一顧，「公共場所，我為什麼不能來？何況我也不是來找你的，目前單身，想藉著你這風水寶地尋求一段姻緣。」

顧海吐出的煙霧帶著一股寒氣，尋求一段姻緣？老子就待在你旁邊，你還去哪尋？

「甭找了，我這公司裡的女的沒一個適合你的。何況人家個個心高氣傲，誰會看上你這麼個招搖過市的大禍害……」顧海自顧自地說了半天，結果發現白洛因壓根沒反應，扭頭一瞧，那廝不知從哪掏出來一大疊的名片，草草一看至少五十張。人家就在那一張一張地翻著，就像是選秀女一樣，表情別提多愜意了。

顧海一把搶過那些名片，二話不說全揣進自個衣兜。

白洛因似笑非笑地看著顧海，「顧總，這就是你小氣了，你看這些名片你辦公室裡都有，幹嘛要跟我搶呢？」

「我就是借來看看，看看我們公司有多少不開眼的。」

白洛因不氣不惱地拔下嘴裡的菸頭，一副納悶的表情。

「欸，你說今兒這菸怎麼有一股酸味啊？」

顧海陰著臉掃了白洛因一眼，那副表情要多精采有多精采。

白洛因幽幽一樂，一拍車門，「得了，顧總，不早了，我該吃飯了。」

顧海心中暗道，今兒你要是進了我家門，我要讓你走著出去，我都不姓顧！

結果，出乎意料的，白洛因沒上車，直接朝對面的茶餐廳走去。

顧海在後面問了句，「你幹嘛去？」

「就在這湊合一頓吧！」白洛因的腳步在門口停了停。

顧海沉著臉提醒，「這家茶餐廳沒有你喜歡吃的東西。」

白洛因回過頭，嘴角藏著幾分笑意，「你們家有我喜歡吃的東西，可我也不能老去啊！吃人家嘴軟，你瞧我才吃了幾天啊，在你們公司門口停個車都得看你臉色。」說完，扭頭走了進去。

顧海心裡咬牙切齒的，白洛因，你丫就氣我能耐！

於是，他也跟著走了進去。

白洛因正要點餐，瞧見顧海也走了進來，忍不住開口問：「我說，顧總，你廚藝那麼好，幹嘛還來餐廳吃啊？」

顧海就回了一個字，「懶！」

白洛因吆喝一聲，「服務生，加一副碗筷。」

結果，顧海愣是沒和白洛因坐到一桌，找了旁邊一個位置坐下了。

白洛因心裡恨恨的，顧海，你行！你丫就和我僵著吧！反正也沒兩天了，等我回了部隊，你想找人置氣都找不到了。

服務生走到白洛因面前，看看白洛因，又看看顧海，小聲問：「還加麼？」

白洛因冷著臉說，「加，就放對面。」說罷，把對面的那副餐具擺開，一副對面有人的假象。

於是，兩人就坐在兩張餐桌上，旁若無人地吃著，期間誰也沒和誰說話。顧海根本就吃不慣這的東西，可來都來了，總要把戲做足了，不然顯得自個就像跟來的似的。

「吃吧，這個菜味兒不賴。」旁邊突然傳來白洛因的聲音，顧海的筷子一抖，目光朝旁邊掃去。

結果，他看到了令他血脈賁張的一幕。

白洛因一個人吃飯，對面空無一人，可他一直在給對面的碗裡夾菜，一邊夾菜還一邊和對面的空碗、空盤子說話，好像一個重症的精神病人。

「這塊魚的魚刺我已經給你擇了，以前你不總是給我擇麼？今兒我也給你擇一次。好吃麼？真的好吃？你看你都吃到下巴上了，趕緊擦擦……」

周遭冒出一股股寒氣，有兩個顧客都挪走了，剩下的人皆是一副同情的目光看著白洛因。

「哎，多好的小夥子啊，怎麼得了這個毛病呢？」

「就是啊，一定是受過什麼刺激。」

「要我說，肯定是那人死了。」

顧海吃下的飯全都卡在喉嚨，心裡翻江倒海，什麼滋味都有了。

突然，白洛因又冒出一句，「顧海，我給你夾的菜好不好吃啊？」

顧海那張臉黑得都快冒亮兒了，白洛因，我草你大爺！我還沒死呢！

直到被顧海揪到車上，白洛因還在那樂得不行。

顧海把白洛因推倒在車後座上，一個勁地在他腰上撓癢癢。

白洛因一邊撲騰31一邊求饒，「別鬧，別鬧，一會兒該吐出來了。」

顧海總算放過白洛因，白洛因坐起身，等呼吸平穩了之後，扭頭看向顧海，那廝還瞪著一雙幽靈般的目光看著他。

白洛因忍不住又笑了。

顧海用大手狠狠箍住白洛因的兩頰，把他的嘴擠成了鴨子嘴狀，都到這份上了白洛因還笑呢，豎著噘起的嘴使勁往外咧，臉頰被擠出幾道縱折，模樣特別滑稽。

顧海被氣樂了，鉗子一樣的手去掏白洛因的鳥，白洛因趕緊夾緊腿防禦。感覺到顧海的嘴唇封了上來，白洛因頭一扭，這一口正好親在耳朵上。白洛因的身體抖了一下，又要掙扎，結果顧海的一條

31：亂動。

腿狠狠壓在他的腿上，讓他動彈不得。

然後，久違而來的一個吻。

唇齒相抵，一股巨大的浪潮席捲至身體各處。眼睛微微睜開，情動地看著彼此的臉被路過的車燈照得忽明忽暗，柔軟的舌頭在彼此的薄唇上游走，激動的餘波在身上久久不肯散去。

白洛因英挺的眉毛微微皺起，「一嘴的芝麻醬味兒。」

顧海的舌尖又在白洛因的唇角掃了一圈，跟著說道：「一嘴的蝦米味兒。」

兩種味道再次交融，剛才的溫柔只是預熱，顧海的情緒很快便被點爆了，舌頭長驅直入，一下抵到白洛因的喉嚨，白洛因當仁不讓，硬是把顧海的舌頭頂了回去，開始在他的口中肆虐。兩人的氣息越來越急，顧海的手開始在白洛因的身上遊走，白洛因感覺襯衫底下漏風了，突然一隻溫熱的大手伸了進來。

白洛因一把攥住，目光中透著幾分揶揄。

「顧總，你不能在公司門口暴露了你的流氓身分。」

顧海磨著牙，「顧總？我讓你一口一個顧總！舌頭給你咬斷了！」

「哪來的流氓你？」白洛因學著顧海的表情喝斥一聲。

顧海的手狠狠在白洛因的腰眼上掐了一把，「你就壞吧！」

兩人鬧了一會兒，總覺得活動空間不夠，顧海停下來，下巴抵在白洛因的肩頭，扭頭把熱氣全都撲到白洛因發燙的耳根上。

「和我回家吧。」顧海說。

白洛因倔著一張臉，甚有骨氣地回道：「不去！」

顧海貼在白洛因的耳邊柔聲問道：「為什麼不去？前兩天不是總跟在我屁股後面跑麼？怎麼今兒主動請你去，你倒不賞臉了？」

白洛因的立場很堅定，「軍人要作風端正。」

「那算我主動投懷送抱，你去不去？」顧海繼續蠱惑人心。

白洛因沉默了半晌，還是說道：「不去！」

顧海憋到內傷，一咬牙一跺腳，還是把那句吃虧的話爆出口。

「我喜歡你。」

白首長板了一張嚴肅的面孔清了清嗓子，「那就去你們家喝口水吧！」

顧海心中暗笑，感情上吃點兒虧沒什麼，我可以在床上補回來！

26.

顧海一腳把門踹上，轉身就將白洛因抵在牆上，沒完沒了地親。白洛因的後背貼著冰涼的牆面，前胸卻是灼熱一片。顧海的手在白洛因的襯衣裡面急切地遊走著，對每一寸皮膚都愛不釋手的感覺，不知該停在哪一處。

突然，一陣樂聲響起，白洛因身體一僵，只見顧海順手按了下開關，樂聲就停了。白洛因朝聲音出處看去，頓時大跌眼鏡，顧海的懷裡竟然還揣著自己送給他的那隻驢。

「你怎麼又拿回來了？上次你不是說放在辦公室丟人麼？」白洛因存心擠兌顧海。

顧海厚著臉皮說：「我現在離開它活不了了。」

白洛因嘴角噙著笑，「真有那麼喜歡？」

顧海摸了摸驢頭，自言自語般的嘟囔道：「它特好用。」

「好用？」白洛因一臉納悶。

顧海樂呵呵地坐到沙發上，把小驢倒著放在兩腿中間，再把開關一開，小驢的腦袋一晃悠，上上下下、左左右右，蹭得顧海這叫一個爽啊！

白洛因被顧海的猥瑣折服了，當即怒喊道：「你竟然拿它幹這個?!」

顧海裝傻，「你不就是當作情趣用品送我的麼？」

「……你！」

眼瞧著白首長又要施展暴力，顧總經理趕忙攔住說客氣話，「沒沒沒……別生氣，逗你玩呢，我才捨不得讓它幹這麼卑賤的事。我真把它當兒子一樣哄著，每天晚上抱著它睡覺。」

白洛因一把搶過顧海手裡的驢，低頭一瞧，發現驢腦袋上的毛都快磨沒了。

「啊啊啊！……」

白洛因把顧海一陣好揍，連帶著前陣子的那點兒帳都給結了，顧海這次真沒還手，硬挨了好幾拳，不過都是意思性的，他知道白洛因不捨得下重手。打完後把白洛因死死箍在懷裡，熱情地召喚著，「一塊去洗澡吧。」

白洛因黑眸閃動了一下，還是點頭答應了。

浴室有兩個花灑，一個人站在一邊，脫衣服的時候，顧海忍不住說了句，「當初咱倆一起洗澡，我就總想，你這副身條特適合穿軍裝，哪天要是能穿著軍裝被我操一次，那該有多爽……」

顧海這話等於玩火自焚，白洛因當即冷哼一聲，「等我穿上軍裝，挨操的就是你了！」

顧海但笑不語，他不是看不起白洛因的體力，只是對白洛因的技術瞭若指掌。八年前三天兩頭做，都沒見他的水準有什麼長進，當了八年的光棍，他要真能把自個拿下，顧海也由衷地佩服他。

白洛因的手停在襯衫的釦子上，下意識地瞟了顧海一眼，那廝已經光溜溜的了，正拿一副惡狠的目光盯著他。白洛因不知道是不是當年的陰影烙得太深了，這會兒在顧海面前脫衣服，還會有不自在的感覺，儘管他一直說服自個旁邊就是個普通的爺們兒。

當白洛因所有的衣服都散落一旁的時候，顧海的胸口驟然點起一團火，如他所期待的那樣，甚至已經超出了他的期待。

白洛因的身材完美至極，肌肉線條非常流暢，渾身上下沒有一絲贅肉，相比當年還多了些曲線感。尤其臀部的那兩塊肉，渾圓立體，被熱水沖刷之後，野味十足。

顧海光是用眼睛看，下面就站起來了，一副活色生香的春光圖已經在他的腦中上演。他把水溫稍微調得涼一些，以免因為興奮過度而導致還未開始便一瀉千里……

白洛因也忍不住朝旁邊瞟了兩眼，瞧見那久違的巨物，暗暗咋舌，這廝八年什麼都沒長，專長那玩意兒了吧？不過還是在心底偷偷嫉妒了一下下，顧海的骨架天生比他大，所以無論他怎樣訓練，都不可能達到顧海這樣威武壯實。

洗過澡，顧海讓白洛因坐在臥室的沙發上看電視，他站在後面給他吹頭髮。暖風和顧海的手輕柔地拂過白洛因的面頰，他的眼睛注視著電視螢幕，其實根本不知道裡面演的是什麼。

「平時洗完頭髮吹乾麼？」顧海問。

「不吹。」白洛因實話實說，「擦吧擦吧就睡覺，第二天早上就乾了。」

顧海氣結，「我就知道你丫準是這個德性，頭髮不吹乾了就睡覺不頭疼麼？」

「沒感覺，颳風的時候出去轉一圈就乾了，有時候冬天洗頭忘了戴帽子就出去了，回來滿腦袋冰棒，特二，嘿嘿……」

「你還笑！」顧海在白洛因的臉上擰了一下，「以前你怎麼樣我不管你，現在你聽好了，洗完頭必須吹乾，我在的時候我給你吹，我不在的時候你自己吹。」

白洛因不耐煩地說：「沒吹風機！」

「我給你買一個送過去。」顧海語氣很強硬，「還有，你把你屋裡的那些垃圾食品都給我扔了！以後我有空就去給你送飯，我沒空會找人給你送！」

白洛因幽幽地歎了一口氣，「都這麼多年過去了，你怎麼還娘們兒唧唧的？」

「也就是對你！」顧海沉著臉反問，「你見我和誰墨跡[32]過一句？」

白洛因沒吭聲。

顧海的大手扼住白洛因的後脖頸，沉聲說道：「我沒和你開玩笑，你手底有多少人我不管，但是到了我這，你必須得聽話。以後我時不時就來個突擊檢查，我要發現你宿舍裡有什麼違禁物品，你就脫褲子等著挨揍吧！」

時隔了八年，白洛因越來越皮了，顧海說什麼，他基本就是左耳朵進，右耳朵出，壓根不當回事。

吹乾頭髮，顧海給白洛因剝了一個葡萄，遞到他的嘴邊，白洛因猶豫一下，還是張嘴吃了進去。結果剛咬一口，酸得他差點兒暈過去，尤其是剛刷完牙，對酸味兒更加敏感，白洛因的眉間擰起一個十字結。

顧海惡劣地坐在一旁欣賞白洛因糾結的表情，白洛因發現顧海是故意的時候，瞬間撲了過去，用薄唇封住顧海的嘴，將嘴巴裡的酸味兒全都鼓搗[33]到他的嘴裡。酸味逐漸淡去，取而代之的是甜滋滋的餘味，兩人的接吻像是一場游擊戰，你追我奪，最後把戰場轉移到床上……

白洛因靠在床頭，顧海一條腿壓在他的身上，舌頭開始在他的頸間流竄。長時間被冷落的身體突然受到不明物體的侵襲，表現出極大的條件反射，白洛因的皮膚上浮起一層細密的小疙瘩，隨著顧海

32：原字為「磨嘰」，意為囉唆、拖泥帶水。

33：折騰、撥弄。

舌頭的轉動而愈加明顯。

「嗯……」當顧海的舌尖探入白洛因的耳內，指尖捏起胸口的小小凸起時，白洛因發出難耐的喘息聲，微微瞇起的雙眸染上難以掩飾的情慾。

顧海整個身體橫了上去，將白洛因的兩條腿分居腰身兩側，俯下頭含住他左胸的凸起，輕輕地啃咬吮吸著，白洛因立刻挺起腰身，讓兩隻小怪獸摩擦親暱，凌亂的呼吸充斥著整個房間。

顧海在刻意忍著，儘管他很想粗暴地提槍上陣，可想起這是自己心心念念了八年的身體，他要把他當成一件失而復得的寶貝，小心翼翼地品嘗，細細地回味著八年來錯失的種種美好。

顧海抬起眼皮，看到白洛因正用兩道熾熱夾雜著恐懼的目光看著他，忍不住戲謔道：「你那麼看我幹嘛？」

其實他心裡明白，其後即將侵入的領地，是自己一手調教出來的，曾經吵架的時候被拿來當殺手鐧的，專屬於他的敏感地帶，只要一碰某人立刻就被降服。

顧海含著幾分笑容，在白洛因緊張的神色中，把舌頭滑到小腹處，舌尖像是畫筆一樣地勾勒著肌肉的紋理，緊接著轉向腰眼的部位。

白洛因的腰身不受控地抖了一下，兩條有力的長腿狠狠夾住顧海的雙肩，在他舌頭的侵犯和撩撥下，臉頰浮現忍耐不能的扭曲神色，一陣陣悶哼聲衝破嘴角。

顧海抬頭給了白洛因一個邪肆的笑容，似乎在笑話他沒出息。

白洛因狠狠朝顧海的嘴上咬了一口，而後翻身將顧海推倒，急切而不得章法地在顧海的身上調戲。顧海說的沒錯，白洛因這幾年沒啥長進，唯一的變化就是手勁大了，揉起來更疼了。要不是被他迷到了一定份上，憑他這二把刀的工夫，還真挑不起人的興致。

不過，在白洛因的手攥住小海子的時候，顧海發現他徹底錯了，歷經八年的磨練，白洛因絕對是擼管的行家了。手上的花活兒耍得真夠地道，再加上那滿手的老繭，恰到好處的力道，顧海竟有種招架不住的感覺。

「爽吧？」白洛因揚起一個嘴角。

顧海的手插進白洛因的頭髮裡，喘著粗氣審問道：「這幾年沒少在被窩偷摸搞事吧？」

「嗯……」白洛因直言不諱地承認，「還幫別人搞過。」

顧海的兩隻手正扣在白洛因的兩瓣上，聽到這話，其中一隻手抬起老高，在白洛因沒有防備的情況下，狠狠朝一瓣上拍了上去，清脆的一聲響，白洛因那半邊的屁股全麻了。

立即怒道：「你大爺的！疼……」

顧海樂呵呵地揉了揉，「前幾天保安那麼狠地敲了你一棍子，你都沒嚷疼。我就這麼輕輕拍你一下，你就跟我說疼，你是真疼還是和我撒嬌啊？」

白洛因依舊黑著臉，「那能一樣麼？」

顧海定定地看了白洛因一會兒，忍不住說道：「因子，你實話和我說，這八年你有沒有和誰在一起過？」

「有。」

顧海目光一緊，「誰？」

「你。」

27.

顧海將白洛因的上半身拖抱過來，瘋狂地吻住他的薄唇，熾烈的吻如同暴風驟雨般朝白洛因砸過來。白洛顧不得調整呼吸，只能這樣憋著氣，享受著顧海傳遞過來的濃濃的深情和愛意。

顧海說不出心裡的滋味了，此時此刻，只想狠狠地疼愛他，粗魯地再次占有他，讓他明白自己不是一個人，他們心心念念的彼此在這一刻終於身心相合了。

薄唇分離過後，白洛因趴在顧海的身上密密麻麻地啃蝕著，顧海的手始終在白洛因的臀部蹂躪，手感好得無法形容，顧海甚至想湊過去咬下來一口，看看是不是如自己想像的那般美味。

白洛因含住顧海的左胸的凸起，舌尖在上面惡劣地逗弄著，顧海呼吸一粗，揉著白洛因兩瓣的手猛地加大力度，白洛因吃痛，狠狠在顧海的敏感之地咬了一口。

顧海啞然失笑，一隻手伸進白洛因的四角褲，握住那隻一直在自己小腹上磨蹭的小怪獸，從根部撫弄到頂端，緩慢而磨人。白洛因明顯有些急，自己挺動腰身示意顧海加快動作。顧海才沒那麼容易滿足他，他將拇指按在頂端的溝壑處，惡劣地搔刮了兩下，白洛因立刻收緊了腿上的肌肉，臉上浮現幾分急不可耐的神色。

顧海趁著這個機會，手指抹上油，滑入白洛因的密口處，白洛因的身體猛地一陣顫慄，反手將背上的胳膊牢牢攥住，目露霸道之色，「這次換我來。」

顧海料到白洛因就在打這個主意，幸好早有準備。他放棄拖延政策，把手上的節奏毫無徵兆地加快。顧海的手技絕對是一流的，白洛因毫無招架之力。顧海成功轉移他的注意力之後，又連哄帶騙地對後面發起密集的攻擊。

「下次，下次換你來，咱先溫故一下昔日的美好……」

擴張就在白洛因無力的推搡過後不知不覺地完成了，顧海抬起腰身，就著白洛因趴在自己身上的姿勢，由下而上地緩緩進入。

「唔……」

兩人皆爆發出抑制不住的悶吼聲，白洛因是消受不了如此巨大的侵入，而顧海則純粹的因為爽。緊窒溫暖的甬道牢牢地吸附著他的分身，太久沒有嘗到的銷魂滋味令他所有的感官都達到癲狂的狀態。

即便這樣，顧海還是拿出最大的耐心來照顧白洛因的感受，溫柔地親吻著，小心地試探著，「疼麼？」

「有點兒。」白洛因的手狠狠攥著顧海的手臂。

顧海根據白洛因手上的力度感受他的身體狀況，緩緩地推送到一個深度過後，暫時停下來，把主動權交給白洛因，讓他自己慢慢適應。

白洛因試著動了動，每次都是剛要適應，那玩意兒又脹大了，幸好他經常鍛煉，肌肉收縮性強了，不然很容易受傷。

白洛因的慢動作對顧海也是一種考驗，這廝在下面忍得都快內出血了，只能不停地摸著白洛因的臉頰來緩解身下的折磨。

終於，白洛因腰身的挺動頻率稍微快了一些，動作也流暢了不少。

顧海再也等不及了，一把抄起白洛因的腰，在下面兇狠高速的衝撞，白洛因繃不住的哼吟聲隨著顧海的頻率綿延不絕。

「啊啊啊啊啊……」

顧海猛地起身將白洛因壓倒在床上，將他的兩條腿大分，狠狠壓成一條直線，白洛因身體的柔韌性相比之前好多了，這對顧海而言無疑又是一個巨大的饋贈。

他再次從正面闖入，這一次毫無顧忌，粗暴地在狹窄的甬道裡進進出出，由慢而快，由淺而深，每一下撞擊都是如此有力，啪啪啪的聲響充斥在耳邊，給安靜的房間製造了無比色情的樂聲。

白洛因體內某個沉睡的部位剛被喚醒就遭受如此強烈的攻擊，一時難以消受，手不停地推著顧海的小腹，企圖降低他的速率。不想顧海將他的兩隻手箝制住，十指交纏，頻率和強度有增無減。白洛因突覺一股股電流爆發性地流竄到身體各處，腳趾都在不受控地抽搐，痛苦又歡愉的呻吟聲破口而出。

顧海也伴隨著自己的律動而失控地悶吼著，這副身體給他帶來的刺激已經超出了他所幻想的範疇。白洛因肌肉強有力的收縮和彈性是以前不具有的，也是讓顧海情緒高度失控的又一大禍根，他已經徹徹底底瘋了。

白洛因臉頰脹紅，額頭滲出細密的汗珠，微微瞇起的眼睛裡散發著蠱毒般的魅惑，把顧海迷得神魂顛倒。顧海迫不及待地俯下身去吻白洛因的薄唇，狠狠地吮吸著，即便腫了也不肯罷手。

「寶貝兒……寶貝兒……老公操你操得特爽……」顧海粗亂著呼吸在白洛因的耳邊說著淫言蕩語。

白洛因的分身早已高高豎起，在顧海的小腹間不停地摩擦著，顧海的手伸了過去，立刻聽到白洛因凌亂的疾呼聲，「別碰……」

顧海一點兒沒客氣，手在上面剛套弄沒兩下，崩潰的低吼聲傳來，緊接著密口處劇烈的收縮，一陣抽搐過後，顧海的手上一片濕滑。

顧海暫時停下來，手指攜了一些濃白的液體，惡劣地朝白洛因的嘴上抹去，白洛因扭頭不肯接受，顧海玩味地笑道：「自己還嫌棄自己？」

白洛因擰巴[34]著臉，「我不喜歡那個味道。」

顧海笑著將手指含入口中，陶醉地品嘗著白洛因的味道，白洛因被他那副色情的模樣弄得面孔發燒。顧海又把嘴封到白洛因的唇上，硬是強迫他和自己一同品嘗。

發洩一次過後，白洛因的某物壓根沒有疲軟下來，顧海把玩一陣後，又將白洛因的身體側擺，一點兒不浪費白洛因良好的身體柔韌性，將他一條腿壓在床上，另一條腿高高抬起壓至耳側，從身後再次貫入。

這個角度對某點的刺激更為直接，白洛因一聲一聲哼得甚是性感，顧海痴迷地欣賞著，又把白洛因的頭扭過來，將他嘴裡美妙的回應全部吞入口中，變成兩個人意亂情迷的絕響。

哼哼唧唧了一陣，顧海腰部突然開始發力，唇齒相離的瞬間，兩聲失控的低吼衝破喉嚨，兩副身軀以小腹為爆點，連帶著數十根神經都在高強度地震顫，很久才平息下來。

兩人都是大汗淋漓，但精神狀態依舊那樣好，顧海親了白洛因一口，笑著問道：「舒服麼？」

34：彆扭。

白洛因笑得特美，美到顧海一想起他要回部隊，五臟六腑都跟著揪疼。

「要不你轉業吧？」顧海心疼地看著白洛因。

白洛因儼然不買帳，「我好不容易混到今天這個位置，還沒達到我所期待的高度，怎麼可能說放棄就放棄？」

「我也就是說說。」顧海很尊重白洛因，「我是心疼你，但你也適可而止，像上次那種冒險的任務，以後別再接了。」

「接不接不是我說了算的，只要組織上需要我，我就不會避讓的。」白洛因說得很堅定，「排除一切危險因素本來就是我們的使命，如果我們再選擇躲避，那國家供養我們還有何意義？」

這番話說得挺振奮人心，顧海心裡也為白洛因驕傲，可架不住心疼啊！一想到自個的愛人整天活在懸崖邊上，那種滋味誰能受得了啊？何況這心肝是顧海剛撿回來的，簡直就是他的命根子！

看到顧海那副糾結的表情，白洛因忍不住開口安慰道：「你就把心放肚子裡吧！比我飛行時間長的人多的是，人家不也活得好好的？」

這個問題顧海不能往深了想，想多了肯定是他的心病，也會給白洛因造成無形的壓力，於是乾脆聊些別的。

「你過兩天該回部隊了？」

白洛因點點頭，「還有三天。」

顧海歎了口氣，「咱倆都有事要忙，這一天天的，哪就熬到見面那一天了……」

白洛因心裡一緊，扭頭朝顧海提醒，「你不是可以隨意進出部隊麼？等你下班，我也差不多忙完了，除非有特殊任務……」

顧海故意氣白洛因，「我公司時不時就加班，開車到你那至少一個鐘頭，來來回回就倆鐘頭，我還得抓緊時間休息，第二天要早起。再說了，我老往你那跑也不叫事啊，讓你手下的兵瞧見多不好……」

白洛因的臉立刻就沉了下來，說話的口氣也硬了，「那我就沒轍了。」

看白洛因耍小脾氣對顧海而言也是一大享受，這廝很沒自覺性地湊了過去，試著把手放到白洛因的肩膀上，果然被狠狠地甩了下去。

顧海就像占了多大便宜一樣，笑得特得意，「我逗你玩呢，我能捨得不去看你麼？」

白首長可沒那麼好哄，當即駁了一句，「愛雞巴去不去。」

顧海啞然失笑，「那我要去了，你讓我住你宿舍不？」

「不讓。」

「真不讓？」顧海黑眸閃動，「那我今兒得折騰夠本了。」說罷翻了個身扎進被窩，逮住那個讓他垂涎很久的兩團肉，一口咬了上去。

白洛因像是泥鰍一樣地撲騰著，顧海則按住他敏感的腰身，硬是把白洛因兩瓣上的每一寸皮膚都咬上一個遍，咬得很有藝術性，那上的牙印就像一幅畫一樣。

白洛因起初還罵罵咧咧的，後來就不吭聲了，再後來顧海的舌頭轉移了陣地，將那飽受摧殘的密口用舌頭問候了一番，白洛因的口氣立刻變了一個調。

「讓你住……顧海……讓你住……」

於是，顧海將白洛因的腰提起來，又開始了下一輪進攻。

兩人大戰了N多個回合，顧海終於決定停手，剛要閉上眼睛，就被一股巨大的力量差點兒搖晃到床下。睜眼一瞧，白洛因精神抖擻地坐在他旁邊。

「這回該我了吧？」白洛因牢牢按住顧海。

顧海驚愕的目光看著白洛因，「你……你還有力氣呢？」這要是放在以前，白洛因早就悶頭大睡了。

「廢話，我這精神著呢！」白洛因騎在顧海的身上使勁蹭，「趕緊起來，讓老子弄你一次。」

顧海睜開一隻眼，故作一副體力不支的虛弱模樣，「我不行了，老夫早已不復當年之勇，你讓我歇歇吧。」

白洛因嗷嗷叫喚，打在顧海臀部的巴掌清脆作響，「你丫少給我裝，起來！起來！」

一直折騰到快天亮，屋子裡才真正消停下來，顧海從洗手間出來，剛一躺下，白洛因就扎了過來，儘管手腳都熱熱呼呼的，可還是改不了要往顧海身上黏。

顧海特幸福地凝望著白洛因的臉頰，他發現無論是二十六歲的他還是十八歲的他，只要鑽進被窩，永遠都是他的小孩兒。

這一輩子慣出這麼一個臭毛病，顧海真心覺得知足了。

28.

顧海一大早就去了公司，中午回來的時候，白洛因還在睡。早上臨走前給他做的那些早餐動都沒動，顧海只好全都倒掉，又做了一些午飯。回屋想叫白洛因起床，結果看他睡得正香，趴在旁邊足足瞧了十分鐘，愣是沒捨得開口叫一聲。

無奈之下，顧海只好又給白洛因留了一張字條，鎖好門回了公司。

顧海前腳剛一走，顧洋後腳就來了，他是今晚上回香港的飛機，本來想著臨走前見顧海一面，結果兩人在路上錯過了。顧洋去顧海公司找他的時候，顧海正好在家，結果等顧洋到了顧海家的時候，他剛走沒多久。

顧洋不喜歡刻意打電話追問顧海在哪，想著如果能見一面就見，見不到就算了。

看到顧海家門緊鎖，顧洋佇立在門口，思忖著是否還有進去的必要。他有這套房子的鑰匙，很早以前顧海就給過他了，可是現在這情形，家裡明顯沒有人，顧洋不知道進去能幹點兒什麼。

轉身剛要走，顧洋突然又停住了腳。

隱隱間覺得裡面不是空的，有一股活物的氣息從裡面飄出來。

顧洋打開房門走了進去。

房間內充斥著濃濃的飯菜香，顧洋拿起茶几上的紙條，看到上面寫道：「飯菜放在保溫櫃裡，拿出來就能吃，我下班就回來，你要是等不及，可以去公司找我。」

傻子都能看出來這房間還有另一個人。

看來，他弟弟已經迎來人生的第二春了。

臥室的房門緊閉，顧洋輕輕擰動門把手，緩步走了進去。床上睡著一個人，被包裹得像個蠶蛹一樣，只露出半個腦袋，屋子裡飄著淡淡的麝香味兒，只要是個男人，就知道這間屋子前一晚發生了什麼。

當顧洋看出床上的人是白洛因時，心裡突然有種異樣的不快。

而且這種不快與八年前見到他倆在一起時的不舒服明顯不同，那會兒是一種源自心底的排斥，現在則是純粹的彆扭，就好像顧洋站在門口的那一刻，就預感到裡面可能會有他不想看到的一幕，但是不受控地想往裡面走。

白洛因睡得迷迷瞪瞪的，他以為顧海還沒走，事實上剛才顧海趴在床上盯著他看的時候，他就有所察覺，只是因為太睏了，懶得睜眼而已。

顧洋背著白洛因坐在床上，不動聲色地抽了一根菸，他心裡有種莫名的焦躁。

白洛因的一隻腳伸出被窩，爬到顧洋按在床上的那隻手上，趁著顧洋愣神的工夫，用腳趾頭狠狠夾住他手背上的皮，擰了一圈半。顧洋叼著菸頭的嘴唇緊緊一抿，想攥住白洛因的腳踝，不想他的腳迅速縮了回去。

照著顧洋以往的脾氣，別說有人敢偷襲他，就是有人敢用腳碰他的手，這人的腳就別指望要了。可今天破天荒的，顧洋不僅沒生氣，還對著手背上的那塊青紫揚了揚唇角。

腦中浮現白洛因那日在飛機上朝他借火時那道懾人的目光。

八年已過，正如顧洋預見的那樣，這個人若不死，必將光彩照人。

顧洋走進廚房，把顧海精心準備的那些午飯全都吃了，然後擦擦嘴，一副若無其事的表情走出了顧海的家。

直到聽到門響，白洛因才睜開眼。

走了？都沒和我打聲招呼？

他坐起身，看了下表，兩點多鐘了，該起床了，一會兒收拾收拾回家一趟，過兩天該走了，得多和老頭待一會兒，不然下次回來準被他念叨。

白洛因洗漱完，迫不及待地走進廚房，剛才顧洋吃飯的時候他就聞見味兒了，以為是顧海一個人在吃。結果打開保溫櫃，裡面空空如也，旁邊餐桌上擺著兩個空盤子和一個空碗，連點兒湯都沒剩。

白洛因禁不住嚥了口唾沫，顧海你丫夠狠！不就擰了你手背一下麼？至於一點兒飯菜都不給我留麼？

下午回家趕上堵車，迫不得已繞了個遠道，結果正好碰到楊猛開著警車在外邊巡邏，白洛因按了下車喇叭，楊猛剛要耍威風，誰他媽的敢攔我警車？結果瞧見車牌上亮閃閃的「軍A」，立刻倒吸一口涼氣，再一瞧擋風玻璃裡的那張英氣逼人的面孔，楊猛臉上的肌肉瞬間鬆弛下來。

白洛因走下車，俯下身倚靠在楊猛的車窗前，「這麼早就出來巡邏了？」

楊猛側著頭看向白洛因，「我這正找手機呢！」

「你這員警當得挺稱職的，丟手機都管？」白洛因笑呵呵的。

「哪啊？」楊猛苦著臉，「我自個手機丟了！」

白洛因尷尬地清了清嗓子，「你手機怎麼丟了？」

楊猛趴在方向盤上，賴賴地說：「別提了，剛才去抓小偷，結果中了圈套。小偷沒抓到，手機還丟路上了。我現在初步懷疑那兩人是一夥兒的，我那手機說不定就是讓失主給順走了。」

白洛因：「……」

「對了，你幹嘛去？」楊猛問。

「哦，這不正要回家麼！那邊堵車了，我就繞到這邊來了。」

楊猛一拍方向盤，「我得趕緊走了，因子，有空再聊吧，我們這車不能隨便停，被逮著要受罰的。我得去前面的路口瞧瞧，說不定那失主還在那堵著呢！」

白洛因笑道，「行了，你快走吧。」

「有空找我待著啊！」

白洛因開車直奔手機商城，買了一款新上市的手機，直接送到了派出所。來來回回這麼一折騰，等白洛因從家裡出發再去找顧海的時候，天都已經黑透了，顧海把晚飯放到保溫櫃裡，下到社區門口等白洛因。

不一會兒，白洛因從車裡走出來，一副猴急的表情朝顧海問：「飯熟了麼？」

「早就熟了，在保溫櫃裡放著呢！」

白洛因冷哼了一聲，「知道給我留點兒了？」

「什麼叫給你留點兒？我也沒吃呢，一直在等你！」

白洛因儼然一副質疑的表情，可憐了顧海壓根不知道他在質疑什麼。

顧海剛一把菜端上來，白洛因立刻像餓狼一樣狼吞虎嚥地吃著，鄒嬸本來要留他在家吃飯的，可白洛因非說外面有個飯局，其實他是被顧海的幾頓飯給餵刁了，吃誰的飯都不合胃口。尤其中午這頓飯還沒吃上，心裡憋著一口氣，晚上非得補回來。

顧海詫異地看著白洛因這副吃相，忍不住開口問道：「你下午去幹什麼了？把飯消化得這麼乾淨？」

「我消化什麼啊？一天都沒吃東西了！」

顧海笑著調侃道，「那我放在保溫櫃裡的飯菜讓狗給吃了啊？」

白洛因一聽更來氣了，「對，讓狗給吃了！」

然後，兩個人的筷子齊齊停住了。

白洛因突然意識到什麼，一把拽過顧海的手背看了看，沒看到任何異常，又把他的另一隻手拽了過來，還是沒發現任何異常，照理說他的腳勁兒可不小啊！

顧海滿心疑惑地看著白洛因，「你沒看到茶几上的紙條？」

「什麼紙條？」

白洛因站起身，走到客廳，這才發現茶几上放著一張紙條，拿起來一看，臉色立刻就變了。

顧海已經走到陽臺上給顧洋打電話了。

「你今兒中午來我這了？」

「嗯。」顧洋淡淡應道，「還把你放在保溫櫃裡的飯菜給吃了。」

顧海陰著臉，「那你進臥室沒？」

「我要登機了，拜！」

顧海狠攥了一下手機，從陽臺走進屋。

五分鐘過後，真相大白，剛才還溫暖的小餐廳，瞬間籠罩上一層陰雲。

「你說，你把我倆認錯幾次了？」顧海黑著臉怒斥道，「這要是雙胞胎也就算了，我倆都不是一媽生的，我在你心裡的辨識度就這麼低麼？」

白洛因不動聲色地吃著碗裡的菜，冷聲回道：「我當時睡得迷迷瞪瞪的，我哪知道家裡進了別的人？何況他當時也沒吭聲，就往床上一坐，你又剛從床上起來，我壓根沒睜眼去看是誰。」

「這是理由麼？你現在就是穿著女裝、混在人堆裡，我都能一眼認出你來！」

白洛因嘴裡的飯菜突然就噎住了，定定地看了顧海兩秒鐘，猛地一撂筷。

「就這麼一個讓我睡得踏實的地方，你還要讓我多警覺?!」

顧海僵著臉說不出話來了。

白洛因起身要走，顧海一把將其拽回，拉到身邊坐下。

「吃完了再走！」

白洛因硬著臉，「不缺你這口飯！」

顧海拿起一個包子就塞到白洛因嘴裡。

白洛因本想吐出來的，但包子太香了，咬下去就停不住了，而且吃了一個還想吃第二個，於是沒出息地伸手又拿了一個，還不忘補上一句：「告訴你，我對人不對飯。」

顧海狠狠地在白洛因嘴角的醬汁上擦了一把，語氣柔和了幾分，「我沒往歪處想，我這不是怕他傷到你麼？」

「那你幹嘛把房子鑰匙給他？」

顧海頓了頓，「我也不知道，我連我爸都沒給，就給他了。」

白洛因臉色變了變，微不可聞地「哦」了一聲。

29.

白洛因在歸隊的前一天就回了宿舍，顧海陪他一起回去的，與前兩次來這間宿舍的待遇明顯不同。這一次顧海進宿舍，不僅沒看白洛因的臉色，還一副主人翁的姿態把白洛因給轟出去了。

並非顧總耍大牌，是因為他覺得白洛因這間宿舍根本沒法待。顧海像個勤務兵一樣，把宿舍裡裡外外都給打掃了一遍，白洛因想插手，無奈被顧海給罵了一句，「你一邊涼快去吧！沒你還乾淨點兒。」

白洛因只能傻愣愣地戳在外邊，看著顧海把他曾以為的寶貝一件一件地往外扔。

「哎，我說，這個加濕器年前小吳新給我買的。」

這句話不說還好，不說的話顧海頂多扔出來，說了之後直接給砸地上了。

「菸灰缸都扔啊？」

白洛因心疼地從地上撿起來。

顧海倚在門口，陰著臉看著白洛因。

「扔了！」

都尼瑪發毛了還當寶貝一樣捧著，真不知道他這八年咋活過來的。

白洛因站在宿舍外邊，不時地有士兵和軍官從這裡經過，有的還和白洛因打招呼，白洛因覺得顏面盡失。他好歹是個副營長，手裡管著幾百號人，現在竟然因為衛生問題，被一個部隊外的人罵得毫無還口之力。

等到顧海收拾得差不多了，白洛因走進去，發現顧海正在捲他的鋪被。

「被子也扔啊？」白洛因攔著。

「不扔等什麼呢？」顧海沉著臉，「你自個摸摸，潮成什麼樣了？蓋這種被子你不怕身上長蝨子啊？」

白洛因摸了摸，還真挺潮的，以前怎麼沒感覺到呢？

「蓆子就沒必要了吧？」

白洛因發現顧海把床板上鋪著的蓆子都給撤了。

顧海停下了斜了白洛因一眼。

「別說蓆子了，這張床我都得換了！」

「這都是部隊的公共財產，你不能說扔就扔。」

結果，白洛因這個首長在自家男人面前毫無威信可言，顧海聽了之後面不改色，還用拳頭頂著他的腦門說：「我找人給你拉走算好的，真要順了我的脾氣，我應該把你這張木板床搬到訓練場上去，讓他們瞧瞧首長的生活多艱苦，木板床睡得發霉了都不換。」

「發霉了？哪呢？」白洛因湊過去看。

顧海懶得搭理白洛因，又把枕頭拿起來朝身後的垃圾堆扔過去。

白洛因一把搶了過來，「枕頭絕對不能扔。」

顧海暫時停下手裡的動作，伸手朝白洛因說：「你給我拿來！」

白洛因把枕頭夾在腋下，態度十分堅定。

「這個枕頭陪我好多年了，我對它都有感情了。」

顧海瞧見那黑黢黢[35]的枕套，真不好意思擠兌白洛因，你對它有感情，你好歹也洗洗它吧？就這個破枕套，拿到公共廁所當抹布都不夠格的。

「拿來！」顧海的態度也很強硬。

白洛因雙眉倒豎，「顧海，你丫別給我來勁啊！」

「今兒我還就來勁了！」說罷，過去和白洛因搶枕頭。

白洛因左躲右閃的，甚至為了一個枕頭和顧海大打出手。顧海本來就被白洛因這種宿舍環境氣得不善，結果好心好意幫他來收拾，這廝還不知悔改，摟著一個髒枕頭當寶貝兒一樣。

最後，顧海見白洛因真是死死捍衛他那個枕頭，便退了一步。

「這樣吧，枕頭給你留著了，你把枕套拆下來，我拿回去給你洗！」

白洛因還是僵著臉，「枕套也不能拆！」

「我就不信這個邪了！」顧海陰著臉，一邊搶一邊逼問，「這枕頭裡是不是藏著什麼姦情？今兒我非得弄明白了。」

「一個枕頭能有什麼姦情啊？」白洛因也急了。

顧海這人就是這樣，你越是遮遮掩掩的，他越是想看。你要是老老實實把枕頭撇在地上，他興許就沒這個興趣了。白洛因偏偏還屬於死倔死倔型的，你越是想看，我越是不給你看。於是兩人就槓起

35：黑漆漆。黢，音ㄑㄩ。

來了，到最後枕套撕了，衣服也掉出來了。

顧海撿起衣服就不吭聲了。

白洛因強撐起幾分顏面解釋道，「我這枕頭不夠高，就在裡面墊了件衣服。」

顧海手捧著衣服，神情複雜地朝白洛因走過來。

等到顧海走到白洛因面前，白洛因先是朝外瞟了一眼，而後略顯心虛地把頭扭過來，「告訴你，別跟我矯情啊！外邊老是過人，讓人瞧見不好。」

不料，顧海一拳頂在白洛因胸口上，聲音裡透著無法掩飾的怒氣。

「我還跟你矯情？我沒抽你兩個大耳刮子就是好事！你丫寧肯枕著我的衣服睡覺，都不肯主動聯繫我是不是？你要早點兒覺悟，咱倆何至於受這麼多年罪啊？」

白洛因狠狠攥住顧海的拳頭，沉聲說道：「我哪知道你還想著我？」

顧海咬著牙點點頭，「對，在你心裡我他媽就是個冷血動物，就你愛得深沉，就你愛得隱忍，你是情種，情癲大聖行了吧？」

「顧海，你丫別給我陰陽怪氣地說話！」

於是，兩人在垃圾堆旁展開了一張戰役，直到門「吱」的一聲被推開。

劉沖架著枴杖站在門口，看到他的偶像正把他的領導壓在床上，具體情況不明，他的臉上帶著愕然之色，大眼珠滴溜溜的瞄著空床板上的兩人。

白洛因一把推開顧海，臉上恢復了領導的威嚴。

「進屋怎麼不敲門啊？」

劉沖目露緊張之色，「我……我敲門了，你沒聽見。」

白洛因冷著臉，「下次我沒聽見，你就直接走人吧！」

劉沖尷尬地撓撓頭，「上次你還和我說，如果我敲門沒人應，我就可以直接進來，我……我到底聽你哪一句啊？」

白洛因感覺到四周冒寒氣，遂瞇縫著眼睛反問道：「我有和你說過那句話麼？」

劉沖先是一愣，而後費力地敬了個軍禮。「報告首長，沒有說過！」

白洛因拍了拍袖子上的土，沉聲說道：「行了，進來坐吧！」

劉沖放眼一望，一張椅子都沒有，我坐哪啊？

顧海本以為劉沖會有點兒眼力見，找不到地兒坐就直接走人，結果這廝站在門口磨蹭了一陣，然後小心翼翼地往裡面挪，挪著挪著就挪到了床邊，緊接著坐到了他和白洛因中間，還揚著手朝他打了聲招呼。

「嗨！」

我嗨你大爺！顧海心裡頭頂了一句，你可真是白洛因培養出來的好兵！

白洛因倒了一杯水，打算慰勞慰勞顧海這個免費勞動力，結果剛把水杯遞過去，劉沖的手就伸出來了，「謝謝首長。」

白洛因臉上的表情煞是好看。

「經常來這啊？」顧海和顏悅色地朝劉沖問。

劉沖先是朝白洛因笑一笑，然後一臉謹慎地回答顧海的問題。

「嗯，這段時間經常來。我們首長可平易近人了，他的屋子我們隨便進，他的東西我們隨便吃。今年過年我沒回家，首長還從家給我帶了好多好吃的送到我宿舍，三天兩頭來看我，我特感動。」

顧海哼笑一聲，「我也挺感動的！」

劉沖生怕顧海不信，還一個勁地強調，「我們首長的人品沒得說，絕對是一個值得信任的合作夥伴！從來都是說一不二，你們公司選擇和我們合作，肯定不會後悔的！」

顧海心中暗自咬牙，你們首長昨兒晚上還在我被窩睡的，他什麼樣還用得著你告訴我？

白洛因覺得，他倆不能再聊下去了，再聊下去該出事了，他得想方設法把這話磅轟出去。

「劉沖啊，你到這幹嘛來了？」白洛因問。

劉沖抿了一口熱水，樂呵呵地說：「不幹嘛，就是找你待一會兒。」

待一會兒，待一會兒……

「你沒瞧見我這收拾屋子麼？」

劉沖趕忙站起身，「首長，我也幫你收拾收拾吧。」

白洛因一臉同情的目光看著劉沖和他的枴杖，「不麻煩你了，你還是回去好好歇著吧！」

劉沖笑得爽朗，「那我走啦，首長，等我傷好了，咱倆還一起打飛機！」

白洛因差點兒被這句話噎死。

顧海那張臉都能放在鬼片的宣傳海報上了。

「他的意思是，我倆可以駕駛一架飛機參加空中作戰演習。」白洛因這話剛解釋完，就聽到門口傳來噗通一聲，緊跟著又是哎呦一聲。考慮到劉沖的傷情，白洛因趕緊走了出去。

只見劉沖正從地上爬起來，窘著臉朝白洛因說：「我的枴杖……折了。」

顧海在白洛因的宿舍整整忙乎了一天，到了傍晚，房間煥然一新。裡面所有的大家具全都換成新的，那一床蓬鬆柔軟的羽絨被，相比較之前那床又潮又沉的被子，簡直是天壤之別。寫字桌也換了新的，上面放著暖手寶，下面放著暖腳墊，抽屜裡放著吹風機，旁邊的茶几上放著洗得乾淨透亮的水果還有剝好的栗子仁……白洛因一下就從草民變成了皇上。

臨走前，顧海朝白洛因叮囑道：「記住我說的話，房間別再隨便讓人進了，垃圾食品別再買了，頭髮洗完得吹風，我會定期來檢查的，發現一次懲處一次……」

「行了行了，我知道了。」白洛因一邊不耐煩地應著，一邊把顧海往門外推。

30.

整整一個下午，白洛因一直紮在車間裡改裝新型戰機，中途連口水都沒顧得上喝。進去的時候太陽掛得老高，出來的時候天已經黑透了。身上像是散了架一樣，一會兒還得去研究室看看工程進展。手機一直放在宿舍，白洛因拿起來一看，有七、八個未接電話。

糟了，已經八點多了，晚飯應該送過來了！

白洛因急匆匆地走到門口，看到一個熟悉的身影站在那，白洛因拍了他肩膀一下，那人轉過頭時，兩隻耳朵凍得通紅。

「等很久了吧？」白洛因挺客氣。

送飯的人是顧海臨時雇的，叫黃順，顧海沒空過來的時候，都是黃順替他來送。

「沒有，我剛來半個鐘頭，今兒顧總也加班，飯菜準備晚了。」說罷打開車門，把保溫飯盒拿出來遞給白洛因。

白洛因面露感激之色。

「麻煩你了。」

黃順樂呵呵的。

「不麻煩，這是我的工作。」

「要不你去我屋坐坐吧，我和看門的說說。」

「不用了。」黃順揮揮手，「我也得回家吃飯了。」

白洛因從錢包裡抽出兩張紅票兒[36]塞到黃順衣兜裡，「今兒耽誤你時間了。」

黃順急忙推讓，「別別別……多不合適啊！顧總已經給我錢了……」

「你就拿著吧！」白洛因硬是把錢塞了回去，轉身便走。

黃順想追沒追上，最後無奈，只好把錢裝進衣兜，開車回去了。

白洛因提著飯去了研究室，剛把門打開，幾個湊在一塊聊天的工程師迅速散開，各歸各位。白洛因不動聲色地走回自個的位置，一邊吃飯一邊審核資料。

這是白洛因一天中最放鬆的時刻了，每次打開飯盒前都有一種期待，因為顧海給他做的飯菜兩個禮拜都不重樣兒，每天都能吃到不一樣的東西，有很多以前都沒吃過，估摸是顧海新學會的。這樣一邊吃飯一邊工作，對於白洛因而言就等同於娛樂了。

離白洛因最近的工程師叫甘偉強，這小子觀察好幾天了，白洛因總是用一個飯盒吃飯，而且他那個飯盒飄過來的香味，簡直能饞死人。

「咳咳……我說，小白同志！」甘偉強忍不住開口。

白洛因斜了他一眼，「幹嘛？」

「你這外賣從哪訂啊？怎麼看起來這麼好吃啊？」甘偉強伸著脖子瞅。

白洛因揚起一個嘴角，甚是得意地說：「我這外賣全中國獨一份，你絕對買不著。」

36：人民幣一百元的俗稱，其紙鈔為紅色。

甘偉強還是第一次在白洛因的臉上看到這麼鮮活的表情，他發現了，這傢伙是個徹頭徹尾的吃貨。對什麼事都是一副漠不關心的態度，只要一抱起飯盒，情緒立馬就變，這會兒和他聊天、談事，基本不會遭到拒絕。

「給我嘗嘗唄！」甘偉強的鼻子都快湊到白洛因的飯盒裡了。

白洛因轉了個身，背朝著甘偉強，意思很明顯。

甘偉強嘖嘖兩聲，「白首長，你也太摳門了，我又不是要吃多少，我就是想嘗嘗。」

「不給！」白洛因一點兒都不像開玩笑的。

甘偉強無奈地笑笑，「要不這樣吧，小白，我把錢給你，明兒你也幫我訂一份，你看這樣成不？」

「都說了全中國獨一份，就賣我一人！」

甘偉強還是不死心，「小白啊，這外賣不是你媳婦兒給做的吧？」

此話一出，整個研究室的人都活了，全拿一張八卦臉對著白洛因。他們特好奇，到底是何等仙女，把白洛因這號人物都給拿下了。不過看他這副護食的樣子，倒是印證了一句話，想拴住一個男人的心，就得先拴住他的胃。

據說部隊新調任來一名師長，這幾天軍容軍紀抓得特別嚴，白洛因從研究室出來已經十點多了，還得去軍營裡遛達遛達，看看那些士兵的就寢情況，抓幾個典型出來殺雞儆猴。

白洛因這張臉除了震懾不住顧海，對於其他士兵而言還是很有威信的，那些士兵晚上就寢前聊聊天，只要一提起白洛因，都是一副心有餘悸的表情，這裡面的新兵幾乎沒有哪個沒被他整過的。

白洛因穩健的步伐穿梭在軍營的各個角落，陪著他的只有一盞探照燈。

「……嗯……不要……太深了……」

「哪啊……我這還沒插到底呢……」

「唔……好脹……求求你……」

「求我？……是求我停下還是求我繼續呢？……」

白洛因的腳步猛地停了下來，緊跟著手裡的探照燈關閉，四周一片黑暗，那兩人的聲音越發清晰。白洛因清清楚楚地聽到，這就是兩個男人的聲音，急促的喘息聲似乎就在耳旁。白洛因聽了都耳根發熱，膽兒也太肥了吧？按照軍隊的紀律，別說在外面發現，就是在宿舍裡發現，都會被嚴重處分。

白洛因突然將探照燈打開晃了一下，情動的聲音立刻戛然而止。白洛因往前走了幾步，感覺到右邊的動靜，燈光一轉，立刻看到兩個身著軍裝的男人，全用一副驚駭的目光看著他。

「首長，我……我們……」

白洛因冷著臉朝他們走過去，令他詫異的是，兩人衣著完好，而且全都蹲在地上，沒有任何低俗的舉動。

難道逮錯了？白洛因又拿探照燈在周圍晃了一下，就他們兩人，沒別人啊！

「怎麼回事？」白洛因冷厲的視線投向那兩人。

那兩人交換了一個眼色，還是決定如實招來，在白洛因面前撒謊絕對是自尋死路。

「剛才有兩個蛐蛐在那個，我倆就給牠倆……配音……」

白洛因感覺有一道雷從頭頂上方劈了下來。

兩人垂頭站在白洛因面前，一聲不敢吭，有個人不知道是凍的還是怕的，兩條腿一個勁地打哆嗦。白洛因盯著他們足足看了十分鐘，突然冒出一個奇怪的念頭，如果這兩隻蛐蛐出現在八年前他們的小窩，他倆是不是也會幹出這麼缺心眼的事？

這麼一想，白洛因突然發現這倆娃也挺可愛的。

「行了，回去睡覺吧！」

那兩人以為白洛因會大發雷霆，想個損招狠狠整他們一頓。結果戰戰兢兢地等了半天，居然等到這麼一句不痛不癢的話。兩人簡直不敢相信，這白洛因出了名的法西斯，怎麼今天會如此寬容？

「還愣著幹什麼？還不趕緊滾？還等著團長來逮你們呢？」

兩人一聽這話趕緊溜了。

白洛因拖著一副疲倦的身軀回了宿舍，洗了個熱水澡，感覺身體更乏了，頂著一腦袋濕漉漉的頭髮就上床了。吹風機就在抽屜裡，白洛因本來想吹乾再躺到枕頭上，結果看到插座離床那麼遠，實在懶得下床了，於是又放任了一次。

他拿起手機給顧海打電話。顧海也剛躺到床上沒一會兒，正要給白洛因打電話，結果他那邊先撥過來了。

「喂……」懶洋洋的。

顧海聽到白洛因的聲音，整顆心都暖下來了。

「你今兒怎麼沒來？」白洛因問。

顧海柔聲說道：「加班太晚了，回來就收拾東西，我得出差一個多禮拜。」

「這麼久？要去哪啊？」

顧海淡淡回道：「去深圳。」

白洛因窩在舒服的大床上，心裡卻不怎麼舒坦。

「那你明兒還來麼？」

「嗯。」顧海柔聲說道，「明兒中午給你送本週的最後一頓飯。」

白洛因的眼神有些黯淡，「你還是別給我做飯了，你早點兒來，咱倆還能多待會兒。」

「呵呵……這麼不捨得我？」

白洛因冷哼一聲，「那你明兒甭來了。」

顧海寵溺地回道：「我怕我不去，你抱著我的衣服哭怎麼辦？」

白洛因一連說了六個「滾」字！

顧海想著白洛因那張臉，心裡就癢癢的。

「因子，咱把視訊打開吧，我想瞅瞅你。」

白洛因剛要說「成」，突然掃到了自個鬢角的那一縷濕漉漉的頭髮。

「那個……我都把燈關上了。」

「你再打開唄！」

白洛因輕咳了一聲，「我衣服都脫了，懶得下床了。」

「你忘了？我給你換的那張床有床頭燈，你打開那個就成了。」

顧海的聲音可溫柔了，可白洛因卻覺得手機周圍寒氣逼人。

我什麼時候變得這麼慫了？我堂堂一個軍官，幹嘛非要聽他的話？白洛因真的很想怒吼一聲：老子沒吹頭髮，你怎麼著吧？可一想他明兒就走了，這一嗓子要是把最後一面給吼沒了，多糟心啊！

顧海久久沒聽到回應，邪惡的心一下就想歪了。

「怕什麼？我就是想看看你的臉，又沒說要看你下邊。」

白洛因磨了磨牙，突然又想起什麼，聰明地轉移話題。

「對了，今兒我檢查紀律的時候發現一件特有意思的事……」然後把那倆貨給蛐蛐配音的事一五一十地和顧海描述了一番。

顧海聽後果然很感興趣，樂呵呵地問：「他們怎麼配的？你給我學學。」

「自個想！」

「你要給我學了，我就不逼著你和我視訊了。」

白洛因最終沒能禁得起某人的誘導，整個人鑽進被窩，把一個領導的齷齪展現得淋漓盡致。

顧海那邊擼得正起勁，手機裡突然傳來一陣警報聲。

「不好，我得集合了！」白洛因迅速竄下床，費勁地穿上褲子，按了按翹著的老二，緊急跑了出去。

31.

白洛因經過士兵的集體宿舍，站在門口厲聲喊了句，「都給我麻利兒的！」

一個又一個士兵從白洛因的眼皮底下衝出宿舍，白洛因跟在最後幾個人的隊伍裡一起朝訓練場跑去。主席臺上，新調任來的師長周淩雲早已昂首站在那，白洛因跑過主席臺的時候，特意多看了他一眼。

周淩雲，也是空軍部隊的一個傳奇人物，三十五歲就任廣東軍區航空兵某師師長，任師三年，全師成績顯赫，填補了多項空軍史上的空白。不過聽說他的訓練手法也是相當苛刻變態的，他最喜歡做的一件事就是挑戰士兵的生理和心理極限，凡是被他帶過的兵，都具有強大的心理承受能力和頑強的生命力。

不到五分鐘，訓練場已經集合了幾千號人，全部列隊完畢。

「報告師長，一營五百四十二人全部集合完畢！」白洛因跑上前。

緊接著又有幾名軍官跑上前。

「報告師長，二營四百九十八人全部集合完畢！」

「報告師長，三營五百零二人全部集合完畢！」

「稍息！」周淩雲渾厚的嗓音響徹在訓練場的上空。

齊刷刷的腳步聲傳來，周淩雲目光平靜地注視著底下的幾千號人，沉聲說道：「今天我讓大家緊急集合，沒有別的意思，就是想培養你們夜間撒尿的好習慣。」

底下一片譁然。

「都給我安靜點兒！」參謀長在旁邊怒喝一聲。

周淩雲面不改色，依舊氣定神閒地說：「一會兒聽我的口令，我喊一，你們馬上把褲子脫下來，我喊二，你們就開始尿，我喊三，你們馬上把褲子提起來。尿完之後我會挨個檢查，凡是地上沒有水跡的，全副武裝繞機場跑三圈！」

白洛因臉色變了變，這師長口味真重。

士兵還未反應過來，周淩雲已經喊出「一」了，一時間解皮帶的聲音絡繹不絕，白洛因站得筆直，目光深沉地盯著自個營的士兵，示意他們動作麻利一點兒。

「一營副營長，白洛因同志！」

聽到周淩雲喊出自個的名字，白洛因身形一震，趕忙轉身立正，神情嚴肅地看著師長，等待的他的指示。

不料，周淩雲只是淡淡問道：「你怎麼不脫？」

白洛因神色一滯，餘光偷瞟了一下旁邊的幾位軍官，發現人家都已經脫了。

操蛋了！白洛因隱隱間感覺到，他那根棍還沒有完全軟下來，事實上剛才站在訓練場上，他還在回味顧海說的那些流氓話。

「等著我給你脫麼？」周淩雲突然開口說。

幾名軍官和數千名士兵憋著笑憋到內傷，白洛因這次算是栽了。

他動作利索地解皮帶，然後脫褲子，一隻精神抖擻的鳥就這麼歡脫地蹦出來了！

幸好是黑夜，什麼都看不見。

結果，白洛因還在等著「二」的口令，周凌雲竟然從主席臺上走下來了，而且徑直地朝他這邊走來。白洛因站在隊伍的最前頭，周凌雲先從軍官這邊檢查，檢查到白洛因這裡時，眼神定了定，嘴角突然浮現一抹陰笑。

白洛因隱隱間感覺到不安。

突然，周凌雲的手伸到了他的胯下，一把攥住那活兒。

白洛因猛地瞪圓眼睛，一股鈍痛狠狠襲上大腦，徹底清除了他腦子裡積攢的那些齷齪想法。很快，他的小怪獸蔫下來了。

周凌雲又朝別處走去，不知道走到哪位仁兄面前，朗聲說道：「我還沒喊『二』呢，你就尿出來了，出列！」

這一聲令下，後排幾個緊張的士兵也跟著「洋洋灑灑」，結果這一群苦逼的士兵全都被揪出來，直接領罰了。

喊完「三」，又有一群人出列，原因是沒存貨，尿不出來。

剩下的士兵和軍官跑步回了宿舍，白洛因跑過周凌雲的身邊時，周凌雲拍著他的肩膀笑著說：「小白同志，心理素質不錯，你是第一個站在我面前還敢走神的軍官。」

白洛因頂著一張大窘臉回了宿舍。鑽進被窩，立刻給顧海打電話，哭訴到一半，警報聲又響了，白洛因剛把被窩捂熱，不得已又爬了起來，飛速朝訓練場跑去。

結果，周凌雲說了一句惹衆怒的話。

「距離第一泡尿已經一個多鐘頭了，我現在請你們來尿第二泡！」

幸好白洛因上床之前喝了一杯水，不然這會兒更解不出來了。

這次集合過後，受罰的人更多了，加之上一批受罰的還沒跑完，往宿舍走的人又少了一大批。

你以為惡夢結束了麼？不，才剛剛開始而已。

很快第三次緊急集合的哨聲又響起來了，這次只間隔了半個小時，有些人剛把衣服脫掉就又穿上了，到了訓練場還是撒尿。剩下的幾百個倖存者全都長記性了，回到宿舍就拚命地灌水，一瓶又一瓶，結果等了半宿，警報聲再也沒響，這群人玩命地往廁所跑，覺也沒睡成。

第二天一早，周淩雲又在訓練場出現了。經過一宿的折騰，誰見了他都是一副膽寒的模樣。

「今天上午我們不進行任何訓練，任務就是打掃機場和周圍的環境，解散之後每個人都去領工具，由營長負責畫分每個士兵的勞動區域，三個鐘頭後我來檢查！」

兩個半小時之後，白洛因這個營的衛生打掃基本完工，他揪出幾個偷懶分子，在機場的一個醒目的位置一字排開，每個人都會被他狠狠踹屁股。

白洛因純粹是把攢了一宿的火發洩到了這些士兵身上。

他這一腳也不是好受的，士兵站在原地不能喊不能晃，只要犯規，馬上就會補第二腳。基本上一腳下去，那些偷懶的士兵都會疼得齜牙咧嘴，白洛因會在他們疼勁兒剛要過去的瞬間，猛地補上第二腳。

三個鐘頭過後，基本所有的地方都清理乾淨了，可師長遲遲未來。

這會兒已經到了吃飯時間，白洛因忍不住在想，顧海是不是早就坐在他的宿舍等了。昨晚上折騰了一宿，早上又沒吃東西，餓得他都想把旁邊一個細皮嫩肉的兵蛋子拉過來啃兩口。

又過了半個鐘頭，白洛因頻頻看表，周凌雲還是沒來。如果師長不來，也沒有任何人通報消息的話，他們必須要在這接著等。白洛因心急如焚，卻還能裝成一副鎮定自若的表情，走在隊伍裡訓斥那些頻頻喊餓的傢伙。

又一個鐘頭過去，白洛因心裡涼颼颼的，顧海應該走了吧？我都沒來得及送送他。正想著，前方突然出現一道希望的曙光——周凌雲終於來了！

眼睛草草地在機場周圍掃了一圈，滿意地點點頭。

「行了，大傢伙都累了，去吃飯吧！」

幾千號人浩浩蕩蕩地朝飯堂跑，白洛因正欲離開，突然被周凌雲叫住了。

「白洛因，你和我去士兵宿舍轉轉，我要檢查一下內務。」

白洛因瞬間覺得天都塌了，軍令如山，他官小只能被壓。

一直到下午兩點多，白洛因才被釋放。他飛速跑回宿舍，果然不出他所料，顧海已經走了，而且還留了一張字條，飯給他放到研究室了，因為他知道白洛因喜歡一邊吃飯一邊看資料。

結果，等白洛因到研究室的時候，他的飯盒已經空了。但是研究室飄著一股特濃的飯香味兒，他知道，那是他的飯，被人偷吃了！

啊啊啊啊啊！為什麼要把飯送到研究室啊？你不知道那群人整天對我的愛心小飯盒虎視眈眈麼？

白洛因簡直想拿著機槍掃射這群偷吃東西的惡賊，這是他本週的最後一頓飯了，這是顧海走後他唯一的念想了，這是他折騰了半天一宿後最大的心靈撫慰了。

踹門出去，白洛因的心裡空蕩蕩的。

本來很餓，現在一點兒胃口都沒有了，可白洛因不得不吃，誰知道下午這師長又整出什麼么蛾子，到時候沒有點兒體力哪扛得過去啊！

飯堂早就沒飯了，飯館又太遠，白洛因猶豫了一下，還是進了超市。反正顧海也不在，就湊合著吃點兒吧！買了三盒桶裝速食麵和兩袋火腿腸，提著回了宿舍。

32.

白洛因一盒速食麵剛吃到一半，突然聽到外面傳來關車門的響聲。伸著脖子往外瞧，竟然瞧見了顧海那張臉。

他還沒走？

白洛因心裡的喜悅一閃而過，第一反應就是把吃了一半的速食麵塞進抽屜裡。然後把被子拽過來，蓋住那盒沒拆包裝的速食麵。

「你沒走啊？」擦擦嘴，眼角閃著訝異的光芒。

顧海揚唇一笑，「航班延誤兩個小時，我看你這離機場挺近，就順勢過來看看你，不看你一眼心裡不踏實。」

白洛因所有的疲倦和憋屈都隨著這一句話消失了。

顧海走過來抱住白洛因，心裡特捨不得，雖說平時也不經常見面，可畢竟有個飯盒連著彼此，也算是一種陪伴和照顧。這一個禮拜真是純粹地分開，只能靠一些冰冷的聯絡工具來交流感情了。

「我有個朋友開酒店的，我去那吃過幾次，味道還不錯。我讓黃順聯繫了他們經理，以後照常給你送飯，總共就一個禮拜，堅持堅持就過去了。」

白洛因用力敲了顧海的後背一下，「不用麻煩人家了，我又不是沒長腿，這大院裡也有幾個飯館，我去哪吃不成啊？再說了，我們這食堂的伙食供應也不錯。」

「食堂的伙食是挺好，我不是怕某人犯懶麼？找個人給你送過來，省得你又吃那些垃圾食品湊合。」說著，鬆開白洛因，習慣性地要去床上坐，結果又被白洛因拉起來了。

「那個……要不我開飛機把你送到深圳吧？」

白洛因巴不得趕緊離開這個危機四伏的屋子。

「送什麼送啊？你瞧你這小臉累得，焦黃焦黃的。」顧海心疼地在白洛因的臉上擰了一下，「咱倆就在屋裡待一會兒得了，我這說話就要走了。」

「那你可別誤點兒！」白洛因目光爍爍，「要不我開車把你送到機場？這樣你也不用在這耽誤時間，我還能多陪陪你。」

顧海定定地注視著白洛因神采奕奕的臉，一個人在心虛的時候，往往會表現出與他當前身體狀況極度不符合的精神狀態。顧海當然不會傻到以為白洛因是因為他才興奮成這樣的，可見這其中肯定有貓膩。

「別折騰了，你讓我好好抱抱你成不成？」顧海強行把白洛因拉到床上坐下。

一公分，就差一公分，顧海就坐到那盒速食麵上了！

白洛因心中大鬆了一口氣。

他現在的緊張程度，不亞於鬥蛐蛐的那倆貨剛被抓時的心情，如果那倆貨瞧見白洛因現在的處境，一定會仰天長嘯，白首長，你丫也有今天！

「一個禮拜見不了面，你就不想和我說點兒什麼？」顧海的薄唇在白洛因的耳側廝磨著。

白洛因心裡幽幽地回了一句，我就想讓你趕緊走。

顧海的薄唇蹭著蹭著就蹭到了白洛因的唇邊，緊接著舌頭滑入白洛因的口中。白洛因還沒進入狀態，顧海就把他放開了。

「你怎麼一嘴的速食麵味兒?」

「有麼?」白洛因裝傻充愣,「你嗅覺出毛病了吧?我又沒吃速食麵,哪來的速食麵味兒?」

顧海一副質疑的表情看著白洛因。

白洛因心裡一緊,不動聲色地回了句,「估摸是你給我送的飯菜的味兒。」

「我今兒中午給你送的排骨好吃吧?」

白洛因剛到嘴邊的「好吃」又嚥了回去,他的反應極其迅速,如果顧海做的不是排骨,為了試探自己才故意這麼問,白洛因一旦回答就露餡了。

於是,巧妙地轉移話題。

「我這特疼。」白洛因把顧海的手拉到了自個胯下,一副糾結的表情看著顧海。

一聽這句話,再瞧見白洛因這副表情,顧海的心都快化成水了。白洛因可是第一次對他撒嬌啊!以往哪有過這種待遇啊!白洛因猜對了,顧海中午送的飯的確不是排骨,他說這話就是為了試探白洛因。結果白洛因一個憋屈的小眼神,瞬間把顧海電懵了,腦子裡除了想哄他,什麼都沒了。

「這怎麼還疼了?昨晚擼之前沒洗手吧?」顧海柔聲問道。

白洛因心裡特不得勁兒,我說點兒什麼不好,幹嘛把話題扯到這啊?

瞧見白洛因不說話,顧海還以為他不好意思說,又湊到他耳邊小聲問:「你是不是玩得太頻繁了?」

頻繁你大爺!我一宿都沒沾著床!

「來,把褲子脫了讓我看看。」顧海作勢去拉白洛因的褲子。

白洛因急忙閃開,他怕自個的鳥上會有一隻大手印,那樣就罪加一等了!

「不用了，我和你鬧著玩呢！」

顧海又把白洛因拽了回來，非要脫他的褲子。

「怕什麼啊？我又不是沒看過。來，乖，我看看是不是腫了。」

白洛因玩命抵抗，顧海不依不饒，結果兩人翻倒在床上，一陣咔嚓咔嚓的碎裂聲從身下傳來，白洛因不由的一僵。

完了……速食麵壓碎了。

顧海臉色變了變，一把將白洛因拽起，緊接著掀開被子——可憐的紙桶啊，都給壓扁了，贈送的塑膠叉子都壓折了。

白洛因徹底石化了。

久久之後，顧海開口問道：「怎麼回事？」

「我給別人買的，我自個沒吃。」白洛因還在嘴硬。

顧海陰著臉，「我要找到怎麼辦？」

「你找什麼啊？」白洛因推搡著顧海，「別墨蹟了，趕緊去機場吧！」

顧海肅殺的目光死死盯著白洛因，一字一頓地說道：「坦白從寬，抗拒從嚴！」

「你瞧你裝得還真像那麼回事。」白洛因嘻嘻哈哈。

顧海一把推開白洛因，翻箱倒櫃地找，白洛因見軟的不行乾脆來硬的，一拳伸到顧海的眼皮底下，語氣冷硬地說：「顧海，你現在停手，我就當什麼也沒發生過。你要是繼續翻，到最後什麼也沒翻到，以後就甭指望進這屋了！」

顧海將目光轉到白洛因的臉上，緩緩地打開抽屜。

一股經典的紅燒牛肉香味兒飄了出來。

白洛因從沒在顧海的面前流露過如此慫的表情。那隻拳頭還在顧海的眼前伸著，可惜一點兒勁都用不上了，反倒給顧海創造了便利。顧海順勢攥住白洛因的手腕，狠狠將其上半身壓在床上，而後朝他的屁股上來了一腳。

這一腳下去，白洛因瞬間暴怒。

「我吃桶速食麵礙你什麼事了？你憑什麼打我？你有什麼資格管我？我白洛因就是吃大糞，也嚥不到你的肚子裡！」

顧海本來想著意思性的來一腳算了，哪想白洛因死不悔改，還尼瑪說出這麼傷人的話，於是又在隱隱作痛的原位置補上一腳。

這一腳可真是用勁了，本來就前邊疼，現在變成前邊後邊全疼了。

四個小時前，他還在機場最顯赫的位置，以一種耀武揚威的姿態，拿腳狠狠地踹那些士兵的屁股，當時那叫一個爽啊！你們不是偷懶麼？不是伸腰懶得動彈麼？今兒我就徹底幫你們改改這個臭毛病。

人果然不能做缺德事啊！其實白洛因不是嫌他們懶，他是嫌他們耽誤了自個和顧海見面的時間，他就是為了發洩！結果，那會兒是痛快了，現在……

顧海把白洛因埋在被子裡的臉扳過來，怒聲問道：「你說你是不是欠揍？我怎麼就管不了你了？你要是整天在辦公室喝茶、看報紙，你吃什麼我都不管你，你瞧瞧你累成什麼德性了？你就拿著這破玩意兒糊弄自個？你不心疼我還心疼呢！」

「心疼你還補兩腳？」白洛因恨恨地甩了一句。

「兩腳？兩腳我都嫌少！」說罷又揚起手。

白洛因嘶喊一聲，「我的飯讓他們給偷吃了！」

顧海的手僵在空中，緊繃的面部肌肉突然鬆動了一些。

「你為什麼要把飯送到研究室啊？你知道那群人打我飯的主意多久了麼？我當著他們面吃，他們都和我搶，更甭說我不在的時候了！」

顧海突然有些哭笑不得，這都一群什麼人啊！

「我昨晚上一宿沒睡，今兒上午又參加勞動，累得跟條狗一樣。結果回了宿舍你已經走了，去了研究室，飯又讓人家偷吃了，我真是多一步都不想走了……」

顧海說話的口氣立刻變了味，「那你怎麼不給我打個電話？我要知道你沒吃東西，就從外邊給你買點兒進來了。」

白洛因無力地哼了一聲，「我以為你都走了。」

顧海看到白洛因航空迷彩褲上的那兩個鞋印，心裡那叫一個揪疼啊！

白洛因偷偷瞄著顧海，默默念道：等你心理防線徹底垮了，瞧我怎麼報仇！

結果，他低估了自個的嗆火能力。

顧海摸到那只潮哄哄的枕頭前，的確憐憫了這廝幾秒鐘。結果當他摸到那只濕漉漉的枕頭，再一聯想昨晚上某個人死活不視訊的行徑，算是徹底明白了。

白洛因還在等顧海一臉歉疚地把他扶起來，結果顧海是把他扶起來了，小腹底下塞了個枕頭，又給按回去了。本來就挺翹的兩團肉，這麼一墊更翹了，其後的巴掌抽得那叫一個響！白洛因這輩子沒受過這麼大的屈辱，偏偏又是在身體這麼疲乏的時候，想反抗都沒有力氣。

白洛因最初還罵罵咧咧的，後來都不吭聲了。

絕望了，徹底絕望了。

尼瑪受了一天的委屈，就指望這麼一個人給我點兒安慰，結果被他收拾得最慘！

看到白洛因不吭聲，顧海也停手了，其實他壓根沒捨得使勁，聲響大是因為白洛因的肉太皮實了。

可白洛因不搭理顧海了，顧海說什麼做什麼，他都一副殭屍臉。

顧海開車出去買了好多好吃的給白洛因送過來，擺了一桌子，熱氣騰騰的。白洛因照樣吃，就是不和顧海交流，連看都不看他一眼。

飯剛吃到一半，警報聲真的響了。白洛因迅速放下筷子，換鞋、穿衣服、繫皮帶，整個動作一氣呵成。即將從顧海身邊繞過時，白洛因的腳步突然停滯了片刻。

顧海一把摟住他，順了順他的頭髮。

「我也得走了，你別跟我生氣啊！」

白洛因沒說話，用力推了顧海一下，沒推開。

顧海在白洛因的臉頰上親了一口，厚著臉皮要求道：「你親我一口再走。」

白洛因狠狠在顧海的脖子上咬了一口，然後，迅速撞門離開。

看著滿桌子的剩菜，顧海這次是真心疼了。

33.

到了訓練場地，那張陰森恐怖的面孔又出現了。周淩雲背著手站在隊伍前，肅殺的眼神掃視著下面一張張緊張的面孔。「我已經給了你們一天的休息時間，現在我們得熱熱身了。」

下面的士兵都是一副震驚的表情，哪來一天的休息時間？很多人連一個小時都沒有。昨晚上被折騰了一宿，上午打掃環境，肚子裡的飯還沒消化，又到這裡緊急集合。你倒是給我們說說，這一天的休息時間在哪？

周淩雲不緊不慢地解答了眾人的疑惑，「我昨天下午這個時間到這的，到現在整整一天的時間，你們難道不是一直在休息麼？難不成在你們眼裡，撒尿也叫訓練？打掃衛生也叫訓練？我在部隊待了這麼多年，還第一次聽說這麼簡單的課程項目。」

別說那些士兵了，就是幾個軍官聽到這番話，都是一副糾結的表情。

周淩雲無視眾人的不滿，氣定神閒地說：「下面我來檢查檢查你們的基本功，也算是對你們的水準有個簡單的認識。」而後，幾千名昏昏欲睡的士兵和幾十名疲倦的軍官又開始進入緊張的訓練之中。飛行員在外邊駕機升空、反覆練習，軍官和指揮員就在飛參系統37前盯著飛行員的每一步動作，有一點兒不標準都要重新來。

周淩雲就靠在這群軍官後面的沙發上睡覺，呼嚕震天響。幾個軍官交頭接耳，言談舉止間皆表露出對這位新師長的不滿。白洛因一直面無表情地盯著螢幕，因為他隱隱間感覺到，這位軍長有著和他一樣的特異功能。他的身後有一雙幽暗的眼睛，表面上是閉著的，其實一直在盯著他們的一舉一動。

半個鐘頭過後，軍官們連眼睛都睜不開了，監控室裡面哈欠連篇。周淩雲突然清了清嗓子，一群人又挺直腰板，強撐起幾分精神繼續工作。結果，周淩雲只是翻了個身，背朝著這些軍官繼續睡。

白洛因是這裡面最睏的人，他是真正一夜未闔眼。而且人家僅僅是腰酸背痛而已，他是前面疼後面也疼，那是真難受啊！

這種時候，白洛因想都不敢想顧海，只要一想，精神馬上就會鬆懈下來，然後就想紮在某個地方睡大覺。

一名指揮員稍不留神，就從椅子上出溜下去了，發出巨大的聲響。

周淩雲的眼睛嗖的睜開，就在這名指揮員剛坐好的那一瞬間，突然一瓢涼水從頭頂灌下，澆得他嗷嗷大叫，隨即全身濕透，連面前的機器都因為進水也停止運作了。

所有大張著嘴準備打哈欠的軍官，在看到這一幕後，嘴就再沒闔上。

這名尉官也是飛行員中的佼佼者，年紀不過二十二歲，一直享受尖子兵的待遇。在他還是新兵的時候，就極少受罰，別說做了軍官之後了。

「丟人現眼！」周淩雲就甩下這四個字。

這名尉官凍得直打哆嗦，旁邊的軍官要給他遞一件棉衣過去，結果被周淩雲的眼神殺回去了。

「一個小時之內，把這臺機器修好，修不好，我就隔一個小時潑你一次，直到修好為止。任何人插手，就享受和他一樣的待遇。」

整個監控室的氣氛寒冷得驚人。

周淩雲又走到另一名軍官面前，沉聲說道：「把剛才的監控錄影重播給我看。」

這名軍官把幾個得意門生的訓練成果展示調到了前面，放給周淩雲看。

不料，周淩雲只看了一會兒，就不耐煩地說：「給我放點兒像樣的看看！」結果越到後面越差，周淩雲果然怒了。「一群廢物！一個著陸動作都做不穩！」

旁邊的軍官更不敢吱聲了，在他們看來，這種水準已經達到教科書標準了。

「你們還有臉在這坐著？都給我下去陪練，一個不達標的，你們就待在飛機上不用下來了！」

白洛因剛要起身，周淩雲按住了他的肩膀。

「你留下！」

白洛因開始還在想，是不是因為剛才周淩雲睡覺的時候，只有他在積極工作，所以才被放了一馬。後來又覺得周淩雲不是這種人，於是打消了這種樂觀的念頭。

「把你平時的飛行實施情況紀錄拿給我看看。」

白洛因立即把電腦打開，將那些詳細的紀錄一一呈現給周淩雲看。

果然，周淩雲不是省油的燈，這個被領導反覆誇獎的紀錄，在他眼裡一無是處。

「竟然還有因為天氣原因解除飛行的紀錄……」周淩雲冷哼一聲。

白洛因據理力爭，「訓練要以安全為前提，沒有足夠的人員保證，何談武裝力量？」

周淩雲臉上的笑意更深了，可惜笑容裡滲透出的全是寒意。

「訓練本來就是優勝劣汰的過程，如果他在訓練中死亡了，那麼他就是劣，理應被淘汰。」周淩雲又往前走了一步，目光咄咄逼人，「如果敵軍在烏雲密布、風雨交加的夜裡突襲我軍基地，你是不是也得考慮考慮氣象條件再反攻啊？」

「即便真的發生那種情況，也有地面防禦系統發揮作用，無需冒險採取空中作戰。」白洛因回答得乾脆利索。

周凌雲又是一個不屑的目光，「如果敵強我弱呢？」

白洛因緊緊抿著嘴唇，不發一言。

周凌雲笑著拍了拍白洛因的肩膀，「航空兵骨幹？我看你就是個吃閒飯的！」說完，甩袖子走人了。

白洛因所有的疲倦都被心頭的憤懣祛除了。在部隊待了這麼多年，還是第一次被人數落到無地自容的地步。

旁邊的指揮員還在哆嗦著手修理機器，他受到的打擊比白洛因慘重多了。疲乏、遲鈍、緊張、委屈……身體不適加上精神不適，造成他現在根本無法靜心修理東西，眼看著時間快到了，這名一貫驕傲的尉官竟急得眼淚都飆出來了。

這名尉官也是白洛因一手帶出來的兵，別看白洛因平時帶兵很嚴，一旦出了什麼事，他又特別護短，看不得自個的兵真受什麼委屈。

「你靠邊，我來！」白洛因蹲下身。

尉官用冰涼的手推了白洛因一把，「不用了，我自己犯的錯，我自己承擔！」

「你就是被他潑死你也修不好！」

白洛因直接把那名尉官提起來扔到一旁，自個鑽到機器裡面去修。不到十分鐘，這臺機器就修好了，此時此刻，周淩雲還未出現。
尉官一副欽佩加感激的表情看著白洛因。
白洛因淡淡說了句，「你走吧！」
「我得和師長彙報完情況再走啊！」
「我給你彙報吧！」白洛因說。
尉官一臉緊張的神色，「這樣……成麼？萬一師長怪責下來，說我態度不認真怎麼辦？」
白洛因的臉也冷了下來，「既然我讓你走了，就肯定會把事情幫你兜住，你現在違抗我的命令，照樣會受罰，趕緊去換衣服吧，當心感冒！」
尉官眼含熱淚地給白洛因敬了一個禮，而後轉身離去。
十分鐘過後，周淩雲果然回來了。
整個監控室就剩下白洛因一個人。
周淩雲看到剛才那名指揮員不見了，沉聲問道：「人呢？」
白洛因從容地回了句，「他把機器修好了，我就讓他回去了。」
「我有說過你可以替我發布命令麼？」周淩雲的臉色越發陰沉。
白洛因依舊不動聲色地說：「我不是替你發布命令，我是自己下達命令。」
周淩雲一步步地朝那臺機器走過去，仔細檢查了一番，所有故障都已經排除了。
「真的是他修的？」周淩雲問。
白洛因一言不發。
「他就是被澆成冰雕，也不可能在這麼短的時間內把機器修好！」周淩雲口氣很篤定，好像比白洛因還了解自個的兵。

白洛因輕啟薄唇，「為什麼？」

「明知故問！」周淩雲冷哼一聲，「如果換作平時，他完全有本事把這臺機器修好，但是現在這種狀態，想都甭想，肯定做不到。這就是你訓出來的兵，一個個擺著好看，一點兒實用性都沒有！」

「既然您知道他修不好，又何必提出這麼苛刻的條件？」

周淩雲走到白洛因面前，冷銳的目光直對著他的眸子。

「我就是想整整你。」

白洛因現在明白為何周淩雲把所有的軍官都請出去，唯獨留下他一個人了。

「那您潑吧。」白洛因面無表情地接受。

周淩雲哼笑一聲，「懲罰營長，怎麼能和懲罰排長一個尺度？」

白洛因雙拳緊握，無畏的目光逼視著周淩雲。

不料，周淩雲只是淡淡一笑，然後神不知鬼不覺地從白洛因的衣兜裡摸出一支手機，另一隻手微微揚起，攥拳，朝著手機狠狠一捶。

白洛因看到了螢幕四分五裂的恐怖景象。

「心不靜，難成大器！」把壞了的手機往白洛因手心一塞，揚長而去。

白洛因攥著那個發燙的手機，心裡卻是冰冷冰冷的。

34.

顧海這次出差只帶了閻雅靜一個人，剛下飛機天就黑了，接機人員把顧海和閻雅靜送到當地的酒店，結果到了那才知道，兩人被安排了一間豪華情侶套房。

也難怪別人誤會，兩人無論走到哪，都像是惹眼的一對，這麼多年的合作歷程，這種誤會已經數不勝數了。強強聯姻，上流社會的潛規則。雖然訂婚宴搞砸了，可在外人眼裡，兩人會結婚早已成為不爭的事實。

破除謠言的最好辦法，就是把謠言變為現實，可惜閻雅靜解不出這道轉換題。

顧海的心被白洛因塞得滿滿當當的，就留下那麼一條小縫，還給了包裡的驢。

是的，他又把兒子帶到了深圳。

閻雅靜每每看到那隻驢，都有種欲哭無淚的感覺。

收拾好東西，已經到了吃晚飯時間，兩人就在酒店裡解決了。

顧海坐在閻雅靜對面，閻雅靜抬起眼皮，就看到了顧海脖子上的那道紅印，臨走前白洛因給咬的。

「你女朋友挺小心眼的吧？」閻雅靜突然問。

顧海神色一滯，「女朋友？」

閻雅靜指指顧海的脖子，「你別告訴我，你脖子上的印兒是蟲子咬的。」

一提起這件事，顧海的臉上立刻浮現幾絲笑意。

闞雅靜哼了一聲，「看來她還是很介意我和你一起出差！」

顧海淡淡回道：「我壓根沒告訴他我和誰一起出差。」

「那她就是用這招防著所有女人。」闞雅靜很篤定。

顧海還是一副沒理解的表情。

闞雅靜無奈地提醒，「她咬了你的脖子一口，不就是為了告誡那個陪你出差的女人，你已經有主了，別人不能再惦記了麼？」

顧海一副恍然大悟的表情，隨即心中暗喜，原來白洛因還有這些小心思。

闞雅靜深感無語，她不明白為何顧海在經商領域如此精明，到了感情上就變得這麼愚鈍。當初就是看中了他出色的才華，以為自個無需挑明，顧海就能懂她的心思。結果她大錯特錯了，如果她能早一點兒領悟，早一點兒出手，是不是就不會被別人搶走了？

顧海試著撥了下白洛因的號碼，結果顯示無人接聽。

「你在給她打電話？」闞雅靜問。

顧海點點頭，「沒打通，估摸著是生我氣了。」

「生你氣？」闞雅靜眨著美目，「為什麼？」

「下午給了他兩巴掌。」顧海的目光突然變得很溫柔。

闞雅靜一副驚詫的表情，「你連她都打？」

顧海寵溺地笑笑，「不聽話就打。」

闞雅靜當然知道顧海不是真打，只是她難以想像，顧海這樣一個性格的人，怎麼會和女朋友有這樣膩歪的相處模式？在她的印象裡，顧海即便談戀愛了，也會是那種理智大於感情的戀愛，他肯定不會寵愛戀人，可現在看到顧海的眼神，她開始懷疑自個的判斷力了。

這到底是怎樣一個女人？她有什麼樣的魔力，能讓顧海把她藏得嚴嚴實實的，每每提起都能輕易撥動顧海的情緒？

閻雅靜一邊嫉妒，一邊又強烈地好奇著。

「她是不是特別小鳥依人的那種？」

聽到這話，顧海差點兒把剛喝進嘴裡的那口湯吐出來，「小鳥？他的鳥一點兒都不小。」

「……那她是不是特別單純？」閻雅靜繼續套話。

「單純？」顧海又是一陣莫名的笑聲，「他比誰心眼都多。」

閻雅靜單手托腮，瞇著眼睛打量著顧海，「那她是不是很溫柔啊？」

「溫柔？」顧海又給否了，「這個詞兒和他一點兒都不沾邊。」

「勤快麼？」

「比誰都懶！」

閻雅靜從最初一副好奇的表情變成了現在這副黑線的表情，「那你總得圖她一樣吧？難道她一點兒優點都沒有麼？」

「誰說他沒有優點？」顧海還不樂意聽了。

閻雅靜氣結，「那你倒是說說，她有什麼優點啊？」

「剛才那些不都是優點麼？」顧海一本正經地說。

一直到晚上十一點多，白洛因的電話都沒打通。

此時此刻，顧海才察覺到有些不對勁，於是打電話給部隊的一些軍官，讓他們幫忙打聽白洛因的情況。

十二點多，一位軍官給顧海回了電話。

「他們師正在組織訓練。」

「這麼晚了還訓練？」顧海狠擰了一下眉毛。

那邊無奈地笑笑，「周凌雲不是調任到他們那個師了麼？這幾天正在忙著整頓呢！你應該聽說過這個狠角兒吧？被他整垮的人比比皆是。我聽說他到部隊的當晚，就把幾千號人忽悠了一晚上，還點名批評了白洛因。」

顧海的臉驟然變色，「為什麼批評白洛因？」

「據說是老周讓所有士兵和軍官集體在訓練場撒尿，就白洛因沒脫褲子，結果老周當著幾千號人的面，直接命令白洛因把褲子脫下來。」

「那他脫了麼？」顧海黑著臉問。

「肯定脫了啊！」軍官還沒覺察到危險氣息，樂呵呵地調侃道，「他敢不脫麼？他要真不脫，老周就要直接給他扒下來了，哈哈哈……」

曾經，警報聲對於這群航空兵而言，僅僅代表著一種命令，現在，它真正成為恐怖的號角。有那麼一批人，明明已經睏得蔫頭耷腦，可一躺到床上，卻翻來覆去睡不著。只要有一點兒動靜，立刻就會一身冷汗。

事實上，周淩雲也不會讓他們睡得踏實。

不知道多少次幻聽過後，真正的警報聲終於響起了。

多少個人已經二十四小時沒闔眼了，卻依舊能在指定時間內到達訓練場集合。

「剛才我去幾個宿舍轉了轉，發現有不少人失眠了，既然失眠了，就別把這個時間浪費在被窩了。熱身也熱身過了，我現在是躍躍欲試，不知道你們想不想真槍實彈地來一把？」

周淩雲的話一放出，整個訓練場萬籟俱寂。

「都激動得說不出話了？」周淩雲露出滿意的笑容，「那咱們就正式開始吧！」

一聲令下，千軍萬馬奔向大西北的戈壁灘。

這些二十四小時未休息的官兵，不僅要連夜飛抵目的地，而且要突破路上的一切圍追堵截。是的，周淩雲早已在路上布下埋伏，他就是要看看，這些傲氣沖天的航空兵到底有多大的本事，敢在他的命令下達後露出不情願的表情。

起初，這些官兵都是睏倦的，可在一番廝殺過後，這些士兵不得不打起精神來。障礙越來越難以突破，對手越來越強大，他們只要有一絲懈怠，很可能連同他的戰機一起墜落在杳無人煙的荒原大漠。

沒人敢拿自個的生命開玩笑，沒人敢把營隊的榮譽置之度外。

隨著敵人的節節敗退，軍人的士氣越來越高漲，此時此刻，除了服從命令，他們更想給周凌雲看看，我們根本不是你眼中的窩囊廢！

每個戰鬥機都是雙座艙，一個負責駕駛，一個負責指揮。

白洛因的戰機也不例外，只可惜他是和周凌雲同時駕駛一架戰機，這就意味著他是在單打獨鬥，因為自從周凌雲上了飛機，他就一直在旁邊悠然地打著呼嚕。

白洛因真想一腳把他踹出艙外。

周凌雲在夢中哼笑了一聲，彷彿已經猜到了白洛因的想法。

鏖戰38了七、八個小時過後，部隊終於轉戰到了戈壁腹地，突然遭遇強大的電磁干擾，加之過度疲倦造成注意力不集中，攻擊對手的準確性大大降低。很多百發百中的尖子兵，此時此刻頻頻失手，剛才還整齊畫一、士氣高昂的戰鷹編隊，沒有幾分鐘便被打得七零八落，潰不成軍。

戰機不得不中途迫降。失敗、不甘、疲倦、委屈……所有負面情緒統統襲來，很多指揮員走出戰機的那一刻，已經淚流滿面。

白洛因剛走出機艙，立刻被一股強大的冷空氣吞噬，呼吸都困難。這裡已經是四千多公尺的海拔，零下三十多度的氣溫，他的航空服裡面僅僅穿了一件羊毛衫。

38：苦戰、激戰。鏖，音ㄠˊ。

35.

看來，我們要全部紮營在這裡了……白洛因暗暗想道，周淩雲帶他們出來練兵，心裡肯定對失敗有十足的把握。既然如此，周淩雲是肯定不會把他們安排在服務設施齊全的駐訓基地的，他的初衷就是要最大限度地消磨掉他們身上的戾氣，讓他們徹底服貼於他的指令。

白洛因剛才在操控飛機的時候，手受了點兒輕傷，出艙前還血流不止，這麼一會兒的工夫已經凝固了。

他仔細檢查著士兵的受傷情況，好在都無大礙，只不過有幾架戰機嚴重受損，修理起來可能有點兒麻煩。就在他清點人數的時候，一個身影讓他的心臟驟然一縮。

怎麼回事？劉沖怎麼會在這？之前上報名單的時候，一直把他排除在外啊！

白洛因急忙朝劉沖走過去。

「劉沖！」

聽到白洛因的聲音，劉沖費力地轉過身，目露驚喜之色，「首長，我剛剛一直找你呢！我看你的戰機被敵機攻擊得挺兇的，還擔心你會出什麼事呢！」

你還擔心我？白洛因不知道是該感動還是該罵人了，「你怎麼也來了？誰批准你來的？」

「周師長，是他命令我來的。」劉沖一臉自豪的表情，「他相信我能克服身體困難，完成本次訓練任務。」

他那是摸準了你的激進，故意給你下的套！白洛因不忍心打消劉沖的積極性，便沒說出來，只是摸摸他的頭，沉聲說道：「千萬要注意自個的身體，這裡不比軍營，溫度太低了，你能待在帳篷裡就盡量別出去。」說完這話，哨聲響起，通知所有營長開會。

會議內容自然不用說，總結失敗經驗教訓，周淩雲一直沉著臉，目光冷銳地逼視著在場的每一位軍官和指揮員。可白洛因卻在他暗沉的眼神中，看到了那麼一絲隱藏很深的得意。

「首長，是不是因為電磁干擾過大，我們的武器性能達不到那麼高的要求？」三營營長試探性地發言。

周淩雲怒喝一聲，「不要賴武器性能低，是你們沒做到！」

此話一出，沒人再敢發表看法了。

周淩雲把目光轉到白洛因臉上，「你有什麼看法？」你不是就喜歡挑戰我的權威麼？我看看你這次能編出什麼花樣來！

不料，白洛因只是靜靜說道：「沒看法，完全贊成您的說法，是我們功夫不到家。」

周淩雲看到白洛因目光中暗藏的巨大能量，他已經很久沒在誰的眼睛裡看到過這種品質了。對於他這種愛才如命的人而言，白洛因的出現無疑挑起了他強大的鬥爭欲，暗藏在心底的希望之火已經有愈燒愈旺的趨勢。

「我再重申一遍，拋棄你們之前的種種榮譽紀錄，我寧願要這種條件下十%的命中率，也不要那種條件下一○○%的命中率！」

會議簡短地結束了，除了白洛因，其餘營長全部歸隊。

「您為什麼要讓劉沖到這種地方來？」白洛因問。

「我沒讓他來。」周淩雲不冷不熱地說，「是你們禁止他來，而不是我邀請他來，你明白麼？我只是給了他一個自主決定的機會！」

「如果不是您煽動他，他會做出這樣的決定麼？」白洛因的語氣中透著濃濃的不滿。

「胡鬧！」周淩雲怒吼一聲，「『煽動』一詞，也是你能用在我身上的麼？你有什麼資格和我叫板[39]？這裡只有命令，不講人情！拋棄你那唧唧歪歪的一套，否則你這張嘴甭指望要了！」

官兵們就站在不遠處，目睹著白洛因挨訓的情景，全是一副擔憂的表情。

白洛因固執己見，「我不是為了人情才說剛才那番話的，我就是為了部隊的利益！劉沖是個不可多得的人才，您在他養傷期間把他安排到這種天寒地凍的地方，他很可能落下終身殘疾。這就是您的訓兵之道麼？難道您培養人的出發點不是為了讓他們變強而是把他們整殘麼？」

周淩雲的大手狠狠扣在白洛因的頭頂上，一字一頓地說：「我們部隊不養廢人！」

白洛因表情僵硬，唇線繃得緊緊的。

周淩雲的手從白洛因的頭頂緩緩轉移到他的唇邊，用力擰了他的嘴角一下，似怒非怒地說：「管好你這張嘴！」

一天沒喝水，白洛因嘴角乾裂，加之環境的寒冷，周淩雲這一下，竟讓白洛因的薄唇滲出無數條血絲。

隨後，周淩雲朝官兵們大聲宣布，「一營副營長白洛因違抗上級命令，現以『取消一天伙食、爬一百棵樹』為懲處方式，望廣大官兵以此為戒！」

在場的官兵暗暗心驚，在他們印象裡，白洛因自打來到部隊，就沒受過任何處分。除了他表現優異，還有一部分原因，是顧威霆這個強大的背景，導致很多領導在涉及白洛因的問題上都會有所顧忌。

周淩雲又補了一句，「你們給我記住了，我這沒有特權！你就是軍委主席的兒子，違反紀律也一樣要受罰！」

白洛因僵挺著身板，在所有人的目光注視下，面不改色地朝不遠處的白楊樹林走去。

足足一百棵，每一棵都要爬到頂上，再爬下來，然後轉到另一棵。寒風刺骨，漫天的風沙侵襲著白洛因外露的皮膚，他的手被樹皮摩擦出一個又一個血泡，破裂後染紅了樹皮上的一道道溝壑。

三十棵樹後，白洛因就已經體力不支了，可他還在咬著牙挺著，絲毫沒有降低速度。他必須爭取在最短的時間內完成這個任務，然後快速回到帳篷，抱著劉沖熬過僅剩的三個小時黑夜。

周淩雲坐在帳篷內，表面上悠閒地抽著菸，其實是在暗中掐算時間，進而分析判斷白洛因的耐受力。

從第一百棵樹上下來，白洛因已經累得雙腿發軟，全身冒著熱騰騰的蒸氣，汗水順著袖口往下淌，整個人失去了平衡，踉踉蹌蹌地朝周淩雲的帳篷走去。

周淩雲見白洛因朝這裡走過來，故意閉上眼睛，裝作一副沉睡的模樣。

白洛因在帳篷外面艱難地喘了兩口氣，大聲朝裡面說道：「首長，我已經爬完一百棵樹了。」裡面沒有任何回應，白洛因又重複了好幾遍，他知道周淩雲肯定沒睡。

久久之後，周淩雲的聲音從裡面傳了出來。

39：京劇術語，衍申為挑釁。

「我沒看到就不算，一會兒重新爬。」

白洛因的拳頭攥得咔咔響。

周淩雲打著哈欠從帳篷裡走出來，深邃的目光懶懶地打量著白洛因。

「有問題麼？」

白洛因目光直愣地看了周淩雲一會兒，機械地搖了搖頭。

周淩雲判斷得很準確，白洛因的耐受力遠不只這一百棵樹。即便是第二次爬，他仍舊能保持較快的速度和敏捷度，他體內暗藏的潛力是巨大的，只是從沒人敢去挖掘。

再次爬到九十幾棵之後，白洛因已經沒法抱緊樹幹順利往上竄了，經常會不受控地往下出溜，下巴都磨出血了。一旦爬到樹頂，再下來的時候，基本就是直接往下跌，從樹頂摔到樹根的過程，就是白洛因唯一的喘息時間。

再次從第一百棵樹上下來，白洛因只有一個感覺——再多爬一棵，他會死的。

然而，周淩雲指著一棵粗壯的白楊樹說道：「十秒鐘一個來回，我就放了你，不然再爬一百棵。」

「那根本不可能！」白洛因說話時，喉嚨裡嗆著血。

周淩雲卻面不改色地伸出手指，恐怖地念著數字，「一、二、三……」

白洛因瘋了一樣地竄到樹上，大腦一片空白，眼睛裡只有一個東西：樹頂。耳朵裡只有一個聲音：五、六……七……八……九……

搆到樹尖，白洛因腦袋轟的一聲，立即鬆開手，一陣颶風從耳旁刮過，緊跟著跌入一個溫厚的懷抱之中。

周淩雲揚起一個唇角，悠然地喊出一個「十……」再一低頭，某個人早已昏睡在他的懷中。

三天過去，再也沒有一個士兵失眠，他們幾乎會在任何一個地方，任何一個時間段內睡著。一旦警報響起，他們也會訓練有素地奔向「戰場」。

每個人的眼睛裡越來越少的情緒表達，越來越多的波瀾不驚。一旦登上戰機，他們又會變得熱血激昂。

高原戈壁的環境險惡程度大大超乎了士兵的想像，三天下來，每個人都從初來時的瀟灑體面變得狼狽不堪，手腳長滿了凍瘡血泡，臉上布滿了乾裂的糙皮，活活像一群逃荒的。

除了正常的訓練時間，白洛因無時無刻不陪在劉沖的身邊。周淩雲對劉沖的要求與一般士兵是相同的，他就是單腿跳，也必須要跟上隊伍。

如果不是白洛因，劉沖早就把命丟在這了。

每天晚上，白洛因都和劉沖睡在一個帳篷裡，緊緊抱著他睡，盡量保持他的體溫，以免落下後遺症。

自從那日爬樹回來之後，白洛因手涼腳涼的毛病徹底治好了，每天晚上，劉沖都感覺自個的身邊睡了一個火爐。

白洛因的身體散發著異樣的熱度，有時候能把自個燙醒，他總以為是顧海在摟著他，所以每次睡得迷迷糊糊的，都會夢囈一句，「別把我抱那麼緊……」

每當這個時候，劉沖都會汗如雨下。明明是白洛因把他摟得嚴絲合縫，把他勒出一身汗，他想鬆動一下都不成，結果還被白洛因埋怨了。

36.

陰天的大漠戈壁，到處都是死氣沉沉的，赤地千里，籠罩著一層恐怖的陰霾。一陣死寂過後，天空中突然傳來悶雷般的轟鳴聲，一道赤紅色的尾焰衝破雲層，拉響了「戰爭」的序幕。

這是一次改寫歷史的沙場鏖戰。

空軍航空兵、海軍航空兵列陣蒼穹；陸軍坦克集群縱橫馳騁；第二炮兵導彈發射架昂首藍天……全軍多兵種的精英從天南海北匯聚此地，上演了一幕波瀾壯闊的現代戰爭活劇40。

白洛因不清楚這些士兵前些天都紮營在何處，但是他很清楚自己為了這一刻付出了怎樣的代價。他是幸運的，起碼他來到了戰場，還有幾千號人站在雪地裡，揚起布滿膿瘡血泡的手朝他們敬禮，眼含熱淚為他們送行。

短短十天的訓練，每個人都像是脫胎換骨了一樣。

此時此刻，白洛因說起他的兵，再也不會露出一副恨鐵不成鋼的表情。他已經想好了，這次回了部隊，一定要鄭重其事地朝他們說一句：「你們都是好樣的！」

白洛因登上戰機的前一刻，也在暗暗對顧海說：「你保佑我吧，保佑我打贏這場戰役！我要給變態老周一個下馬威，也要讓顧老爺子對我刮目相看！」

此時此刻，所有參演部隊的師旅長齊聚指揮大廳，而穩坐正中的頭號首長，就是百忙之中前來觀戰的顧威霆。

戰爭以空戰拉開序幕，兩個戰鬥機群一路突襲，在空中展開激烈廝殺。硝煙未落，千餘公里外的中原某地，轟炸機群呼嘯起飛，跨區參戰。此時，戈壁深處，電子對抗部隊開足功率，雷達部隊密織天網，地空導彈部隊引弓待發……

周淩雲坐在指揮大廳裡，早已卸去了那張冷硬的面孔，神色緊張地盯著大螢幕。一組組資料從九天傳到地面，變成亮晶晶的「數字瀑布」，在大螢幕上飛流直下。

白洛因駕駛的那架戰機像是一條「火龍」，拖著銀白的煙柱直刺蒼穹。轉眼間，「火龍」變作一顆熾熱的流星，怒吼著、呼嘯著，把一架架行蹤詭祕的敵機打得粉身碎骨……

指揮大廳裡響起一陣叫好聲。

「這小子是誰啊？」一個心直口快的參謀長大聲問道。

此時此刻，周淩雲的眼中終於露出幾分得意的神色。

「我的兵，白洛因！」

參謀長又問：「今年多大了？」

周淩雲比畫兩個手指，二十六。

參謀長一副驚駭的表情，「前途無量啊！」

顧威霆的目光轉向大螢幕，嘴角不自覺地揚起。

所有敵機都被白洛因帶領的飛行編隊降服，第一回合取得了壓倒性的勝利。此時此刻，白洛因身

40：武打、動作戲劇。

處萬米高空，突然很想振臂高呼：「爸，您瞧見了麼？咱老白家翻身了！」

結果，危險就在這會兒發生了。

白洛因的座艙蓋突然發生了爆炸，一股強大的氣流把白洛因壓到了座椅上，沒有座艙的保護，白洛因瞬間暴露在高空強氣流中，溫度瞬間降到零下四十多度，刺骨而猛烈的氣流吞噬著白洛因，他的雙手瞬間凍僵了。

周凌雲的臉驟然變色，赤紅的雙眸發狠地盯著大螢幕。

孩子啊！你可不能出事啊！

指揮員第一時間與白洛因取得聯繫，頻頻命令他跳傘。

白洛因的身體已經被冷風吹透，可即便到了這份上，他還在堅持駕駛，這是他剛改裝完的新型戰機，也是傾注了所有心血的孩子，他必須要把它安全帶回地面。

白洛因有條不紊地收回油門，調低飛機的座椅，減少氣流的侵襲，同時放下風鏡，轉換波道……此時此刻，白洛因心中突然對周凌雲有種莫名的感激，如果沒有他，別說零下四十度，零下二十度自個就玩完了。

指揮大廳裡的所有軍官和指揮員都為白洛因捏了一把汗，顧威霆已經站起來了，眼中流露出掩飾不住的焦灼。

一萬米……五千米……兩千米……

白洛因已經能清晰地看到地面了。

最後，在周凌雲屏住呼吸的一瞬間，白洛因將戰機穩穩地降落在地面。

白洛因剛從機艙裡走出來，就被一群官兵圍堵住了，周凌雲從正前方笑容滿面地走過來，白洛因從未見過他這樣的表情。就在白洛因驚訝的一瞬間，他的雙腳突然騰空，整個人被拋起來，再次落入某個人的懷抱中。

「哈哈哈！」周凌雲放聲大笑，眼中滿滿的自豪之情。

直到短暫的慶賀完畢，白洛因才發現他的左腳吃不上勁兒了。低頭一瞧，褲腿上都是血，腿朝下一用力，一股尖銳的刺痛襲了上來。

「怎麼了？」周凌雲目露緊張之色。

白洛因擺擺手，「沒事，受了點兒輕傷。」

周凌雲低頭一瞧，濃眉立刻擰了起來。

「這也能叫輕傷？走，我帶你去醫院。」

白洛因都到這份上了還不忘調侃周凌雲，「這種小傷在您眼裡還有去醫院的必要麼？」

「你那張嘴又不疼了吧？」威脅過後，周凌雲直接把白洛因扛到肩上，闊步朝直升機走去。

因為白洛因這次立功負傷，所以享受了特殊待遇，提前回了北京，被安置在空軍總院接受治療。

白洛因算是因禍得福了。最讓他高興的，不是立了多大戰功，獲得多少榮譽，而是周凌雲臨走前說他要開六天的會，商討本次總練兵發現的一系列問題。這就意味著白洛因會有六天的純自由時間，他可以肆無忌憚地聯繫顧海了，心裡這叫一個美啊！

白洛因決定了，等探病的人一走，他就立刻打電話。

結果，從下午入院一直到晚上，來探病的人就一直沒斷過。

先是顧威霆過來看他，難得說了很多關心的話，還輕輕撫著白洛因的腳踝問道：「疼不疼？」

白洛因笑著搖頭，「這點兒小傷根本不算什麼！」

顧威霆也笑了，「你長大了！」

目送著顧威霆離開，白洛因剛要拿起電話，團長和其他幾位營長又來了。

「怎麼樣？醫生怎麼說？你的腳沒大問題吧？影響不影響以後的飛行？」幾位軍官爭前恐後地上前詢問。

白洛因從沒受過如此強烈的重視，瞧見他們一個個著急忙慌的樣兒，趕忙安撫人心。

「我這腳踝就是輕微骨裂，還有幾處擦傷，看著血活，其實沒事！」

這幾位軍官剛一走，白洛因還未來得及拿起電話，門又響了。

劉沖紅著眼圈，一瘸一拐地走進來，定定地看了白洛因一會兒，嘴唇動了動，還沒說出一個字，便已泣不成聲，接著就趴在白洛因的床頭號啕大哭。

得！這個主兒更不好打發了。

白洛因拍拍劉沖的後背，「是個爺們兒不？是個爺們兒就給我站直了，把眼淚擦乾淨了，好好說話！」

劉沖強忍著眼淚，像是一尊雕像一樣站得筆直。

白洛因又有些不忍，語氣緩和了一些。

「剛才周師長誇你了，說你是個好苗子，讓我好好培養。」

「真的？」劉沖眼睛裡閃耀著興奮的光芒。

白洛因點點頭。

劉沖剛轉晴的那張臉突然又糾結起來，「如果沒有你，我可能就被拋棄了。」

白洛因擰著眉，「行了，甭煽情了，換成另一個領導，他也會體恤自個的兵的！」

「我知道……」劉沖眼含熱淚，「首長，我受傷的時候一直都是你在照顧我，現在你受傷了，我不能拋下你不管，我也要二十四小時看護你！」

白洛因不知道說啥好了，這孩子咋這麼沒眼力見兒呢？

「你看好了！」白洛因伸出那條受傷的腿，在劉沖面前晃了晃，動作十分瀟灑，「看見沒？比你那傷輕多了，壓根不需要人照顧！」

「可是……」

劉沖趕緊搖搖頭。

「可是什麼啊？」白洛因厲聲打斷，霸氣地質問一句，「你這是看不起自個的首長麼？」

「那就趕緊走吧，我要睡覺了！」

劉沖一走，白洛因立刻伸手去搆電話。

「喂？」顧海的聲音傳了過來。

白洛因沉默了半晌，剛才那嘹亮豪邁的嗓音突然變得沙啞艱澀。

「大海，我可能要死了。」

「什麼？」顧海明顯一驚，「因子，是你麼？你怎麼了？」

白洛因故意鬆手，電話直接滑落到地上，只聽見顧海一個人焦急的呼喚聲。

37.

深夜，顧海敲響了閻雅靜的房門。

閻雅靜剛洗完澡，正在吹頭髮，聽到敲門聲，不由的愣了愣。這麼晚了找我幹什麼？閻雅靜心裡詫異的同時也抱有小小的期待，哪怕只是進來待一會兒都好。

房門被打開，露出閻雅靜那張白淨靚麗的面孔，她穿了一件淺紫色的睡裙，腰間隨便打了個結，將曼妙的身材包裹得恰到好處。身上還飄著一股若有若無的香氣，在屋子裡朦朧的光線下彌漫開來，散發著致命的誘惑力。

一般男人見了這場景，什麼重要的事都拋到腦後了，可惜顧海練就了一雙隔離眼，除了白洛因，所有人經過他眼睛的隔離，都是一鼻子倆眼，僅僅是個人而已。

「我得先回去了，有點兒急事！」

閻雅靜目露驚訝之色，「現在走？明天還有個洽談會呢！」

「來不及了，有什麼事妳幫我應付一下吧！」說完，闊步朝電梯走去。

看著顧海的背影，閻雅靜暗暗咋舌，這人最近怎麼這麼多變？前兩天還說無論如何都得把這邊的合作項目拿下，這關乎公司的發展，絕對不能掉以輕心。還說什麼事都得給這事讓道，不搞定這事，下半輩子都耗在這了。

結果，這麼快就有一件事把他的豪言攻克了，果然談戀愛的男人不靠譜……閻雅靜恨恨地關上房門。

白洛因在被窩裡躺得老老實實的，身上的骨頭都散架了，一下從戰場上的硬漢變成了奄奄一息的傷患。他幻想著顧海推門而入時那副緊張擔憂的神色，越想心裡越舒坦，前些日子遭受的苦瞬間就被治癒了。

八年前，他還沒覺得自己如此依賴這個人，經歷了八年的摸爬滾打，參透了世間的人情冷暖。才發現，有那麼一個全心全意對自己好的人，是多麼難能可貴。

聽到門響，白洛因神經一緊，目光轉向門口。

結果，一道白色的身影晃入視線。

「該換藥了。」護士聲音很溫柔。

白洛因把病床調高，靠坐在床頭，自覺地伸出自個的腳。

護士的托盤裡放著一大卷紗布，白洛因看著看著眼睛就放光了。

「我自個來吧！」白洛因伸出手。

護士一臉驚訝的目光，「自己來？那怎麼成呢？」

「有什麼不成的？」白洛因又換成那副英雄的面孔，「我們平時在部隊訓練，經常會受傷，基本都是自個包紮，這也是我們必備的能力之一。」

「那也不成。」護士一副固執的表情，「你到了這就是病人，病人就得讓我們來照顧。」

白洛因冷著臉，「我這人有潔癖，不喜歡別人碰我身體。」

「我戴了消毒手套啊！」護士晃了晃手。

白洛因朝護士伸出手，「拿來給我看看。」

護士一伸手，白洛因直接把她的手套摘了下來。

「你要幹嘛？」護士一驚。

結果，白洛因自個戴上手套，熟練地解開了紗布，先簡單消毒，再把藥水均勻地塗抹在傷口處。剛塗到一半，見護士一副謹慎的表情盯著他看，便開口說道：「現在妳放心了吧？行了，出去吧！回頭我在你們主任面前誇誇妳。」

護士一聽這話，立刻露出甜美的笑容，轉身離開了病房。

白洛因把腳包紮好之後，又用剩下的紗布把能纏的地方全都纏了個遍，整整一大卷紗布全都繞在身上了，一點兒都沒浪費。然後把被子重新蓋好，靜靜地等著顧海的到來。

顧海迅速趕到醫院，詢問了值班醫生具體的病房號碼之後，火速朝病房衝來。

白洛因閉著眼睛聽到越來越近的腳步聲，心怦怦跳得很急。

顧海推開門，還沒走到床邊，就僵愣在原地。

如果不是病床上標注著白洛因的名字，他幾乎都認不出來了。短短十天的時間，一個瀟灑帥氣的軍官就變成這副呆模樣，還有那張水靈靈的小俊臉，一下子變得如此滄桑老氣。顧海沒看到白洛因身上的紗布，光是看臉上的瘡傷，就已經心如刀割。

顧海走到床邊，輕輕撫了下白洛因的臉，柔聲喚著，「因子？」

白洛因睜開眼，看到顧海那張俊朗的面孔，目光瞬間凝滯。這些日子滿眼都是逃荒的面孔，現在看到這麼一張臉，突然覺得顧海帥得讓人不敢直視。

顧海看到白洛因呆滯的目光，以為他受了天大的委屈，見到自個說不出話來了。

「因子，沒事，我來了。有我在，不管多重的傷都會好的。」

白洛因動了動乾裂的嘴唇，沒說出話來。

「你什麼都甭說，我懂。」顧海還在顧自悲痛著。

白洛因伸出手攥住了顧海的手。

顧海低頭一看，心臟像是被什麼東西狠狠砸了一下，這雙手簡直沒法看了。以前白洛因的手就是粗糙了一點兒，指甲蓋扭曲了一點兒，現在完全是千瘡百孔了。

「你等我，我出去一下。」顧海的臉在幽暗的燈光下看不真切。

白洛因心裡一緊，以為顧海要去找醫生詢問情況，趕緊拉住他的手說：「你別走，在這陪著我吧。」

顧海感覺到白洛因強大的手勁，一點兒沒懷疑他的身體狀況，只是覺得白洛因如此強烈地需求自己。

「沒事，我只是去趟廁所。」

「這個病房自帶廁所的，就在那。」白洛因用手指了指。

顧海進了廁所洗了一把臉，他沒想到，時隔八年，他二十六歲了，看到白洛因這副模樣，還是會心疼得掉眼淚。他心裡也替白洛因罵一句「娘們唧唧的」，可是沒辦法，完全控制不住，一看到白洛因這副樣子心裡就酸疼。

看到顧海在廁所遲遲不出來，白洛因突然意識到了什麼，心裡狠狠愧疚了一把。早知道顧海會這樣，就不裝得這麼重了，其實他就是腳踝骨折，看在顧海的眼裡也會異常心疼。這麼嚇唬他，有點兒罪孽深重的感覺。但是到了這份上，白洛因又不敢說實話了，只能慢慢往回兜。

「顧海，其實我沒受那麼重的傷，我就是想讓你早點兒過來，才騙你說我快死了。」

「行了，甭說了。」顧海語氣低沉，「幸虧你這麼說了，不然我還不能及時趕來看你。在我面前就別硬撐著了，你要真疼，真難受，你就當著我的面哭吧，我肯定不會笑話你的。」

顧海的語氣作死的溫柔，溫柔得白洛因真他媽想哭了。

簡單地洗了個澡，顧海也上了那張床，小心翼翼地抱著白洛因，在盡量不觸到他傷口的情況下摟著他睡。

有顧海在身邊，白洛因這一宿睡得特踏實。

可顧海卻一直沒闔眼，白洛因的身體不正常地發熱，顧海很快便感覺到了。他第一反應就是白洛因傷口發炎了，著急忙慌地跑到值班室找醫生，醫生迅速趕來，看到病床上的白洛因，禁不住一愣。

「這……這是白洛因麼？」

顧海也愣了愣，「不是白洛因是誰？」

醫生一臉納悶的表情，明明是我主刀給他做的手術，只有跟腱部位受損，這怎麼突然全身上下都裹上紗布了？難不成是醫院的被窩不夠暖和，這位可憐的首長才把自個裹得這麼厚？

「怎麼了？」顧海一副焦急的神色。

醫生搖搖頭，「哦，沒事，先測測體溫吧！」

五分鐘過後，醫生拿下體溫計看了兩眼，淡淡說道：「體溫正常。」

「體溫正常？」顧海很驚訝。

醫生把體溫計舉到顧海面前，「你看，這不是正常的麼？」

顧海朝白洛因看了兩眼，又看看醫生，小聲說道：「咱出去再說吧！」

出去之後，醫生把白洛因的情況一五一十地告訴了顧海，顧海不相信，醫生又把病歷表拿過來給顧海看。顧海扭頭看了一眼白洛因的病房，這才發現就是個高級療養室，剛才太著急一時沒注意，這會兒才反應過來，如果受了重傷，病房能那麼消停麼？幾個小時都沒有一個護士和醫生過來檢查情況。

「他就是腳踝骨折，皮膚擦傷。」醫生很篤定。

顧海暗暗磨牙，白洛因，你丫越來越能耐了。

38.

顧海回到病房的時候，白洛因睡得正香，顧海到了口的質問聲又忍回去了。就算沒受那麼重的傷，就算是嚇唬自己，可這一身滄桑狼狽的模樣，總不能是裝的吧？顧海再次躺到白洛因身邊，翻身的時候弄出很大的動靜，可白洛因依舊沒有察覺。

顧海把手放到白洛因胸口，想把紗布拆開看看，結果白洛因突然摟了上來，而且摟得很緊，那張飽經風霜的面孔就這麼大剌剌地展示在顧海的面前。好像是一種無形的威懾，你瞧，我都成這副模樣了，你還忍心怪我麼？

事實上，顧海的心情特矛盾。

白洛因這麼一個謊話，差點兒把顧海嚇出心臟病來，他能不生氣麼？想把白洛因掐死的心都有了。可回過頭一想，他為什麼騙你？不就是為了讓你來看他麼？以前還總擔心他有什麼苦往心裡嚥，盼著哪天他能和你撒嬌，現在他撒開歡折騰你了，主動來討你的關心和疼愛了，你不是應該高興麼？

顧海又愛又恨地看著白洛因的這張臉，痛苦並快樂地享受這個被矇的過程，像個徹頭徹尾的大變態。白洛因越是壞，他越是墮落地迷戀這種壞，恨不得每天都被他壞一次，在焦灼中體會被需要的種種幸福。

顧海心中發出莫名的感慨——我這輩子算是栽在你手了！

白洛因這一覺睡到第二天上午九點，早晨有個護士進來，說是要給白洛因上藥，顧海讓她把藥放下，就把她打發出去了。

等白洛因醒來的時候，顧海正用溫柔的目光注視著他。

一大早就享受這種待遇，白洛因心情甚好地在顧海的臉上拍了幾下，然後動作麻利地翻身，突然意識到什麼，又趕緊皺起眉頭，一副痛苦的表情。

顧海也陪著他演戲，神色焦急地在一旁問：「怎麼了？是不是碰到傷口了？」

白洛因頹然一笑，「沒事。」

顧海故意湊到白洛因身邊，故意說道：「讓我看看你身上的傷吧！」

白洛因立刻露出提防的表情，嘴裡卻說著善解人意的話。

「甭看了，你看了會難受的。」

「那我也得看看啊，不看了我心裡不踏實。」

結果，顧海的手剛一碰到白洛因，白洛因立刻像觸了電一樣，面色扭曲，眼睛裡浮現一層虛偽的苦楚，嘴裡猛地吸氣。

顧海無比緊張地問：「很疼吧？」

「沒事。」白洛因一副逞能的樣子。

看到白洛因這番精采的表演，顧海心中不免後怕，這傢伙當初是騙了我多少次，才練出如此純熟的演技啊？

「哪疼啊？你告訴我。」顧海繼續追問。

白洛因有氣無力地說：「說不清楚哪疼，反正就是不舒服。」

「屁股疼麼？」

白洛因疑惑地看向顧海，「屁股？沒感覺。」

「不疼啊?」顧海的眼神從溫柔漸變到兇惡,僅僅在一瞬間,「既然不疼,那我就給你製造點兒疼痛,讓你演得更逼真點兒!」

白洛因見事情已經敗露,想快速逃竄,可惜顧海眼疾手快地把他摟了回來。而後,整個病房就充斥著巴掌聲、某個人的怒罵聲以及另一個人的質問聲。

事後,白洛因趴在床上,血淚控訴某個人。

「我的腳本來就受傷了!」

顧海唇角溢出一抹壞笑,「我也沒打你的腳吧?」

「打哪都不成!」白洛因惡狠狠地怒視顧海一眼,然後把頭扭向別處。

顧海笑著揉了揉白洛因的屁股,好脾氣地朝白洛因說:「誰讓你氣我的?你自個說說,你這事辦得有多缺德?我要是給你打電話,告訴你我出車禍了,等你著急忙慌地趕過來,我啥事也沒有,你心裡不窩火?」

白洛因用胳膊肘拱了顧海一下,恨恨地罵道:「滾!」

顧海感慨了一句,「你還是騙人的時候比較可愛!」

「你他媽的被騙的時候比我還可愛呢!」

「要不咱倆接著裝?」顧海玩味地笑笑。

白洛因沒好氣地頂了句,「裝你大爺!」

果然,這才是屬於他倆的相處模式。

吃過早飯,顧海打來一盆開水,扔了條毛巾進去,迅速擰出來,趁著熱氣去搓白洛因的臉。白洛因給燙得嗷嗷直叫喚,顧海卻絲毫沒減輕手上的力度,用他的話來說,就是不遺餘力地褪掉白洛因臉上這層老糙皮。

臉上剛受完酷刑，白洛因的爪子又被顧海按進熱水盆裡，又是一陣痛苦的嚎叫聲。

「熱，熱……」

顧海毫無同情之意，「我的手不也在裡面按著麼？」

白洛因心裡冷哼了一聲，尼瑪一聽說我是輕傷，待遇立馬就不一樣了！

給白洛因燙完手，顧海又往他的手上塗了一層厚厚的藥膏，並叮囑白洛因不要亂摸，等藥膏全部滲透進去才能動。

「可是我想解手。」白洛因說。

顧海色心大起地扶住白洛因的胳膊，「走，我攙你去！」

到了廁所，問題出現了，顧海幫白洛因把褲子脫下來了，馬桶蓋也掀開了，可是那隻鳥還軟塌塌地躺在兩腿之間。

顧海早就料到會有這種情況，於是湊上前，一把扶住小因子，對準馬桶眼兒，說道：「尿吧！」

白洛因那張臉都讓熱水給燙熟了，這得什麼心理素質才能尿出來啊！

「尿不出來啊？」顧海剛問完，就開始吹口哨。

「……！」大早上給我喝稀飯，等消化得差不多了，又端一盆水在我面前晃蕩，然後再給我抹藥……顧海，你丫絕對是故意的！

晚上，兩人摟在一起看電視。

白洛因隨口問道：「你在深圳的事處理完了麼？」

「沒，不過有閻雅靜幫我應付，應該沒問題。」

白洛因臉色變了變，「她和你一起去的啊？」

顧海悠然一笑，「放心，她看見你咬我的那一口了。」

白洛因故作一副聽不懂的模樣，漠然的目光轉向電視。

顧海從旁邊的果盤裡拿出一個橘子，在白洛因的眼前耍了耍，「吃不吃？」

「一會兒再說。」

結果，顧海剛吃了一半，白洛因就給搶了過去。

而後顧海又剝了幾個，白洛因有時候會伸手要，有時候看看顧海，就把頭扭過去了，等顧海吃得滿嘴冒酸水，他才明白過來，敢情這混蛋是先觀察他的表情，再決定要不要吃，真尼瑪陰險啊！

於是，下一個橘子，顧海正好吃到一個酸的，卻故意裝出一副享受的表情。

白洛因立刻伸手要。

顧海大方地把橘子遞到白洛因手裡，白洛因掰下一瓣剛要往嘴裡送，結果顧海又給搶回來了，「算了，我再給你剝一個吧。」

白洛因眼看著顧海又剝了一個，然後嘗了一瓣，接著送到他的嘴邊。

「張嘴！」

白洛因以為顧海識破了他的小心思，立刻露出防備的表情。「是不是特酸啊？」

顧海氣結，「你瞧你這嘴角都爛成什麼樣了？我還捨得往你嘴裡塞酸的麼？」

白洛因試探性地張開嘴，咬了一口，果然倍兒甜。

顧海看到白洛因小心翼翼地嚼著嘴裡的橘子，生怕扯到嘴角的傷，頓時心疼得不行。於是用手把白洛因的頭扳過來，手指肚兒小心翼翼地撫摸著白洛因的薄唇，皺著眉問道：「怎麼弄的啊？」

白洛因滿不在乎地說：「被師長擰的。」

顧海微斂雙目，「擰的？」

「嗯。」白洛因點點頭，「我和他犟嘴41，他一生氣就擰我一下。」

顧海面色晦暗，被燈光一反，透著凜然寒氣。

「他整人的法子多著呢，這還算輕的，有的士兵讓他給整得哭爹喊娘的……」白洛因還當成一個玩笑調侃。

他不知道，他輕描淡寫的這些話，對於顧海而言是多大的刺激。

白洛因打了個哈欠，把臉埋在顧海的肩窩處，懶懶地說：「有點兒睏了。」

顧海起身去給白洛因接水洗漱，整個過程沒說一句話。白洛因沒有覺察任何異樣，率先鑽進被窩裡，眼睛一瞇，打量著不遠處的顧海。

燈一關，顧海鑽進被窩，兩個人的身體貼得很近，顧海直接把手伸到白洛因的腿間，攥住那根蠢蠢欲動的小怪獸，幽幽地問：「因子，你實話和我說，我走的那一天，你這為什麼會疼？」

41：說話倔強、頂嘴。犟，音ㄐㄧㄤˋ。

39.

白洛因心裡一緊，目光在顧海臉上聚焦。「你真想知道啊？」

顧海冷不防地甩出兩個字，「廢話！」

「那你先答應我，我說了之後你別發火。」

其實，白洛因說出這句話的時候，顧海的心裡已經開始慢慢地醞釀火苗了，只不過為了那個熊熊燃燒的過程，他還需要按捺住自個的脾氣。

白洛因見顧海點頭答應，才慢慢開口說道：「被我們師長給擰的。」

下一秒鐘，一頭瘋獅子開始咆哮了。

「你們師長怎麼專挑你擰？他怎麼不擰別人？」

白洛因的命根子又被狠狠攥了一下，疼得心裡這個火大，瞬間黑著臉吼了回去：「不是說好了不發火麼？怎麼又跟我瞎嚷嚷？這事能賴我麼？你怎麼就知道他沒擰別人？他就是擰了，人家能告訴你麼？」

「我不管別人！他就是把人家上了，也礙不著我的事！」顧海兇惡的目光盯著白洛因，「我就想問問你，你怎麼就這麼能招人？你就不能老老實實的麼？整天舉一頂綠帽子跟我面前晃悠，早晚得扣我腦袋上！」

白洛因恨恨的磨著牙，「早晚？我他媽現在就扣你腦袋上！一頂綠帽子哪夠？我給你丫摞42十層樓那麼高！再給你做一身綠西服、綠襪子、綠褲衩……把你丫頭髮都給你染綠了！」小驢他爹的本性一露出來，那簡直是LV的最好代言人[43]。

顧海一口咬住白洛因的薄唇，在破裂的嘴角上雪上加霜，一股血腥味兒刺鼻，顧海就那麼狠狠地吸著，吞嚥到肚子裡。這是原原本本屬於他的東西，任何人不能染指，一旦沾上了別人的氣味兒，那我就徹底給你摧殘掉，再慢慢等著它新生。

白洛因疼得肩膀都在抖，罵出去的話連帶著血都嗆到了顧海的嘴裡。

直到什麼都吸不出來了，顧海才從白洛因的唇邊離開，目光中充盈著霸道的氣焰。

「白洛因，我告訴你，我這輩子只能讓你耍，讓你騙，讓你打，讓你罵……同理，任何人都別想以任何理由碰你！一根手指頭都不成！別拿部隊的那一套制度來蒙蔽我，我心裡明鏡似的！你挨打受罰、受了委屈，首先就是你的責任！那不光是你的身體，那也是我的，你怎麼總是不當回事？」

白洛因直直地與顧海對視，目光漸冷，而後把手伸向旁邊的櫃子，抄起水果刀，猛地朝身下刺去。顧海一把攥住他的胳膊，刀尖就在布料上方危險停留，兩個爆出青筋的手在空中僵持了一會兒，刀子掉到地上發出清脆的響聲。

「你要幹什麼？」顧海兩隻手狠狠箍住白洛因的腦袋。

白洛因的目光中透著一股狠勁兒，「你不是想讓我為你守身如玉麼？你不是一直對我不放心麼？

42：音ㄉㄨㄛˋ，堆疊放置。

43：中國多暱稱LV為「驢牌」，據說是「LV」形似驢的漢語拼音「LU」。

我把禍根給你除了，讓你丫徹底死了心！」

「你他媽就是欠操！」

顧海用牙齒狠狠撕裂白洛因的病號服，在他的身上瘋狂地啃食著，牙齒掃過的地方，很快出現一團淤青。白洛因玩命地掙扎怒罵著，手指恨不得在顧海的肩膀上摳出血來，無奈他腳上有傷，四肢少了一肢，完全不是顧海的對手。

白洛因越是掙扎，顧海心裡的火苗燒得越旺，下手越來越沒輕沒重。就在白洛因企圖翻身，顧海又強行去壓制的一瞬間，白洛因受傷的那隻腳重重地砸在了床沿上，尖銳的刺痛襲來，白洛因「嗷」的叫喚了一聲。

顧海驀地清醒，趕緊把手伸到白洛因的腳踝上，緊張地問：「傷著了麼？」

白洛因弓著背蜷在床上，一臉痛苦的神色。

很快，醫生被找來了，檢查了一下白洛因的傷口，好在骨頭沒碰到，就是縫線的地方裂開了一小段，醫生又補了兩針。

醫生走後，病房裡陷入一片寂靜。

顧海沒再直接上床，而是坐在白洛因的病床前，一動不動地盯著他看，好一會兒，才沉聲問道：

「疼不疼？」

白洛因閉著眼睛一言不發。

顧海看著白洛因老老實實地躺在床上，兩隻掛滿凍瘡的耳朵支楞44著，嘴唇毫無血色，破爛的手揪著被子，突然覺得他好可憐。一想到他在冰天雪地的大漠戈壁裡衝鋒陷陣，吃不飽睡不暖，還要處處遭人壓制，時不時被人欺負羞辱……心裡就異常難受，這些天他躺在床上，想到白洛因受到的種種委屈，他都會整宿整宿睡不著。

他沒再主動要求白洛因轉業，他知道白洛因是個男人，有他的理想和抱負。只是看他過得這麼苦，而自個又做不了什麼，心裡跟著著急！一著急驢脾氣就上來了！

顧海的手伸向白洛因的臉，細細地摩挲著，語氣柔和下來。

「我不是不信任你，我就是怕你吃虧！」

白洛因的眼皮費力地拉拽到底部，眼珠在裡面焦灼地跳動著。

顧海把臉貼到白洛因的臉上，大手伸到他另一側的臉頰，心疼地愛撫著。

白洛因冷冷地開口，「少碰我！」

白洛因這麼一說，顧海反倒來勁了，本來手就放在他的臉上，沒一會兒的工夫，就從胸口下滑到睡褲邊，作勢要往裡面挺進。

白洛因攥住顧海的手腕，「這已經被人摸過了，你不嫌髒麼？」

顧海剛忘了這茬兒，白洛因這麼一提醒，他的動作又停下了。

白洛因的心臟狠狠一縮，果然……

不料，顧海直接把頭移到下面，張開嘴含住了小怪獸，加倍寵愛伺候著，毫無嫌棄之意。本來就是他的東西，如今受了委屈，正需要他安慰，哪能棄之不顧？

44：豎著。

小因子寶貝兒，你等著，爹一定給你報仇！

其後的幾天，白洛因一直過得挺滋潤，除了應付幾個官兵的探望，剩餘的時間全都和顧海膩歪在一塊。顧海中途只回了一趟公司，把事情安排妥當之後，就匆匆趕回了醫院。

這一天，白洛因像大爺一樣地靠在床頭晒太陽，突然聽到房門響了。慵懶的目光朝門口移過去，淡淡地說了句，「進來吧！」

劉沖左手提著果籃，右手拿著補品，後背上還背著一個包走了進來。

白洛因一看到劉沖的臉，心裡不知為何抖了一下。

劉沖看到白洛因，眼神不由得一愣，心中暗暗訝異。才幾天沒見啊，白洛因的皮膚就恢復得這麼好了！他也是和白洛因一塊回來的，他這幾天也一直休息，可他的臉怎麼還是皺巴巴的？白洛因的臉卻養得這麼水靈了？正想著，一個聲音從另一間屋子裡傳了出來。

「來，趁熱喝！」

顧海小心地端著湯碗往這屋走，結果看到劉沖，臉色瞬間冷了下來。

「哎，顧總，你也正好來看我們首長啊？」

顧海扯了扯嘴角，「我一直都在。」

「啊？」劉沖很驚訝，「你平時不是很忙麼？」

顧海懶得搭理他，逕自在白洛因床邊坐下，用勺子舀起一勺湯，朝白洛因的嘴邊送去。

白洛因在下級面前哪有過這種形象，頓時覺得渾身不自在，剛才還溫柔的小眼神，瞬間變得嚴肅謹慎，聲音也低沉下來。

「我自己來吧！」

這要是別的官兵，顧海也就不較真了，可這小子出現頻率太頻繁了，頻繁到顧海一看到他的臉，就恨不得把碗裡的補湯全都潑上去！

於是，顧海依舊固執地把勺子往白洛因嘴邊送，語氣很倔，「喝！」

白洛因的唇線抿得緊緊的，頻頻用眼神和顧海交戰，你丫存心栽我的面是吧？

劉沖戳在一旁盯著看，見局面有點兒緊張，趕忙上去打圓場。

「來來來，顧總，給我吧，這事哪能讓您幹呢？」

顧海還沒反應過來，劉沖就把湯碗搶了過去，坐到床的另一側，舀起一勺湯朝白洛因的嘴邊遞過去。

「首長，您和我就不用客氣了。」

見白洛因不喝，劉沖特意先嘗了一口，樂呵呵地勸道：「快喝吧，首長，一點兒都不燙了！」

廢話！顧海都想爆粗口了，我剛給吹涼的，結果讓你丫撿個便宜！

「你給我放那！」顧海黑著臉命令一聲。

劉沖有點兒手足無措，不知道又哪惹到顧海了。

顧海冷聲質問道：「誰讓你把湯碗端走的？」

「沒人讓我端啊！」劉沖很正經地說：「我自願的！」

顧海的語氣更差了，「你有什麼資格在這談自願？」

劉沖突然立正站直，一副情深意切的表情看著白洛因，「我是最有資格照顧首長的人了，在我危難的時候，如果沒有首長，我……」

40.

「你怎麼又來了？」

白洛因打斷了劉沖的話，因為他意識到劉沖再說下去，估摸會捅婁子。

「因為我心裡過意不去，我……我放心不下你。」

白洛因不僅沒有任何感激之意，還板起臉朝劉沖訓道：「我生病關你什麼事？你不在部隊好好訓練，跑這磨嘰什麼？趕緊給我回去！」

「怎麼不關我的事？」劉沖眼眶濕了，「首長，每次我一出事，你總是第一個衝到我的面前；可每次你一出事，你總是把我往外轟！」

白洛因死擰著眉毛拒不承認，「我什麼時候衝到你面前了？別玩那虛頭巴腦的！要是就咱兩人，你怎麼奉承我都沒關係，今兒顧總在這，你別讓人家看笑話！」

「首長，你別再說這種話了！」劉沖急得直跺腳，「我已經醒悟了，我不能再盲目地服從你的命令了，如果我這次再扭頭走人，我就真的太沒人情味了！」

白洛因一口氣差點兒沒上來，部隊心理健康教育勢在必行啊！

顧海沉默許久，見劉沖和白洛因扯不清、道不明的狀況，覺得自個有必要開口了。

「小劉，這麼叫你對吧？」

劉沖還處在慷慨激昂的情緒中沒有緩過來，聽到顧海在叫他，把頭扭過去之後，繼續大剌剌地說：「顧總，你給評評理，你說到了這份上我還能走麼？」

顧海聽了半天也沒聽明白，「到了哪份上了？」

「就……就是首長對我恩重如山，現在首長出事了，我該調頭走人麼？」

顧海心中冷笑數聲，你現在就在恩將仇報。

「你給我說說他對你的恩，我幫你掂量掂量，看看怎麼就重如山了？」顧海瞥了劉沖一眼。

白洛因身形一凜。

劉沖剛要開口，白洛因咆哮一聲：「滾出去！」

劉沖嘴裡的話突然噎住，驚愕地看了白洛因幾秒鐘，又看了看顧海，而後清了清嗓子，好脾氣地朝白洛因說：「首長，顧總問這話沒別的意思，你別轟他走。」

「我他媽讓你滾！」白洛因眼珠都紫了。

「呃……」劉沖這次真愣了。

顧海算是看出來了，劉沖有口難言，白洛因百般阻撓，兩人之間必有問題。

劉沖被白洛因劈頭蓋臉的一頓訓給徹底整蔫了，轉過身鼓搗他那個大背包，垂著圓圓的腦袋一聲不吭，模樣十分可憐。

白洛因收了收語氣，「行了，回部隊吧，我過兩天就出院了。」

劉沖不聲不響地從背包裡掏出自個的衣服和日用品，然後往旁邊邁開一大步，故意展示給白洛因看，「首長，你啥也甭說了，我已經請好假了，來了就不打算走了。」

造孽啊！白洛因一頭扎進被子裡不吭聲了。

劉沖以為白洛因動搖了，趁機補幾句客氣話，「首長，顧總人再好也是客啊！我好歹不是外人，你怎麼使喚都方便對不？」

對你大爺！白洛因都已經開始想像自個的悲慘下場了。

劉沖走到顧海面前，滿臉感激地握了握顧海的手，「這程子45麻煩你了。」

顧海拍著劉沖的肩膀誇讚道：「你真是個人才！」

「過獎了。」劉沖不好意思地笑笑，然後把手朝門口伸，「顧總，我送送你。」

顧海還真和劉沖一塊走出去了。

白洛因覺得世界末日到來了。

「我問你個事。」顧海停住腳。

劉沖習慣性地立正站直，「你問吧。」

「你們首長平時是怎麼對你好的？讓你這麼無怨無悔地留在這照顧他。」

說到這事，劉沖又眼淚吧嗒的。

「我們前些日子去大漠紮營訓練，首長因為我的傷和師長吵起來了，師長罰他爬二百棵樹，他爬完樹都累得快虛脫了，還爬到我帳篷裡抱著我取暖。他說我腿上有傷，不能著涼，每天晚上都抱著我睡，要是沒有首長，我現在已經殘疾了。」

顧海笑容裡透著濃濃的危險，可惜劉沖壓根看不出來。

「看來你真該留在這。」顧海拍了拍劉沖的肩膀。

劉沖樂呵呵的，「那我就送到這，我得趕緊回去瞅瞅首長。」

「去吧！」顧海揚了揚手。

劉沖興沖沖地跑了進去，顧海陰著一張臉出了醫院。

白洛因絕望地等著顧海殺回來，結果看到的卻是劉沖神采飛揚地走了進來。

「顧海呢？」白洛因納悶。

劉沖一邊收拾自個的東西一邊說道：「他走了，這兩天就由我來照顧你。」哼著小調去了浴室，打算先洗個澡。

結果，劉沖這澡也洗了，衣服也換了，香噴噴地走出來，門砰的一聲開了。

一張盛怒的面孔出現在門口。

劉沖還沒反應過來，就被顧海五花大綁給綁起來了，橫著吊在屋頂上，下面放個火爐，火苗子噌噌往上冒，不到十分鐘的工夫，劉沖就給熏得大汗淋漓。到了這份上，劉沖還不明白自個為什麼被烤，還在那一個勁地哀號。

「首長啊，救救我吧，我快熟了。」

白洛因實在看不下去了，趁著顧海去浴室的工夫，走到劉沖面前要給他鬆綁。結果顧海慢悠悠地從浴室晃蕩出來，走到白洛因面前，客客氣氣地說：「想給他調溫度，言一聲不得了麼？幹嘛還要親自下床啊？」說罷，腳一勾，溫度又提了一個檔，火苗子竄得更高了。

劉沖慘叫一聲，只得把身體拚命地繃直，以防火苗子燒到身上。

顧海拍了拍劉沖的臉蛋，幽幽地說：「還是你們首長知道疼人啊！嫌我這『火療』的力度不夠，特意下床給你調高溫度，說明你的骨骼快速恢復，你得好好謝謝他。」

45：這陣子。

劉沖的臉都快皺成一朵菊花了。

顧海狠狠箍住白洛因的肩膀，皮笑肉不笑地看著他，「還不回床？」

白洛因僵著沒動。

「你是想讓我再往他身上加一件棉襖麼？」

白洛因硬是被顧海拖回了床。

到了晚上睡覺前，劉沖已經被吊了將近十二個鐘頭了。

顧海脫得只剩下一條內褲，在劉沖驚愕的目光中，鑽進了白洛因的被窩。然後故意把手臂伸出被窩，緊緊地摟住白洛因，一副舒服享受的表情，一個宣示性的笑容。

這個人，是我的！

劉沖看到這一幕，心裡突然有些憋屈。

顧海瞧見劉沖那副難受的模樣，冷不丁地問了句：「小劉啊！你夠暖和了，用不著誰再摟著你睡覺了吧？要不然我再把溫度給你調調？」

劉沖急忙搖搖頭，面露隱忍之色。

白洛因咬牙切齒地朝顧海說：「差不多得了！他身上的傷還沒好呢，你這麼給他綁著，他血液不流通，真殘了怎麼辦？」

顧海笑得殘忍，「你當初為他爬了二百棵樹，把手弄得都是口子，我就讓他為你烤二十幾個小時，不過分吧？」

白洛因一字一頓的，「顧海，你真狠！」

「沒你狠！」顧海怒瞪回去。

白洛因翻身要下床，被顧海狠狠拽住，陰森森的聲音在他耳邊環繞，「你那隻腳要敢著地，我立馬當著他的面和你做愛，不信你就試試！」在床上這一方面，顧海歷來都是掌控局面的王者。

白洛因的身體重重地砸回床上。

一直到凌晨兩點多，白洛因還睜著眼，眼神不停地往劉沖那瞄。劉沖的腦袋已經垂下來了，頭髮一直在火苗子上飛舞著，地上已經滴答了一灘水。

白洛因的心一直揪著。

顧海微微瞇起眼睛，看到白洛因那副模樣，汗毛眼兒裡都冒著一股酸氣。

「你就這麼心疼他？」

「換做是你，我就是被人上了，也會衝過去把繩子解了的。」

顧海心裡猛地一震，意志還是鬆動了，可嘴上依舊不饒人。

「甭拿我倆作比較，壓根沒有可比性，你對我再重視都不為過，你對他重視一點兒都不成！」

白洛因緊緊攥著的拳頭鬆了開來，語氣裡透著濃濃的不甘。

「你把他放了，我以後絕不會再做這種事了。」

顧海等的就是這句保證，晃蕩了一天的心終於穩了下來，他滿意地笑了笑，走下床給劉沖鬆了綁，劉沖站都站不穩了，躺在地上一個勁地齜牙咧嘴。

顧海蹲下身，冷銳的視線直直地掃向他。

「你記住了，你們首長對你好，我不干涉。但是如果他以犧牲自個的方式對你好，那我就把他犧牲的那些東西一點一點地從你身上找回來！」

41.

周淩雲開會這段時間，練兵的事暫時交由他人代管，會上主要強調了提高武器性能這一方面的要求，於是周淩雲回來之後，暫時把工作重心轉移到科研專案上。白洛因身體不適，周淩雲就代替他去合作企業視察專案進展情況。

今天，周淩雲來到了海因科技公司。

顧海很熱情地出門迎客，客套地寒暄了幾句，「周師長，您來怎麼不提前打聲招呼？我也好派車去接您。」

周淩雲爽快地大笑，「我哪敢讓顧首長的大公子給我開車啊！」

兩人說說笑笑地朝公司裡走去，宛若相識多年的好朋友。顧海把眼中的凜冽之氣隱藏得很深，真像個圓滑和氣的商人，言談舉止間透著對周淩雲的敬重。

兩人坐在貴賓室喝茶聊天，周淩雲時不時朝顧海打量一眼，目光爍爍，像是發現了什麼寶貝。顧海正聊著合作的這個專案，周淩雲卻突然攥住他的手，狠狠握了那麼一下，感覺到顧海手掌的力度，又是一陣開懷大笑。

「你是一塊難得的好料，不當兵可惜了。」

顧海木然地笑笑，「我對軍事方面不感興趣。」

「照理說你生在軍事世家，打小耳濡目染，應該對部隊很有感情才對。」周淩雲端起茶碗喝了一口。

「我不喜歡被束縛，部隊那種軍事化的管理制度我適應不了。」

周淩雲繼續調侃，「不如你來我的隊吧，我有一套自個的管理方式！」

「別介。」顧海挺客氣，「我真不是那塊料！」

「我老周看人一向很準，我要說你是個大將之才，一準兒錯不了！怎麼樣？考慮一下吧！」周淩雲還真是求才心切。

顧海婉拒，「周師長，咱們還是去車間轉轉吧。」

周淩雲痛快地站起身，「好，我也欣賞欣賞美女操作的車間是什麼樣的。」

走到寬敞的車間，周淩雲的目光四處張望了一下，不住地點頭，「不錯，還真是出乎我的意料了，竟然有這麼大的規模。」

「最近我們正準備擴大車間面積，南邊那一塊地已經批下來了，馬上投入建設。」顧海在一旁耐心詳細地介紹著，

有兩個女職員在一旁竊竊私語，「咱顧總今兒穿得真紳士，還戴了一副眼鏡，我差點兒沒認出來。」

「那個軍官肯定是貴客，顧總得給人家留個好印象，以後的合作機會才多啊！」

「嗯嗯，也對。」

兩人把整個車間都繞了一大圈，周淩雲又問：「你們公司有成品可以讓我瞧瞧麼？」

「當然。」顧海又把周淩雲帶到了產品展示間。

周淩雲對一個小型飛行器非常感興趣，當即朝顧海打聽道：「這款飛行器是什麼時候生產出來的？」

「這款飛行器是我們這半年的主打商品，曾經獲得過很多項科技大獎。」顧海毫不吝嗇地推薦這款祕密武器。

周凌雲蹲下來瞧了瞧，真是麻雀雖小、五臟俱全啊！這款小型飛行器只有兩米的高度，發動機功率卻達到五百馬力，氣流噴射速度也可以達到每小時三百公里。

「我聽說你們公司主要生產電子設備，沒想到還涉足航空領域。這個飛行器從設計研發到生產製作也都是由女人完成的？」

「您是除我之外，第一個碰這款飛行器的男人。」

周凌雲不由得驚歎，「娘子軍了不得啊！」

顧海很謙虛，「這也是第一次嘗試，經驗不足，生產出這麼一個怪胎，讓您見笑了。」

周凌雲拍拍顧海的肩膀，「千萬別這麼說，我可是喜歡得不得了啊！」

「您可以坐進去試試，喜歡就送您了，以後出去買個菜什麼的，開著它多方便。」顧海很大方。

「哈哈哈……」周凌雲爽快一笑，「我還真想試一把，我這半輩子什麼飛機都開過，就沒開過美女製作的飛機。」興沖沖地打開機艙門鑽了進去。

因為飛行器體積小，機艙空間自然也不大，周凌雲剛把腳伸進去，就被牢牢卡在座椅上。他低頭瞧了一眼，心裡挺納悶，這座椅的設計怎麼這麼奇怪？它不是平的，前面有個小凹槽，稍微往前坐了坐，正好可以把兩腿中間的那坨肉卡在那，感覺牢靠又舒服。

真是人性化設計，女人的心思就是細膩啊！

周凌雲啟動飛機，剛把手放到操縱桿上，突然間像是觸了電一樣，整隻手都麻了。他迅速縮回手，查看飛機的儀表板，各項資料顯示正常。看來應該是接觸不良，於是膽大心細的周凌雲這一次戴上手套，又把手伸向操縱桿。

結果，周淩雲的手剛一握住操縱桿，又一股強大的電流襲了上來，等他想縮回手的時候已經晚了，那條胳膊完全吃不上力，手被牢牢吸附在操縱桿上，刺痛如潮水般襲來，他死死咬著牙關，豆大的汗珠子從額頭滴下。等周淩雲將自個的手狠狠從操縱桿上拔下來的時候，掌心的肉都焦黑焦黑的了，手背血肉模糊——這隻手恰好是曾經攥過小因子的手。

周淩雲不愧是條漢子，發生這麼大的事，還能從容不迫地關掉發動機，去開機艙的門。可惜機艙門打不開了，周淩雲用拳頭狠狠砸著機艙內壁，不知道砸到什麼東西了，座椅突然晃動了一下，下面又傳來熟悉的麻痛感，和剛才手攥著操縱桿時的感覺是相同的，而且震動的部位還在前面的凹槽處。

周淩雲看了看自個的黑爪子，再看看被凹槽處卡著的那坨肉，心裡驟然一緊。手被電了倒是無所謂，反正他這雙老糙手早就沒法看了，但是那地方被燒了可就不得了了，他還得指望這玩意兒傳宗接代呢！

但是，周淩雲完全動不了了，屁股被神奇的座椅卡得牢牢實實的，前端被強大的電流穿刺著，一陣比一陣兇猛。再強硬的爺們兒也扛不住這種刺激啊！周淩雲整張臉近乎扭曲，像是剛被水洗過。

顧海故意著急地敲著機艙外壁，「周師長，出了什麼事麼？」

周淩雲大吼，「把機艙門給我打開！」

「什麼？我聽不見！」顧海朝裡面大聲喊。

周淩雲的飛行褲都被烤焦了，聲音暴躁急切，「快開門！」

「啊？」顧海還是一副納悶的表情，「你說什麼？」

周淩雲眉毛一皺，再看向顧海的臉，突然發覺他的唇角帶著一抹玩味的笑容。周淩雲再一摸自個的飛行服，有一種詭異的金屬質感，瞬間暴怒！

原來這小子挖了一個陷阱等著我呢！

座椅已經快要達到三百度的高溫，周淩雲就像在受炮烙之刑，一邊控制不住地大吼，一邊用蠻力拉扯機艙的門。結果不拉還好，一拉座椅的振動頻率更大了，隱隱間有種要爆炸的趨勢。周淩雲不愧是身經百戰的老手，這會兒感覺到座椅的衝擊，不僅沒慌，而且調整身體的姿勢，就著爆炸時的那股推力，猛地衝出艙外。

人是沒死，但絕對夠他受的。

他雖然躲過了這場爆炸，鳥和蛋沒有被炸得血肉橫飛，但絕對不是沒受到一點牽連。褲子被燒沒了一半，褲襠處往下滴答著血，慘痛程度可想而知。

最重要的，他的顏面全都丟盡了！

來的時候意氣風發，結果不到半個鐘頭的工夫，渾身上下沒一處能看的。尤其受傷的部位還在那種地兒，這公司到處都是女的，保安和急救人員都是女的，周淩雲這張老臉往哪擱啊?!

「別靠近我！」周淩雲朝一名女保安怒吼，「把我警衛員找來！」

顧海也裝模作樣地朝女保安吼了聲，「還不趕緊找去？」

「剛才找了，他拉肚子了，我總不能進男廁所吧！」女保安一臉為難。

顧海扯過女保安手裡的布條，蹲下身，和和氣氣地朝周淩雲說：「周師長，救護車得一會兒才到，止血要緊。這就我一個男的，您就甭和我客氣了。」

下一秒鐘，將白布條朝周淩雲的胯下繞去，狠狠這麼一勒。

周淩雲差點兒疼暈過去，眼睛裡就剩下兩塊明晃晃的鏡片。

顧海看到周淩雲的反應，又朝身後的人質問一聲，「妳這布是不是不乾淨啊？」

「沒啊，我剛用鹽水消過毒！」

被抬上擔架的那一刻，周淩雲攥住顧海的手，說出的話都能在地上砸出響兒來。

「我記住你了！」

顧海藏在鏡片後的那雙眼也是兇惡陰損。

「白洛因是我的心肝，你可以訓你的兵，但是你不能動我的心肝。你讓我心疼肝疼，我就讓你鳥疼蛋疼！」

42.

晚上，顧海正哼著小調給媳婦兒準備愛情小夜宵，突然聽到門響，心中微微詫異，伸頭朝外面看，結果看到白洛因那道瀟灑帥氣的背影。

「你怎麼跑出來了？」顧海叼著菸頭，耍著花刀，模樣很酷。

白洛因倚在門口，似怒非怒地盯著顧海。

「老周是讓你給整進醫院的吧？」

顧海朝白洛因瞥了一眼，歪起一邊的嘴角，「喲？親自登家門膜拜我來了？」

白洛因英挺的眉毛狠狠一皺，「原來真是你！」

顧海聽到白洛因這副口氣，臉上的笑容淡了淡，迅速把火關上，把菜倒入盤中，滋滋的炙烤聲還在耳旁縈繞。

「你有點兒過了吧？」白洛因湊到顧海面前。

顧海一直背著白洛因洗手，突然一個轉身，手裡的水全都抹到白洛因的臉蛋兒上。

「比以前光溜多了。」顧海還沒個正形。

白洛因恨恨地打掉他的手。

顧海吃味，立刻反問，「你還心疼他了？」

白洛因氣結，「那不是心疼，是心裡不落忍好麼？他雖然對我狠了點兒，可那是他的訓兵手段，和個人感情無關。他越是對我嚴格要求，越是證明他重視我。說白了，他是為我好才那麼做的。」

「他為你好？」顧海冷哼一聲，「他那是把你當成一個工具！工具懂麼？就像你對戰機一樣。千方百計地提高你的性能，為了更好地為他所用！與個人感情根本沒關係！」

白洛因的語氣緩了緩，「可間接上也成就了我不是麼？」

「攥一下雞巴就能成就你了？」顧海笑得諷刺，「那正好，我也把他雞巴給炸了，說不定一出院就從師長轉成軍長了！」

白洛因目露驚色，「什麼？你……！」

「瞧把你急的！」顧海又開始吃歪醋，「他那兒給你創造什麼福利了？讓你那麼在乎！」

白洛因氣得直捶顧海的小腹，「尼瑪啊！你也太狠了吧！那周淩雲不是省油的燈！你要真把他整殘了，他絕對不會讓你好過的。」

顧海拍拍白洛因的頭頂，「那就讓你們師長放馬過來！」

白洛因還戳在原地，顧海已經端著飯菜去了餐廳。

白洛因跟著走了進去，剛要坐下一起吃，就聽對面的人陰陽怪氣地說：「這不歡迎白眼狼，請到別處就餐！」

白洛因給氣得不善，好不容易把老周給盼走了，終於能偷偷跑出來透透氣，你丫還不讓我吃口現成的。

我偏吃！

「嘿嘿嘿！有點兒自覺性啊！說話的時候胳膊肘往外拐，吃飯的時候你丫腆著臉拐回來了！把筷子撂那，誰讓你夾的？……」

白洛因趁著顧海嗆嗆的工夫，把好菜都給吃了。

顧海去廚房刷碗，白洛因在客廳閒得無聊，又開始擺弄那隻驢。顧海聽到他兒子叫喚，伸出頭朝外瞄了一眼，正巧看到白洛因咧著嘴樂，那一臉稚氣的模樣特打動人心，顧海的心一下就軟成了一團棉花。

結果，等白洛因扭過頭朝這邊看，顧海立刻就收回了那道溫柔的目光，冷著臉命令道：「把我兒子放那！」

白洛因不僅不放，還把小驢的腦袋放在了自個的腿間，任它肆意地搖晃著，銷魂的眼神直擊著顧海脆弱的小心臟。

你大爺的！顧海心裡罵了一句，就會拿這招治我！

收拾好廚具，顧海回了客廳，白洛因窩在沙發上躺得可舒坦了。

「回你宿舍睡去！爺這不留白眼狼。」

話音剛落，白洛因就站起身，顧海心裡一緊，草，不是真要走吧？正擔心著，白洛因腳步一轉，直接去了浴室，沒一會兒，嘩啦啦的水聲傳來，瞬間有根狗尾巴草掉到了顧海的心窩裡，搖得他這個心癢癢啊！

於是，不到五分鐘工夫，顧海就貓進了浴室。

兩人窩在一個浴缸裡，白洛因給顧海搓著後背，顧海給白洛因搓著小因子。

白洛因忍不住開口問，「你到底是怎麼把老周弄傷的？」

說起這事，顧海頗感自豪，立刻把事情的經過原原本本地告訴了白洛因，包括前期準備，實施過程中遇到的各種情況，以及突發情況的應急備案，總之這是個很周密的計畫。

白洛因一副不可置信的表情看著顧海，「沒想到啊，你還挺有兩下子！」

「那是。」顧海冷哼一聲，「我把所有的傻勁兒和直率都留給你一個人了，到了別人那準吃不了虧。」

白洛因的心情瞬間輕鬆了不少。

「別動！」顧海突然用手扳正了白洛因的頭，眼睛湊到白洛因的面前，「你臉上好像長了一個疙瘩。」

「少來！」白洛因推了顧海一把。

顧海立刻摟了上去，熱呼呼的氣息吹到白洛因的耳邊。

「你怎麼知道我要親你？」

白洛因先在顧海的頰肌上咬了一口。

顧海笑得特溫柔，「你就壞吧！」

洗過澡，兩人在被窩親熱，白洛因突然開口問道：「大海，自打我走了之後，你還去過咱在國貿的那套房麼？」

顧海在白洛因脊背上滑動的手突然停了下來，柔聲回道：「去過一次，怎麼了？」

「那你去的時候，那桌菜還在麼？」

「哪桌菜？」顧海一臉糊塗。

白洛因臉色變了變，心裡想想也對，顧海去之前，肯定有別人進過他們的小窩，估摸他親手做的那些菜早就餵蒼蠅了。

「怎麼了？」顧海用腦門頂著白洛因的腦門問。

「沒怎麼。」白洛因的手用力地捏著顧海的後脖頸，「趕明兒給你做頓飯吃！」

「你？」顧海笑得下巴都快掉了，「能吃麼？」

白洛因冷哼一聲，「不能吃也得吃。」

「這麼霸道？」顧海親暱地舔著白洛因的鼻尖。

白洛因若有若無地嗯了一聲，而後翻身將顧海壓在身下。

週末，白洛因提著幾大盒補品，懷著無比沉重的心情去了醫院。

走進周淩雲的病房前，白洛因已經做好了被轟炸的心理準備，他甚至已經把周淩雲那張盛怒的面孔在心中刻畫得惟妙惟肖，幾乎無需進去，就能想像到他看到自個的反應。

結果，一切大大出乎白洛因的意料。周淩雲的精神狀態很好，至少從表面上看不出任何壓抑感，反而顯得神清氣爽，即使穿著病號服，也遮蓋不住他身上的大將風範。

觸到這麼一副面孔，白洛因心裡反倒有些不安了。

「怎麼不進來？」周淩雲淡淡開口。

白洛因尷尬地笑笑，「怕您不讓進。」

周淩雲笑得霸氣外露，好像被顧海折騰羞辱的人壓根不是他。

「為什麼不讓你進？我這等了你好幾天了，別人都來看我了，就你遲遲沒露面。我平時待你不薄吧？和我強嘴強得那麼歡，怎麼我一生病，你連個屁都不放一個？」

白洛因越聽心裡越沒底，這周淩雲唱得是哪一齣啊？

周淩雲看出白洛因心中的顧慮，當即安慰道，「甭往心裡去，你和你弟一碼算一碼，我心裡明鏡似的。他就算為了你故意整我，我也知道不是你指使的。」

白洛因心裡更不是味了，站在周淩雲面前，他突然覺得自個特渺小。

「拿出點兒軍人的氣魄來，你那精氣神兒都哪去了？來這就為了讓我瞅你的後脖頸子啊？」周淩雲突然怒喝一聲。

白洛因立即挺直腰板。

周淩雲又露出一個不明所以的笑容，「我問你一件事。」

「請說。」白洛因一本正經地看著周淩雲。

周淩雲的目光突然又陰邪下來，看得白洛因心裡涼颼颼的。

「你和顧海私下交往頻繁麼？」

白洛因心裡一緊，目光直直地看向周淩雲，不知他到底想說什麼。

「如果交往頻繁，麻煩你幫我捎個話，我對他很感興趣，哪天把他約出來喝兩杯。」

白洛因胸口的大氣壓差點兒把自個撐破。

「首長，如果你有什麼氣，就對著我撒吧！事兒都是我挑起來的！我願意承擔一切責任。」

「你誤會了，我是真挺喜歡他。」周淩雲目光爍爍。

白洛因差點兒噴出一口血來。

周淩雲不動聲色地把玩著手裡的打火機，似笑非笑地看著白洛因，「不瞞你說，他缺德的模樣，頗有我年輕時候的風範！」

白洛因身上的血液瞬間凝固，他隱隱間覺得，周淩雲不是開玩笑的。

43.

「感謝各位專家、各位教授參與本次無線電導航項目實施方案交流會，本公司很榮幸代表所有合作企業主持召開本次會議……」

顧海沉睿的嗓音緩緩地在會議室響起，本次會議一共有三十幾名工程師參與，出現了一個很奇妙的布局。位於顧海左側的與會人員是清一色的男人，右側的是清一色的女人，男女面對面而坐，一點兒都不像項目交流會，倒像是相親大會。

不過氣氛依舊很嚴肅，起碼從顧海的臉上看不出任何輕浮之態。

白洛因就坐在他的右手邊上，面對著閻雅靜而坐。白洛因每次將目光若有若無地瞟到閻雅靜身上，都會發現她在注視著顧海，雖然這裡所有人都在看著顧海，可閻雅靜的眼神明顯不一樣。

「下面我們請本次項目負責人白洛因先生講話！」

直到掌聲響起，白洛因才緩過神來，輕啟薄唇，不緊不慢地闡述著軍方關於專案方案的初步設想和實施計畫。

與會者都在認真聽取白洛因的發言，顧海也不例外，他的目光一直專注地放在白洛因的薄唇上，瞧著它一開一闔的，露出裡面兩排小白牙。還有說話的時候，頰肌不停地收緊放鬆，讓人忍不住想到了某種運動……

「好，我的發言完畢。」

掌聲結束後，顧海對白洛因的講話做了一個簡單的總結。

「剛才我認真聽取了白洛因先生的發言，我把他的想法概括為五方面的要點……」

白洛因微笑地看著顧海，臉上帶著讚許的表情，其實心裡在暗暗說：你他媽要是認真聽了，我都不姓白！

會議結束，部隊的參會人員和公司的女職員紛紛握了手，白洛因和顧海也裝模作樣地握了握手，客套地朝對方說了句，「合作愉快，以後如果有問題，可以隨時聯繫我。」

閻雅靜站在門口等著顧海。

顧海還握著白洛因的手不放。

「顧總，你現在回辦公室麼？」閻雅靜清澈的嗓音柔柔地響起。

顧海頭也不回地說：「先不回呢，我和白首長有點兒事沒談完，妳先走吧！」

白洛因朝閻雅靜禮貌一笑。

門被關上，某個總經理立刻脫掉了嚴肅的外套，大手揉向白洛因的臉，像是多少天沒瞧見一樣，眼睛差點兒扎進白洛因的肉皮裡。白洛因挺不耐煩地黑了顧海一眼，顧海又來勁了，立刻封上白洛因的唇，迫不及待地與他唇齒相依。

分開時，顧海還氣喘吁吁地說：「剛才看你說話，心裡癢得不行。」

「你丫真能裝！」

白洛因特想把顧海掛到公司大廳的螢幕上，讓全體女職員都欣賞一下他此時的面孔。

顧海趁白洛因走神的工夫，偷摸著把手伸到白洛因的軍褲裡，隔著內褲，惡劣地揉攥著白洛因充滿彈性的兩瓣，嘴裡發出吸溜吸溜的下作聲音。

白洛因特佩服顧海，「你怎麼在哪都能發情啊？」

「我發情是不看地點的，你在哪我就發到哪。」

白洛因冷哼一聲，「騷貨！」

「騷也騷不過你啊！」顧海樂呵呵地咬住白洛因的耳廓，輕聲說道，「昨晚上哪個小軍官剛被我舔了幾下，就大叫不行了？哪個小軍官不停地求我再深一點兒？哪個小軍……」

「行了！」白洛因羞憤打斷，「你能不能說點兒正經的？」

「不能。」顧海的手滑到白洛因的腰上。

白洛因立刻像觸了電，強行制止住顧海的非禮行為，而後迅速整了整軍裝，朝顧海提醒道：「警告你，別在我穿軍裝的時候做這種事，有辱我的名節！」

顧海心裡暗暗回了句：早晚有一天，我得讓你穿這身衣服和我來一炮！

白洛因平緩了一下呼吸，一本正經地看著顧海，「和你說一件事，以後只能我來公司找你，你不能去部隊找我！」

「為什麼？」顧海擰起眉毛。

白洛因臉色變了變，語氣生硬地說：「沒有為什麼，讓你別來你就別來，送飯可以找人替，總之你少在部隊露面。」

白洛因毫無緣由地提出這種苛刻條件，顧海當然接受不了。

「你總得給我一個原因吧！」

白洛因硬著頭皮說：「周凌雲出院了。」

「他出院了我怎麼就不能去了？」顧海冷哼一聲，「你是怕他報復我，還是怕我一出現影響你倆的關係啊？」

白洛因為了這事鬧心好幾天了，顧海小心眼，他又何嘗不是。心裡的鬱悶無法排解，又不好和顧海明說，只能下一道死命令，結果丫的不僅不從，還一個勁地在那扭曲事實，白洛因心裡能舒坦麼?!

「甭管因為什麼，總之不讓你去，你就別去！」白洛因的臉色越發難看。

顧海這人最好聯想，沒邊的事還能想出個模子呢，更甭說這種容易造成歧義的話了。

「白洛因，你老實和我說，你和那個師長到底怎麼回事？從我整他開始，你就有意無意地埋怨我，我看你平時工作太累，就沒忍心說什麼。結果你丫還沒完沒了了，就因為一個和你認識不到倆月的師長，你犯得上和我置氣麼？」

「你問我和他怎麼回事？」白洛因都快氣吐血了，「我他媽還想問你呢！那天你找他算帳，除了把他騙到有問題的飛行器裡，你就沒幹點兒別的？」

言外之意，你就沒在他身上討點兒別的？如果真沒有，光靠你整他這麼兩下子，他就會看上你麼？

顧海這次真黑臉了，揪著白洛因的領子問：「你什麼意思？你是覺得我多打了他幾下沒告訴你麼？還是懷疑我暗中下了黑手啊？白洛因，在你心裡他是有多光明磊落，我是有多卑鄙齷齪啊?!」

白洛因狂吸了數口氣，轉身要走。

顧海一把拽住白洛因，目光逼視著他，「把話說清楚了再走！」

「說不清楚了。」白洛因猛地甩開顧海的束縛。

顧海又上前糾纏，剛才還黏黏糊糊的兩人，不到十分鐘工夫就撕破臉了。部門經理敲門的時候，顧海和白洛因還在裡面撕扯，等部門經理把門推開的時候，兩人已經俯身湊在會議桌前，對著一張圖紙認真討論著。

「顧總，麻煩你先簽個字，這份檔案急需上交。」

趁顧海轉身拿筆的工夫，白洛因大步走了出去。

回到部隊，白洛因直接把手機關機，臉色陰沉得嚇人。每次一想到周淩雲談起顧海時那副眉飛色舞的表情，就覺得他在顧海身上占了便宜，越想越生氣。明明是他舉止輕佻，更愛招人，還整天厚著臉皮指責我！

白洛因正在宿舍運氣，突然聽到外邊有人喊他。

「首長，有人找！」

白洛因朝外邊喊了句，「不見！」

結果，他這一句「不見」壓根沒起作用，門照樣被推開了，白洛因剛要質問一句「你怎麼來了」，結果發現來的人不是顧海，而是另一張熟悉的面孔。

顧洋摘下墨鏡，冷峻的臉上浮現一抹笑意，「為什麼不見我？」

白洛因臉色變了變，語氣仍舊生硬：「你怎麼來了？」

「出差。」顧洋輕描淡寫地說，「順便關心一下你的生活狀況。」

白洛因冷哼一聲，「你怎麼想起關心我來了？」

「我一直都很關心你。」顧洋的笑容顯得很不真切。

白洛因站起身給顧洋泡了一杯茶，遞到他手邊。

「湊合喝吧！」

顧洋手捧著茶碗，一股清香漫入鼻息，拂去了路途中的勞累。他是專程來看白洛因的，與出差無關，至於為什麼不遠萬里跑到這，他自個也說不清楚。

白洛因坐在顧洋對面淡淡問道：「你去了顧海那麼？」

「沒。」

白洛因點了一根菸，直言不諱地問：「上次是你吃了廚房的飯菜吧？」

「你指的是哪一次？」

白洛因吐出一口菸霧，冷聲再問：「總共能有幾次啊？」

顧洋透過煙霧看著白洛因的臉，有種失真的魅惑。

「一共兩次。」顧洋開口說。

白洛因神色一滯，「兩次，另一次是什麼時候？」

「八年前。」顧洋微斂雙目，「我吃了你親手做的第一頓飯！」

白洛因心中的恨意可想而知，當初是顧洋親手把顧海送進鬼門關的，白洛因懷著多悲慟的心情做了那麼一頓飯，竟然還餵給了這個大惡人！

「特難吃！」顧洋又補了一句。

草！白洛因心裡怒罵一句，讓你丫吃就夠便宜你了，還嫌不好吃？

顧洋饒有興致地看著白洛因的表情變化。

「那些菜是打算上墳用的，結果拿不下了，就擱在家裡了。」白洛因存心擠兌顧洋。

顧洋不怒反笑，「你打算給誰上墳？」

「給你。」白洛因將菸頭狠狠撚進菸灰缸。

顧洋不動聲色地把玩著手裡的眼鏡，淡淡說道：「其實在我吃那頓飯的時候，我就後悔了。你可能不信，這八年，我一直因為那麼一個決定而牽掛著你。」

白洛因的目光卻專注地放在顧洋手裡的眼鏡上，這副眼鏡是顧海整人的時候，為了提升自個的形象而戴的。顧洋看到桌子上有這麼個東西，就習慣性地把玩起來，可白洛因突然覺得這副眼鏡拿在顧洋的手裡無比和諧。

「能否給我一個機會？」顧洋的手突然朝白洛因的臉上伸去。

結果，白洛因比他的動作更快，他把那副眼鏡戴到了顧洋的臉上，而後勾起一個嘴角，幽幽地說：「果然很適合你。」

「我不習慣戴平光鏡。」顧洋要摘。

白洛因卻攥住他的手，笑容詭祕。

「我送你的。」

44.

顧海和白洛因陷入冷戰之中，一連三天，兩人誰也沒聯繫誰。這場冷戰實質上是白洛因的胃和小海子之間的較量，勝負結果，主要看誰的忍耐力更持久一些。

這一天下午，白洛因飢腸轆轆地坐在研究室裡面，心和胃展開了一場廝殺。那顆要強的心不停地提醒白洛因堅持到底，而那個扭曲的胃卻一個勁地攛掇白洛因把手機開機。就在雙方爭得你死我活的時候，轉機出現了。

「小白，你的外賣到了！」

白洛因試飛戰鬥機的時候，心跳都沒有現在這麼快，從研究室走到門口這幾步路，白洛因三番五次勸說自個要鎮定。必要時候先假裝拒絕一下，等對方死乞白賴地把飯盒往他手裡塞的時候，他再接受也未嘗不可。

來送飯的人是黃順，白洛因以不為難勞動者為由，迅速把飯盒收下了，然後抱著飯盒就往宿舍走，他可不能讓那些工程師看到他的飯盒，別說吃了，就是被聞到味兒白洛因都覺得虧得慌，他要一個人去宿舍慢慢享用。

打開飯盒前，白洛因平復了一下心情。

這裡面裝的是什麼呢？最好是肉包子！上次顧海親手做的肉包子，蒸出來特宣乎，包子皮又香又軟，裡面的餡咬一口能流油兒。

結果，打開飯盒，白洛因愣住了。

裡面的確有包子，只不過是平面的，不是立體的。所謂平面的，就是一張擺滿了包子的相片，那些包子全被咬了一口，裡面誘人的餡兒大剌剌地展示在白洛因的面前。包子下面還有各色美食，全是顧海親手做過的，高清相機拍攝，比親眼看到的還要勾人。

白洛因死死攥著拳頭，悲憤的心情可想而知。

就是一堆美食照片啊！網上到處可以搜到，為什麼一擺到這個飯盒裡，就讓白洛因如此不堪忍受呢？白洛因打死都不肯承認，他這些年在部隊摸爬滾打，克服了常人難以想像的困難，卻最終要向一個飯盒低頭。

不行，我絕對不能這麼屈服！

顧海一個人在家享用一大桌子的美餐，從七點鐘吃到十點鐘，為的就是某個人敲門進來的時候，看到滿桌的美食，當即決定不走了。

結果，他把快遞員給盼來了。

「顧海先生對麼？這有一份您的快遞，請簽收。」

顧海拿到屋子裡打開，立刻聞到一股濃濃的白洛因氣息。低頭再一瞧，呵！東西真多。白洛因的內褲、襪子、襯衫、護膝……最下面一層，顧海還看到幾根毛，具體是衣服上沾的，還是白洛因故意放在裡面的，沒人知道，而這些毛又出自哪個地方，估摸只有顧海心裡明白了。

這一宿把顧海折騰的，凌晨一點多坐起來抽菸，煙霧裡全是白洛因的重影兒。

道高一尺魔高一丈！這小子壞到家了！

顧海恨不得化身為土行孫46，遁地千里，一路挖到白洛因的宿舍底下，鑽出來就把他一頓狂草！

這是一場意志力的比拚，顧海不想輕易認輸！

白洛因也是等了大半宿，本以為顧海會殺進宿舍，結果一直沒聽到動靜，最後熬不住就睡著了。

第二天中午，他又收到了一疊照片，這一次的照片震懾力更大，白洛因看了之後，渾身上下的血液都在倒流。

這些照片都是顧海和女職員的曖昧合影，有兩個人的、三個人的；在公司的、在娛樂場所的、在酒店的……甚至翻到最後一張照片，白洛因還看到了顧海和閻雅靜親吻的鏡頭。

其實，這些照片都是顧海找人P的，但白洛因還是看得火冒三丈，即便是爲了氣他，故意整出這些東西，也不可饒恕！

首長脾氣一上來，當即要駕車趕赴顧海公司削人！

結果，白洛因衣服換好了，門都鎖了，走到半路又折返了。

這肯定是個陷阱……白洛因暗暗對自個說，那些照片一定有問題。誰平時沒事拍那些照片啊？如果是為了氣他故意拍的，也不可能在一天之內轉換那麼多場地吧？正想著，一個士兵行色匆匆地從他

46：《封神演義》中的人物，會施鑽地土行之術。

面前走過。

「站住！」白洛因喝令一聲。

士兵神色緊張地看著白洛因。

「手上拿的什麼東西？」白洛因質問。

士兵的手死死攥著一個盒子，在白洛因的追問下，迫不得已開口說道：「網購的幾雙襪子。」

白洛因揚揚下巴，「打開我看看。」

士兵慢吞吞地將盒子打開，裡面果真是幾雙襪子，結果白洛因抽掉盒子中間的活動紙板，發現底下還藏著幾盒套套。

士兵忙不迭地解釋，「這……這可能是店主贈的。」

白洛因冷哼一聲，「是買的套贈的襪子，還是買的襪子贈的套啊？」

「買……買的襪子贈的套。」

白洛因心裡不由得冷笑，什麼牌子的套套我沒用過？你這襪子一看就是十塊錢三雙的，你這一盒套十二隻裝，這麼多襪子加起來還沒一盒套值錢，矇誰呢？

「既然是贈品，那就給我吧！」白洛因伸手。

士兵僵愣在原地。

白洛因幽幽地問：「你用得著麼？」

士兵機械地搖搖頭。

白洛因直接把那幾雙襪子塞到士兵手裡，抱著盒走人了。

回到宿舍，白洛因心生一計，這一招絕對比顧海的照片要狠。

他要把一個灌滿了體液的套套給顧海寄過去！

我就不信治不了你！

有了這個想法之後，白洛因立即去浴室展開行動，心裡雖然恨那個傢伙，可關鍵時刻還得靠他。

白洛因一邊套弄著，一邊幻想著平時和顧海那個時候的場景，呼吸越來越重，表情越來越凌亂，終於痛苦地悶哼一聲，一股黏稠的液體噴灑在手心裡。

白洛因把那些東西鼓搗進套套，轉身剛要走出浴室，突然被眼前的身影嚇得心臟一縮。

顧洋微微揚起嘴角。

白洛因手裡的套套掉到地上。

「你什麼時候來的？」

顧洋笑得鬼魅，「從你進浴室開始。」

白洛因的腦袋轟的一下就炸了，他無法想像，自個一個人在浴室搞事兒，後面還有一個人全程欣賞。如果這個人是顧海也就算了，竟然還是他最不待見的人，白洛因連死的心都有了。

事實上顧洋只看到了一個尾聲，而且白洛因一直背朝著門，顧洋只知道他在幹什麼，具體怎麼幹的，他是一點兒都沒看到。不過這絲毫不影響他品味白洛因最後的那聲喘息，可能連白洛因自己都沒有察覺到，他在釋放的那一刻有多迷人。

白洛因洗了洗手，沉著臉走出浴室。「你又來幹什麼？」

顧洋眼睛裡透出幾分笑，「看你整天在部隊待著挺壓抑的，帶你出去放鬆放鬆。」

白洛因本想說我沒那個興趣，可後來一想，他如果要出去，就必須得去周凌雲那請假……於是，立即答應了。

路上，白洛因故意朝顧洋問：「我送你的眼鏡，你怎麼沒戴？」
「放在車裡了。」顧洋說。
白洛因凌厲的視線朝顧洋飆了過去，輕啟薄唇，「戴上！」
這一道命令，看在顧洋的眼裡，還有點兒使小性子的嫌疑！於是，心情頗好的某個人真的把車門打開，拿出那副眼鏡戴上了。
到了周凌雲的辦公室，白洛因特意讓顧洋在外等，他走進去和周凌雲請假。
「首長，我要事情要出去辦，請您批個假！」
周凌雲漠然地回了句，「你這個月的假已經沒了。」
「海因科技公司的總經理邀請我出去洽談項目合作的事情，他是百忙之中抽空來找我的，我這麼冷落人家不合適吧？」
果然，周凌雲的目光亮了起來。「顧海？」
白洛因點點頭。
周凌雲站起身朝外看，果然看到一道熟悉的身影，尤其是那副明晃晃的眼鏡，一直盤據在他的腦海裡，每每想起就熱血沸騰。
「早去早回！」
周凌雲拍了拍白洛因的肩膀，給了他一個會意的眼神，意思就是，你倆談完公事，最好給我一塊回來，領導的人生樂趣就指望他了！

45.

顧海在辦公室沒等到任何回信兒，心裡禁不住開始犯嘀咕，不會是真生氣了吧？他又把那些照片瀏覽了一遍，越看越覺得過分，白洛因要是信以為真，豈不是連緩和的餘地都沒了？

反覆思量，顧海覺得還是親自去看看比較保險。於是，到了下班點兒，顧海開車去了部隊，看到白洛因宿舍的門是鎖著的，又去了研究所，結果被告知白洛因一天都沒來這。看了看表，差不多到了飯點兒，白洛因興許去吃飯了，於是顧海打開白洛因宿舍的門，坐在裡面等。

桌子上還放著那幾張照片，顧海拿起來一看，那張他和閻雅靜的合影，已經被白洛因攥得皺巴巴的，足見白洛因當時的怒氣。

算了……顧海忍不住想，反正目的也達到了，就這麼著吧！

這麼一想，顧海又開始給白洛因整理房間，幾天沒來，白洛因這都沒法看了。就在顧海給白洛因整理髒衣服的時候，突然發現他的枕頭底下壓著幾盒套套，顧海不記得他在這存過這種東西。既然不是他買的，那這些套又是哪來的？最關鍵的問題是，白洛因一個人住在宿舍，怎麼會需要這種東西？

一種不祥的預感跳出腦海，刺激得顧海一個激靈。但他很快就打消了這種猜想，白洛因不是那麼隨便的人，他倆不過三天沒聯繫，白洛因犯不上因為這事糟蹋自個。

於是，顧海又把那幾盒套套放了回去，拿著髒衣服朝浴室走。

結果，顧海剛打開浴室的門，就聞到一股特殊的氣味兒，他對這種氣味兒再熟悉不過。他的目光下意識地四處尋覓，突然就定在某個角落。

他把那個套套撿了起來。

白洛因主動寄過去，與顧海親手撿起來，完全是兩碼事。他根本不會想到白洛因是自己搞出來的這些東西，誰搞事兒的時候還多此一舉地戴個套套啊，光是用腳丫子想也覺得不可能，那這套套和裡面的液體是怎麼來的？

就在顧海心中暗生疑惑的時候，門口突然傳出兩個聲音。

「欸？我明明記得出去的時候鎖門了！」白洛因納悶。

顧洋在旁邊插口道：「我也記得你鎖了。」

顧海身形劇震，整個人僵化在浴室的門口。

白洛因很快便發現了顧海，而且還看到了他手裡拿著的東西，腦袋轟的一下就炸開了，糟糕！這次玩大了！顧海真要是誤會了，這事就解釋不清了！

顧洋不動聲色地瞥了顧海一眼，「你也在這？」

顧海看著顧洋的目光冰冷刺骨，任何一個人和白洛因一起進宿舍，他都不會往歪處想，可顧洋不行！顧洋每次回京都是先和顧海打招呼，唯獨這一次，他是瞞著自個先來找白洛因的。或許不僅僅這一次，以前還有過很多很多次，只是他不知道而已。

顧洋也察覺到了氣氛的異常，當他看到顧海手裡拿的東西，立刻明白顧海為何用那種眼神看著自個了。

白洛因訥訥地喊了聲「顧海」。

顧海恍若未聞，如同一隻歸山的猛虎，瞬間朝顧洋撲去。好在顧洋有所防備，不然這麼一拳直擊他的門面，他能當場昏死過去。

在白洛因的印象裡，顧海與顧洋雖然看起來不和，其實感情相當好。不然顧海也不會在經歷生死之劫後還選擇原諒顧洋，而且還把房子的鑰匙給了顧洋一把。

但是現在，白洛因在顧海的臉上看不到任何包容和顧慮了，他那雙腥紅的雙目分明寫著「六親不認」四個大字。兩人扭打在一起，顧海在體力上明顯占上風，再加上他情緒的暴動，簡直是把顧洋往死裡打。一陣咔咔的骨頭響，連同某個人的怒罵聲，響徹在整個房間。

白洛因身為一個熟悉擒拿和格鬥的人，此刻豈能袖手旁觀？

感覺到另一個人的介入，顧海的情緒更加暴躁，冰刀一樣的眼神朝白洛因刺了過去，絕望到近乎失控的大吼：「你竟然幫著他打我！」

白洛因真想給顧海兩個大耳刮子！你給我瞅好了，我他媽的幫誰呢？

倆純爺們兒一起上手，顧洋的下場能好得著麼？他也看出來了，白洛因這哪是勸架的，純粹是伺機報仇的。好漢不吃眼前虧，他要是繼續槓下去，弄不好命都丟這了。於是顧洋忍著心中的屈辱，硬是甩開這兩人奪門而出。

顧洋的離開並沒讓戰爭結束，纏鬥還在進行中。

白洛因怒吼一聲，「他都已經走了！」

「我知道他走了！」顧海那張臉黑得通透，「我他媽打的就是你！」

「你打我幹什麼？」白洛因冷著臉對峙。

顧海那顆心已經鮮血淋漓，說話的聲音都在止不住顫抖，「我為什麼打你？以你幹的這點兒好事，我殺你都不多！」

白洛因知道這會兒說什麼都沒用了，想要迅速挽救局面，必須得找出十足的證據。白洛因還在想著，整個人都被顧海翻倒在地，那只罪魁禍首的套套就在離他不到十公分的地方。白洛因靈機一動，迅速將那只套套抓到手裡，然後舉到顧海的眼前。

「你看啊！」

顧海不看還好，一看更來氣了，白洛因的脖子差點兒讓他給扭斷了。

白洛因也火了，嗷嗷狂吼數聲，硬是將那個套套塞進顧海的嘴裡。

「你給我好好嘗嘗，這他媽的是誰的東西？」

兩人對彼此身上的體味兒和體液的味道有很高的辨識度，顧海只要聞一聞，就能清楚地分辨出這是白洛因的東西。

感覺到顧海身體的僵硬，白洛因又是一句犀利的質問。

「你用你的雞巴想想，你哥那種人能讓我上麼？」

顧海身上的血液慢慢回溫，臉色雖沒立刻恢復過來，可目光已經緩和多了。

「你沒事把自個的東西鼓搗到這裡邊幹啥？」

到了這份上，白洛因也顧不上面子了，丟人就丟人吧，總比丟另一個人強。

「你說為什麼？你給我寄了那麼多照片，我不還你點兒什麼合適麼？」

顧海恍然大悟。

白洛因起身坐回椅子上，沉著臉整理衣服。

顧海也站起來，走到白洛因身邊，沉聲問道：「那你告訴我，那天為什麼朝我發火？為什麼不讓我來部隊？」

白洛因面無表情地把原因倒了出來。

顧海噗哧一聲樂了，樂得白洛因羞憤難當。

「再笑給我滾蛋！」

顧海擰著白洛因的臉頰，哭笑不得，「你讓我說你什麼好？就那種老貨，你也至於防著？」

「誰防你呢？」白洛因氣結，「我防的是他！」

「他交給我來防就成了。」顧海幽幽地說。

白洛因哼笑一聲，「不用了，我幫你找了個替身。」

顧海一臉糊塗，白洛因不吝將所有計畫告訴顧海，顧海聽後身形一震。

「什麼？你把我哥拉下水了？」

「這會兒知道是你哥了？」白洛因斜了顧海一眼，「剛才打架的時候怎麼沒聽你喊一聲哥啊？」

「那會兒不是氣昏了頭麼？」顧海越想越不是味兒，「他什麼時候回的北京？怎麼我都不知道？你和他剛才出去幹嘛了？」

白洛因把顧洋和他說過的話又給顧海複述了一遍。

顧海當即表示，「你早該把這個畜生給那個老貨了！」

顧洋鼻青臉腫地坐在車裡，嘴角淌著血，一條胳膊骨折了，控制方向盤都費勁，只能降低車速，緩緩地從訓練場穿行而過。

突然，一道身影閃到他的車前，顧洋緊急剎車。

車子停下時，那道身影已經晃到了他的車窗前，顧洋掃了一眼他的肩章，目測此人權力不小，便搖下車窗，強忍著身體的不適與窗外的人對視。

「有事麼？」

周淩雲霸氣的目光在顧洋臉上打量一陣，幽幽地問：「你也會被人打成這樣？」

聽周淩雲這副口氣，好像和他很熟的樣子，可顧洋想了半天，愣是想不起來他倆啥時候見過面。

「你誰啊？」顧洋冷冷問。

周淩雲的手放在車窗沿上，皮笑肉不笑地看著顧洋，「你不認識我了？」

顧洋冷冷回了一句，「不認識。」

周淩雲的目光瞬間變得狠戾。「你不認識我，我可認識你！」

顧洋臉都綠了，這人是眼神不好，還是精神不好啊？

「你是把哪位大校的衣服偷來穿在自個身上了？」顧洋忍不住擠兌一句。

周淩雲直接把手伸進車裡，將顧洋放在擋風玻璃旁的眼鏡拿了出來，插到自個上衣的口袋裡，沉聲說道：「這個，我收下了！」

顧洋目射冷箭，「拿來！」

「有本事你到我辦公室來拿！」周淩雲轉身便走。

顧洋身上有傷，行動不便，只能調轉車頭，狠狠朝周淩雲撞過去！結果，他眼瞅著周淩雲的腳飛到擋風玻璃前，緊急剎車過後，竟然從後照鏡裡看到周淩雲安然無恙地從車尾走了回來。

他的車很快被一群全副武裝的士兵包圍。

周淩雲氣定神閒地說：「把這恐怖分子給我押到審訊室！」

46.

「乾杯！」

外邊大風降溫，兩人窩在白洛因的宿舍喝起小酒來。門窗緊鎖，窗簾拉得嚴嚴實實的，火鍋冒著騰騰的熱氣，整個房間弄得煙霧彌漫，透著十足的暖意。

白洛因的臉被熱氣熏得紅通通的，顧海看他吃東西很有胃口。

「慢點兒吃。」顧海給白洛因夾了一些肉放進碗裡，柔聲問道：「好幾天沒吃飽飯了吧？」

「豈止是沒吃飽？」白洛因恨恨的，「壓根就沒吃！」

顧海濃眉擰起，佯怒地看著白洛因。

「你這又不是沒廚房，像咱們今天這樣，隨便買點兒底料，買點兒芝麻醬，吃頓涮羊肉也不費事吧？這麼大個人了，還能把自個餓著？」

「不會弄。」白洛因大口大口地吃著，頭都不抬。

顧海略顯無奈，「這也不用什麼技術啊！直接把底料放進鍋裡，倒上水，等水開了就放肉，這都不會？」

白洛因存心作對一樣，硬是說不會。

「那你會什麼？」顧海伸手將白洛因的腦袋抄過來，寵溺的氣息吹拂在白洛因的耳邊，「就會氣我是不？」

白洛因扭頭一樂，「是！」

藉著點兒酒氣，顧海看著白洛因的眼神竟有些痴了，白洛因的側臉就在他的眼前，完美的輪廓，英氣的五官，就連吞嚥的動作都顯得這麼魅惑迷人。

感覺到臉頰上一陣濡濕，白洛因手裡的筷子停了一下。然後敲敲顧海的碗，好心提醒：「嘿！我說，肉在鍋裡呢，你跑哪兒吃去了？」

顧海的手扯開白洛因的衣領，壞笑著說：「不想吃肉，想吃奶。」

白洛因一陣惡寒，狠狠將顧海踹開，怒道：「你再流氓一句，信不信我把你腦袋按進鍋裡？」

顧海笑著夾了一些菜，邊吃邊說：「因子，我看著你吃飯都是一種享受。」

白洛因心裡一動，他又何嘗不是呢？以前沒顧海的時候，吃什麼都無所謂，無非就是把肚子填飽。現在有了這個人，臭毛病一個接一個地來了，先是吃什麼，然後是在哪吃，和誰一起吃，好像把吃飯當成一件事一樣。前幾天之所以沒吃東西，不是因為嘴太挑，是因為少了一個人，突然就沒胃口了。

人果然不能過好日子，苦日子過多了也就麻木了，可一旦過上好日子，就再也受不得半點兒苦了。

顧海故意開口提醒，「凍豆腐能吃了。」

白洛因用筷子夾了兩塊放進碗裡，沾了些佐料，然後塞進嘴裡，嚼吧嚼吧嚥下去了。

顧海不動筷，就那麼看著他吃。

白洛因又夾了一塊放進嘴裡。

顧海清了清嗓子，又提醒一遍，「凍豆腐能吃了。」

「是能吃了啊！」白洛因大剌剌地回了句，「我這不都吃了兩塊了麼！」

顧海就那麼眼巴巴地瞅著。

過了十秒鐘，白洛因明白了，繃著臉扭頭看了顧海一眼，顧海挑了挑眉。白洛因不情願地把筷子伸進鍋裡，撈出一塊凍豆腐，放在自個碗裡沾了沾，朝顧海的嘴裡送去。

這一塊凍豆腐吃的，香到心坎裡了。

吃完飯、洗過澡，白洛因坐在床上，眼皮耷拉著，悶頭悶腦的模樣。

「幹嘛呢？」顧海笑著擰了白洛因的臉一下。

白洛因垮著臉，「撐著了。」

「來，我幫你揉揉。」顧海的手朝白洛因的小腹上揉去。

白洛因把顧海的手往上拽了拽，提醒道：「胃在這呢！」

「你喝多了。」顧海又把手往下挪了挪。

白洛因狠狠朝顧海作惡的手上抽了過去，「你才喝多了呢！」

其實兩人都喝了不少，只不過隨著年齡的增長，兩人的酒量都練出來了。白洛因再也不會一杯酒下肚，就被騙著穿上紅棉襖了。但是喝完之後還是暈暈乎乎的，心裡會比平時脆弱很多，情緒比任何時候都要真實。

白洛因拍拍旁邊床單，朝顧海命令道：「坐這來。」

顧海很配合地坐了過去，白洛因的腦袋歪倒在顧海的肩膀上。

顧海心尖微顫，扭頭就看到一個圓圓的髮旋，突然覺得真特麼可愛。於是用手胡嚕了幾下白洛因的頭髮，白洛因反感地晃了晃腦袋，顧海突然用手抱住他的頭，無比謹慎地說：「別動，我看見一根白頭髮！」

白洛因老老實實地等著顧海給他揪下來。

顧海狠狠一拔，放到燈光下一瞄，「呃……拔錯了，是黑的。」於是又扒開白洛因的頭髮，去找那根白的，找到之後再一揪，放到燈光下一看，「呃……還是黑的……」

白洛因惱了，「你能不能瞅準了再薅？」

「算了，不找了，興許是我看錯了。」說罷又把白洛因的腦袋按回自個的肩膀，順帶著拉過白洛因的一隻手，五指交叉，放在兩人的腿邊，就那麼靜靜地坐在一起聊天。

「顧海，你和閻雅靜的事就這麼算了？」

顧海睜開一隻眼瞄著白洛因，「那你想怎麼樣？」

白洛因懶懶地開口，「你爸就再也沒問起過？」

「問過，我敷衍過去了。」

白洛因歎了口氣，「其實我覺得她挺好的，是個理想的結婚對象。」

顧海沉默了半晌，終於開口說道：「我給你的那幾張照片是P的。」

白洛因也沉默了良久，突然露出不懷好意的笑容。

「你怎麼知道我就等這句話呢？」

「我還不了解你？」顧海又愛又恨的，「每次說話之前都要兜一個大圈子，得虧我反應快，不然又被你套進去了。」

白洛因但笑不語。

顧海突然又想起什麼，故意用手戳了白洛因的腰眼一下，「那你也該告訴我，那幾根毛是哪來的了吧？」

「腿上的。」白洛因不假思索地回答道。

顧海的眼神幽幽地瞟了過去，「真的麼？」

白洛因底氣挺足，「我騙你幹什麼？」

「來，讓我檢查檢查，我看看哪個地方的毛少了。」

顧海一側身就黏糊過去，白洛因使勁推搡著，面露難色，「別鬧！我這還撐著呢，這麼一折騰該吐了。」

顧海不由分說地去解白洛因的衣服，「沒事，我幫你消化消化！」

兩人鬧得正歡，突然傳來一陣大力的敲門聲。

周淩雲渾厚的聲音在外面響了起來：「白洛因，睡了麼？」

兩人動作一僵，白洛因目露驚詫之色，周淩雲怎麼來了？正想著，敲門聲又響起來，白洛因心裡一急，趕緊推了顧海一把，「快，躲到浴室去！」

顧海眉毛一擰，「我憑什麼要躲著他？」

老子整他都不怕，還怕他上門報復！

白洛因氣洶洶地說：「你這會兒出現，我的計畫不就落空了麼？到時候咱倆一人多一個情敵，你樂意啊？」

白洛因這麼一說，顧海只能不情不願地走進浴室。

白洛因調整了一下面部表情，故作一臉睏倦的模樣朝門口走去。

「首長，您怎麼來了？」

周淩雲朝白洛因身上打量了一眼，淡淡問道：「已經睡了？」

白洛因委婉地表達了一下自個的不便，「正準備睡。」

本以為說完這句話，周淩雲草草把話說完就走了，誰想他開口道：「既然準備睡了，那我只能進屋了。」

白洛因被周淩雲的思維徹底整亂了，忍不住問了句，「那我要是說沒睡呢？」

「那咱們就在外邊聊。」

周淩雲闊步走了進去，背著手在屋子裡轉了幾圈，白洛因戳在那一動不動，每次看到周淩雲的腳停在浴室門口，都會心跳加速。

結果，周淩雲在他的床前停下，伸手將床頭的套套拿起來。

「你連這東西都有？」

白洛因一臉正色地解釋道：「從士兵那兒沒收的。」

周淩雲點點頭，又問：「你用得著麼？」

周淩雲在白洛因的眼皮底下，將那幾盒套套悉數裝進自個的口袋。

「下次再沒收違禁物品，記著上交。」從容地命令道。

白洛因朗聲回道：「是，首長。」

47.

「行了，坐下吧。」周凌雲揚揚下巴，「別總是站著，我來這就是找你閒聊。」

白洛因拿了一把椅子，坐在浴室門口，以防某個酷愛炸毛的動物聽到點兒什麼刺激性的話就跑出來了。

「你怎麼坐那麼遠啊？」周凌雲納悶。

白洛因不知道怎麼回答，於是編了一個巨噁的藉口。

「我喜歡聞廁所的味兒。」

「……要不咱倆去裡邊聊？」

「別介！」白洛因趕緊伸手，「還是讓我獨自享受吧！」

周凌雲穩如泰山地坐在白洛因對面，眼底盡是白洛因看不懂的內容。沉默了好一會兒，周凌雲突然揚起一個嘴角，幽幽說道：「我已經抓到顧海了。」

「什麼？」

白洛因思維慣性，當下表示吃驚：掩護得這麼好，怎麼會被發現？

顧海一聽這話，當即要開門出去，門把手剛一擰開，又聽外邊來了一句，「就在我辦公室呢！」

結果剛拽開一個小縫的門又被白洛因狠狠關上了。

白洛因大鬆一口氣，鬧了半天說的是顧洋。

「你那怎麼回事？」周凌雲眼神瞟向白洛因身後的門。

白洛因訕笑著回道，「風。」

周淩雲點點頭，便沒再說什麼。

白洛因忍不住開口問：「他是怎麼被您抓到的？」

「今兒他從你宿舍出來，回來的路上就被我劫住了。」

白洛因一副驚愕的表情，顧洋也太倒楣了吧？先是被顧海打了一頓，回去的路上竟然還讓周淩雲給攔下來了，這麼一想心裡都不落忍了。

周淩雲看到白洛因的表情，好言安撫道：「你放心，他是你弟弟，我一定會善待他的。」

「善待」倆字，周淩雲咬得特別重。

白洛因完全採取助紂為虐的態度，「首長，你甭考慮我的因素，這是你們兩人之間的事，我一個外人不好插手。」

「可我聽說你倆感情特別好啊！」周淩雲還在試探。

白洛因立刻否認，「我和他感情特一般，您想啊，我倆又沒有血緣關係，十七歲才認識，認識沒多久我就入伍了，根本沒時間培養感情。」

「你這麼一說我就放心了！」周淩雲一副寬厚待人的表情，「你也知道，我這人對誰越狠，證明我越是喜歡誰。我就怕到時候尺度大了，讓你瞧見，心裡會膈應[47]我。」

「絕對不會！」白洛因異常大方，「您隨意，我對您的一切做法都表示理解。」

周淩雲滿意地笑笑，「看來平時沒白疼你。」

顧海醋勁大發，又要去拽門，結果被白洛因狠狠關上了。

「怎麼回事？」周淩雲又把目光瞄向白洛因身後的門。

白洛因又尷尬地笑了笑，「風。」

周淩雲陪著笑笑，笑得白洛因寒毛倒豎。

「你這屋風還不小。」

白洛因後背冒虛汗，「經常有事沒事地刮一陣邪風。」

「缺德事幹多了吧？」周淩雲皮笑肉不笑地看著白洛因。

白洛因趕緊打斷這個話題，「那個，首長，您怎麼不回辦公室找顧……顧海聊啊？和我聊有什麼意思啊？人也給您送上門了，您還不趕緊聯絡感情啊？」

「我不捨得，留著呢！」

白洛因暗中咋舌，「這東西還能留著？」

周淩雲不動聲色地看著白洛因一眼，「他當初差點兒把我整殘了，我能這麼快對他下手麼？我得好好想個法子，徹底治服了他。」

白洛因點頭表示贊成。

周淩雲又打聽，「顧海這人是不是特能裝？明明比誰都缺德，還裝得人模狗樣的！」

白洛因再一次感覺到了背後襲來的強大壓力，手下意識地抓向門把手。

「還成吧……稍微有點兒陰險。」白洛因盡量把話往回兜。

周凌雲一說起顧海，不僅眼睛炯炯有神，連嗓門都亮堂起來了。

「稍微？不是稍微的事吧？要我看他就是爛心的蘿蔔，從根兒上就壞透了！要是任其自由發展，最後肯定爛在地裡，要是放到我手，包准兒給他整成一棵人參！」

周凌雲這邊自我陶醉地笑著，白洛因那邊都快把門把手拽下來了。

「行了，不早了，你休息吧，我回去了！」周凌雲站起身。

白洛因大鬆一口氣，「首長慢走。」

周凌雲從白洛因身邊經過，突然停下腳步，「我在你這解個手吧，回去還得走二十幾分鐘的路。」

白洛因的臉唰的就綠了。

「怎麼著？你有潔癖啊？」周凌雲問。

白洛因機械地搖搖頭。

「我就說嘛，咱部隊的小夥子，哪個沒住過集體宿舍、沒上過公共廁所？你不是還樂意聞廁所的味兒麼？正好，我再給你添點兒，讓你一次聞個夠！」

周凌雲推開白洛因走了進去，白洛因已經做好最壞的打算了，周凌雲真要在浴室對顧海下手，他就聯合顧海一起對付老周，先把顧海保出去再說。

結果，裡面傳來很和諧的水聲。

白洛因心一驚，目光朝浴室看去，差點兒沒笑出聲。周凌雲壓根沒開燈，直接奔著馬桶過去了，尿完之後一沖水，在顧海目光的注視下提褲子，安然地走出門外。

顧海一直站在門後的陰暗角落裡，周凌雲愣是沒看見他。

「成了，我走了。」

聽到咣噹一聲，顧海陰著臉打開門，白洛因就站在浴室門口。

「對不住了，那點兒味兒都讓你給聞了！」說完，白洛因噗哧一聲樂了。

顧海恨恨的磨著牙，「就沒這麼窩囊過……」

白洛因還在不要命地擠兌顧海，「顧大人爹，讓我瞧瞧你的心有多壞。」

「甭瞧我的心了，直接瞧瞧我的蘿蔔有多壞吧！」說罷解開睡袍，露出大鳥，作勢要把白洛因的腦袋按下去。

「別鬧！」白洛因掙扎著站直身體，樂呵呵地說，「我發現，我這個浴室是個不祥之地，最好別偷偷摸摸在裡面搞什麼事，一準兒讓人逮著。」

「你也被人逮著過？」顧海問。

白洛因想也不想地點頭，「是啊！為了給你寄那個套套，我自個一個人在浴室搞事兒，結果被你哥逮個正著。」

人果然不能喝酒，喝完之後，該說的不該說的，全都往外禿嚕[48]。

顧海冷笑，「所以你當時就把套撇在地上，我才沒收到是吧？」

白洛因點了頭之後才意識到，他貌似太實誠了。

48：說溜嘴。

顧大活驢立刻暴起，提著白小狼就回了床上，然後，把來時提的那個裝衣服的袋子拿過來，一件一件往外掏。

白洛因一臉茫然地看著顧海，「這都是什麼？」

顧海沒好氣地說：「你給我寄過去的衣服，我洗乾淨給你拿過來了。」

白洛因想了半天也沒想明白，顧海生氣和這些衣服有什麼關係。

一直翻到底兒，顧海終於找到了那個盒子，拿出來塞到白洛因手裡，沉著臉說道：「打開看看。」

白洛因打開，看到一個奇形怪狀的東西，摸著挺有質感。

「這是什麼？」

顧海嘴角露出陰惻惻的笑，「玩你的。」

白洛因像是抓到一個燙手的山芋，立馬扔給顧海。

「你自個玩吧！」

「我那有一個，這個是專門給你設計的，省得咱倆下次吵架的時候，各自獨守空房。你看到這個開關了麼？往上一推會出現一個口，你可以把寶貝兒伸進去，裡面有兩個檔，可以是手檔，也可以是舌頭檔；往下一推……」

「等下！」白洛因打斷，「為什麼沒有菊花檔？」

「你不需要那個！」顧海很篤定。

白洛因擰起眉毛，「那你的那個有麼？」

「我的那個肯定有啊！」

白洛因炸毛了，「為啥你的有，我的沒有？做個情趣玩具都他媽的搞歧視！」

「不是，你聽我說。」顧海耐心勸哄，「因為這個玩具是咱倆愛情的信物，一切設計都是依靠咱倆的性格來的。你就說這個舌頭檔吧，它對你刺激的頻率和花樣兒完全是按照我的嘴設計的，讓你不出門就享受被我疼愛的樂趣。」

白洛因一臉惡寒地看著顧海，「這也是你們公司生產的？」

「是，主要設計人員就是上次你見過的那個人妖，他在這方面很有天分。」繼續說，「你往下一推，就可以把它放進你的洞洞裡了，頻率和強度可以調，最高的那個檔就是按照我本人的標準來的，沒法再高了，再高就當機了。」

白洛因臉上的肌肉抽搐兩下，「拿走，不要。」

顧海自信滿滿地看著白洛因，「你這會兒說不要，我怕你玩了之後就不要我了。」

白洛因一頭鑽進被窩，無視這個淫亂的瘋子。

顧海掀開被子命令道：「給我起來試試效果！」

「要試自個試。」

「我就讓你試！我就讓你當著我的面玩！你都能當著我哥的面手淫，怎麼就不能當著我的面玩這個？」

鬧了半天，哏在這呢！

「那能一樣麼？我那是無意間被他看到的。」

顧海不依不饒，「那你就當這次也是無意間被我抓到的。」

白洛因無語了，顧海，你的醋勁兒是有多狠啊？

見白洛因還不動彈，顧海的臉徹底沉下來了，「要是讓我親自動手，你丫更沒好果子吃。」百般勸說之後，白洛因終於答應顧海做個親身試驗，在灼熱的目光注視下，白洛因解開睡袍，脫下內褲，還沒把開關打開，小因子就被一雙大手覆上了。

「嘿！」白洛因晃了晃手裡的東西，「我有它了，你把手拿開。」

顧海悻悻地縮回手，他是最近飢渴過度，一看到美味就把控不住了。

白洛因先是看了顧海一眼，在他鼓勵的目光下，把開關往上一推，把小因子塞了進去，調成正常檔，裡面分泌出濕潤的液體，緊接著開始震動。

白洛因咬著牙忍了一會兒，最終還是發出魅惑而情動的喘息聲。

「怎麼樣？不錯吧？」

白洛因無意識地悶哼著，「嗯……舒服……」

「要不要試試後面？」顧海惡劣地在一旁誘導。

白洛因額頭滲出細密的汗珠，搖頭時臉頰透著野性的魅惑。

顧海完全無視白洛因的抗議，伸手就要把這玩具取下來，結果發現上面設有密碼。顧海沉思片刻，試著輸入一個密碼，結果不僅沒拿下來，振動頻率陡然變強了。

「唔……」白洛因失聲呻吟，「不行，我腿都麻了。」

別說你腿麻了，我手都麻了。

顧海趕緊又輸入一個密碼，結果又輸錯了，頻率又快了一個度，而且中間的口越來越窄，狠狠擠壓著小因子。

爽到極致便是痛苦了，白洛因痛呼，「快拿下來，夾死我了。」

顧海一直輸不對密碼，那個東西就不停地收縮收縮再收縮，拔也拔不下來，調也調節不了，到最後白洛因疼得都快要哭出來了，大手狠狠攥住顧海的後脖頸，把他掐死的心都有了。

「你大爺的！顧海……你們公司淨生產這假冒偽劣產品……疼……」

48.

顧洋在審訊室被關了一天，期間來過兩名醫生，查看了一下他的傷勢，什麼都沒說就走了。一日三餐都有人送，可是他動都未動，冷著臉坐在凳子上，腦子一直在高速運轉著。可惜任他想破了頭都想不明白，那個師長究竟為什麼把他關在這。

就因為他開車撞了他？

這也太扯了！哪有一個軍官這麼沒腦子，和一個人起了衝突，問也不問對方的身分，就隨便把人扣押下來。如果真如他所說，兩人之前就認識，以他顧洋的身分地位和家世背景，哪是他一個師長敢惹的？丫挺的不想活了麼？

顧洋正想著，審訊室的門開了，一個魁梧的身影躍入他的視線。

周凌雲浩氣凜然地走了進來，兩道濃眉隱隱透著一股霸氣。

「讓你久等了。」周凌雲說。

顧洋黑著臉回了句，「你到底要幹什麼？」

周凌雲直言不諱地說：「我看上你了！」

顧洋差點兒雷倒在地，不帶這麼玩人的！他不就是在白洛因那遭拒了麼？也不至於賠給他這麼一個老東西啊！

「請注意你的言辭。」顧洋冷冷提醒。

周凌雲欺身向前，手搭在顧洋的肩膀上，顧洋伸出那隻沒受傷的手，狠狠攥住周凌雲的手腕往下扯。可惜，周淩雲的那隻手像是萬斤巨石，根本不是他能撼動得了的。身手好的人顧洋見得多了，但是像周淩雲這種年齡和地位，還能保持這樣好的身體狀態，已經很難得了。

如果他的人格再健全一點兒，顧洋可能會對他多幾分欣賞。

手在顧洋的肩膀上捏了捏，周淩雲一派從容地開口：「我可能要脫光你的衣服。」沒有絲毫的預熱和曖昧，突然就冒出這麼一句話，震得顧洋雙目威瞪，表情扭曲。

「你敢！」顧洋陰鷙的雙目死死逼視著周淩雲，「你要是敢脫我的衣服，我讓你家破人亡！不信你就試試！」

周淩雲表情平靜地說，「顧首長會贊成我的這一做法的！」

一聽到「顧首長」仨字，顧洋目光一震，原來他真的知道自己的身分。

「來人，把他給我按住！」周淩雲朝門口看守的兩名士兵命令道。

這兩名體格強壯的士兵走上前來，觸到顧洋如炬的目光後，心中不禁駭然，動作也跟著僵了僵，有點兒不敢下手的意思。

「還愣著幹什麼？」周淩雲怒喝一聲。

周淩雲一聲令下，誰敢不從？倆士兵斗膽向前，在顧洋陰森森的目光逼視下，硬是將他按在一張冷板凳上。而後，周淩雲往前跨了一步，緩緩地解開顧洋的衣服，一層又一層，直到全身上下只剩下一條內褲，又命令兩個士兵把顧洋拉起來。

大手一拽，內褲滑落到腳底。

從小到大，敢這樣侮辱顧洋的人，周淩雲是第一個。

顧洋的唇線繃得像刀刃一般淩厲，他已經在腦子裡草擬復仇計畫了，一旦周淩雲做出有辱他尊嚴的事情，這個人，要被他淩辱得渣都不剩！

「身材不錯！」周淩雲的目光在顧洋身上打量著，「如果再高兩公分就更完美了。」

事實上，顧海正好比顧洋高了兩公分。

顧洋完全沒往那方面去想，他站得如同一尊雕塑，冷著臉等著周淩雲其後的行動。結果，周淩雲光是用眼睛瞅，卻沒有做出任何出格的舉動。

終於，周淩雲朝顧洋那條受傷的胳膊伸去。

顧洋下意識一躲，卻沒能躲過周淩雲如鉗子一般大手的箍攥，緊跟著他的手底轉來咔咔的骨頭響，一股鑽心的痛襲來，顧洋死死咬著牙關，只是一會兒便過去了。

「行了，你的胳膊已經好了。」周淩雲從容一笑。

顧洋試著感覺一下，還真的好了。

「行了，把衣服穿上吧，我會把你安排到別的房間，耐心等著！」

顧洋神色一滯，而後死擰著眉毛，目露惱恨之色。

「你讓我脫光了衣服，就為了治我的這條胳膊？」

這和脫褲子放屁有什麼區別？這慫是缺心眼麼？

周淩雲湊到顧洋跟前，爍爍的目光打量著他。

「你還想讓我怎麼著？在你的老二上綁個炸藥包？還是在你的蛋上拴兩個手榴彈啊？」

顧洋的太陽穴突突跳了兩下，從牙縫裡擠出幾個字，「你的腦子長到膀胱裡了麼？」辦的事完全不合乎邏輯，說的話十句有九句不通！

這也不能賴周淩雲，人家哪知道你聽不懂啊?!

周淩雲毫無惱怒之意，臨走前還捏著顧洋的下巴誇了句，「你的眼神比我想像中的更壞，我喜歡。」然後，轉身大步走了出去。

真就這麼走了？顧洋看著滿地的衣服，心裡驟然升起一股無名火，無處發洩，差點兒讓他自焚！二缺處處有，這麼極品的真尼瑪罕見！

周師長心情一好，又開始沒完沒了地按警報器，三更半夜地搞夜訓。

白洛因本以為把顧洋送過去，舒坦日子就來了，哪想到周淩雲處處都和別人反著。人家高興的時候，都會比平時更加寬容溫和，他丫一高興起來就喜歡整人！

「白洛因，出列！」

白洛因往前跨了一大步。

周淩雲沉聲命令道：「迅速臥倒！」

白洛因兩腿中間的那個小怪獸受到偽劣商品的迫害，至今沒有痊癒，這麼一個砸地的動作，簡直要了親命了！小腹處的劇痛猛地朝白洛因的腦瓜仁襲來，要不是為了顧及面子，他早就趴在地上大聲嚎叫了。

「起立！」周淩雲又命令。

白洛因忍著劇痛站了起來，夜色朦朧，沒人看得清他臉上的苦楚。

「知道我為什麼讓你做這個動作麼？」周淩雲朝白洛因問。

白洛因心裡暗暗道，因為你缺德！

但是嘴裡卻洪亮地回道：「讓我迅速清醒！」

周淩雲滿意地點點頭，而後朝著訓練場上的所有官兵下達命令。

「全體官兵，聽我口令，迅速臥倒！」

白洛因想死的心都有了。

「動作不齊，再來一次，迅速臥倒！」

「還是不齊，再來一次，迅速臥倒！」

白洛因心中不停地嘶吼，到底是哪幾個廢物跟不上節奏啊？等一會兒解散了，我特麼一人發你們一個情趣工具，你大爺的！

終於，迅速臥倒告一段落，官兵們登上飛機進行常規訓練，白洛因的額頭都冒汗了，握著操縱桿的手不受控制地哆嗦，現在他明白為啥這地方叫命根兒了。

「白洛因，安全降落！」

聽到指揮，白洛因把戰機安全降落在指定區域，走出機艙來到周凌雲面前。

「你的體溫又達不到正常值了。」周凌雲面色凝重地說。

白洛因解釋道，「我手哆嗦不是因為冷，是……」

「甭管因為什麼，你現在的體溫的確偏低。」周凌雲試了試白洛因額頭的溫度，「你這程子又沒按照要求做運動吧？」

白洛因不可否認，他這程子最多的運動就是在被窩裡，有顧海那麼個火爐整天在邊上烤著，他身體的溫度自然而然就降了。

「馬上進行爬杆練習，上下一百次算一套動作，兩個小時內做完五套！」

白洛因的臉唰的一下就綠了，爬杆……多麼磨褲襠的一個活兒！這是報應麼？我做了缺德事，為什麼要報應到我兒子身上啊！

「可以換成游泳麼？」白洛因提出建議，「游泳也可以讓身體迅速升溫。」

周淩雲當即否認，「游泳對你沒用！」說罷拿出手表，「現在開始計時！」

白洛因欲哭無淚地朝訓練場地走過去。

任務完成之後，白洛因形若遊魂地走在通往宿舍的路上，大腦一片空白，兩條腿都已經失去知覺了。推開宿舍的門，僵直地走到床邊，紮在上面就起不來了，然後就悶在被窩裡一個人痛苦地呻吟。疼得直想哭爹喊娘啊！

那個罪魁禍首還在枕頭底下壓著，白洛因掏出來，狠狠往地上一砸。

沒一會兒，電話打過來了。

「喂……」帶死不拉活的聲音。

顧海那頭卻顯得很有精神，「你是不是玩那個小玩具呢？」

「玩你姥姥！」白洛因罵人都沒力氣了。

「別否認了，我這款玩具內設感應器的，你那邊一玩，我這邊立刻就震動起來。」顧海還挺自豪的樣子。

白洛因看看地上的玩具，頓時明白為什麼這邊一砸，那邊電話就打過來了。

「我沒玩。」白洛因又說了一遍。

顧海還在逗貧，「你沒玩你怎麼這麼虛？」

「顧海，我草你八輩子祖宗！」說完，恨恨的掛了電話。

49.

顧海在那邊越想越不對勁，出於對媳婦兒的擔憂，三更半夜爬起來，開車到了白洛因的宿舍。打開宿舍門，燈是亮著的，白洛因背朝他躺在被窩裡，地上是被砸壞的愛情信物。顧海撿起來，嘴角揚起一抹笑意，穩步朝白洛因的床走去。

白洛因聽到身後的腳步聲，眼睛都沒睜開，實在是沒力氣折騰了。

「玩完了就砸，這個習慣可不好啊！」顧海樂悠悠的。

白洛因還是一聲不吭。

顧海還在擺弄那個東西，「這次真壞了，徹底沒法用了。」

白洛因默默念道：壞了好，壞了好，壞了就可以名正言順地扔掉了。

「幸好我又帶了一個新的過來。」

白洛因身體猛地一僵，扭頭看著顧海，果然見他的手裡又拿著一個大同小異的玩具。

「滾！你丫給我滾！」白洛因罵人都沒勁了，只乾吼了兩聲，就縮著腦袋扎進被窩。

顧海還在推銷他們公司的產品，「這款新品的材料相比前一個更契合皮膚，柔韌度也好一些，設計上多了新花樣兒，而且不要密碼了，只要指紋就能識別，不會再出現上次的情況。沒有你手指的開啟，這東西擺在這就是個裝飾品，沒人看得出來這是幹什麼用的。」

白洛因心裡酸澀澀的，他以為顧海三更半夜跑過來，會給他帶來一些安慰，哪想到又帶來這麼一個禍害人的玩意兒。

顧海把新產品放下，脫下大衣，順勢鑽進被窩裡，一條腿壓上白洛因的小腹。

白洛因嗷的一聲慘叫，腦門都滲出汗珠子了。

「怎麼了？」顧海一驚。

白洛因咬著牙挪掉顧海的那條腿，哭喪著臉說：「疼……」

顧海臉色變了變，趕緊掀開被子，小心翼翼地拽掉白洛因的褲子，看到眼前的景象，禁不住一陣抽痛。不僅是中間的小因子受了傷，連帶著周圍一片都是紅腫的，而且腿根處很多地方都搓破了皮，看起來怵目驚心。

「你怎麼弄成這樣啊？」責備中透著濃濃的心疼。

白洛因恨恨放下被子，「你說呢？那天被夾了之後一直沒好，今兒訓練任務重，而且都是磨褲襠的活兒，我怎麼這麼倒楣啊？……」

白洛因說著說著，就用枕頭把臉蓋住了，實在丟不起那個人。

顧海擰著眉問：「都什麼任務啊？」

「爬杆，上下一百次算一套，一共五套！」

顧海一聽這缺德的訓練方式就知道是誰下達的命令，當即盛怒，起身就要去找周凌雲。

白洛因一把攥住他，「別給我惹事！他又不知道我這個地方有傷，他是看我體溫又達不到正常值，才特意命令我訓練的！」

一聽這話，顧海更憤怒了，「我費了多少心思才把你體溫降下來，他丫的竟然又要給你升溫！這不是明擺著和我對著幹麼?!」

白洛因一聽這話臉都綠了，「什麼?你把我體溫降下來的？」

「是啊！」顧海一副理所當然的表情，「不把你體溫降下來，你晚上睡覺都不愛抱我了。」

白洛因怒吼兩聲，當即朝顧海施以老拳。

「你還有臉去找別人算帳？都尼瑪是你害的，都尼瑪賴你！」

由於動作幅度過大，牽扯到某處的敏感神經，白洛因又齜牙咧嘴地躺下來，手還牢牢攥著顧海的胳膊，一個勁地叮囑著，「絕對不能去找他，絕對不能，你要去找他我就不搭理你了。」

這一句不搭理你絕對比任何狠話都有威懾力，顧海只能暫時忍氣吞聲。

「行了，我不去了，你好好躺著，我打點兒水給你洗洗，一會兒上點兒藥。」

水端過來，顧海把毛巾沾濕，小心翼翼地朝白洛因的痛處擦去。

白洛因腦門上青筋暴起，死死勒住顧海的胳膊，「別碰，別碰……」

顧海的表情看起來比他還痛苦，可再怎麼痛苦，也得扛住啊，於是把白洛因摟在懷裡，柔聲勸哄道：「疼也得擦擦是不是？不然真感染了，比這還難受，忍一會兒啊，就一會兒……」

白洛因感覺疼勁過去了，輕緩一口氣，「繼續吧。」

顧海的手剛一伸過去這廝又嚎叫起來了，不到一分鐘就能做完的事愣是讓顧海耗了五分鐘，越是下不去手越是痛苦，最後顧海心一橫，硬是在白洛因撕心裂肺的怒罵聲中完成了清洗工作。

上完藥，白洛因徹底乏了，眼睛都沒神了，幽魂一樣的目光瞪著顧海，「我恨你！」

顧海低沉著嗓音，一臉愁容，「我比你還恨我自個呢！」說完之後把白洛因緊緊摟在懷裡，心都跟著揪到一起了。

就在白洛因昏昏沉沉正要睡著的時候，警報聲又響起來了。

白洛因猛地驚醒，一把攥住顧海的手，垮著臉說道：「我又得去爬杆了。」

「門兒都沒有！」顧海怒吼一聲。

白洛因剛要下床穿鞋，結果被顧海牢牢束縛住。

「不許去！」

白洛因凌厲的目光拋了過去，「部隊的命令不能違抗，萬一有緊急任務，後果就嚴重了。」作勢要推開顧海。

結果這次顧海是鐵了心了，他不管命令不命令的，想讓白洛因在他眼皮底下遭罪，那簡直比登天還難。於是二話不說，直接把白洛因扛在身上，又裹了一床薄毯子，打包塞進車裡。然後迅速啟動車子，揚長而去。

四十分鐘後，車子開到了顧海家的樓下。

白洛因都坐在副駕駛的位置上睡著了。

顧海捨不得把白洛因叫醒，打算直接把他從車裡抱下來，結果白洛因自個醒了，下意識地推了顧海一把。

「不用你扶，我自個下去。」

顧海溫柔地笑著，「忘拿鞋了。」

白洛因嗯了一聲，身體又靠回車座，迷迷瞪瞪地睡著了。

顧海直接把白洛因從車裡打橫抱出來，白洛因一米八幾的個子，身上的肌肉很結實，體重比同一體型的人重很多。能把白洛因這樣不費勁地抱起來，還有工夫低頭欣賞這張臉的人，也就只有顧海了。

白洛因感覺到一陣晃動，眯著睡眼看向頭頂的俊臉。

「你為什麼不背著我？」

顧海早給自個找好藉口了，「背著你不得蹭著你的鳥麼？」

白洛因一想，反正上了電梯就那麼一會兒的事，這個點兒也沒人會出門了，想著想著就睡著了……他沒想到顧海為了能多抱他一會兒，壓根沒進電梯，就這麼一層一層地往上爬。放在平時，白洛因根本不讓他這麼抱著，這次讓顧海逮著機會，說什麼都不捨得撒手了。

誰都想不到，連顧洋自個都想不到，他一覺醒來會在太空裡。

當然這不是真正的太空，是模擬太空環境的低壓艙，是專供宇航員訓練的地方。像顧洋這種沒有經過專業訓練的人，在這種地方待著，簡直就是活受罪。用周淩雲的話說，就是給他擬造一個真空的環境，斷絕和外界的一切聯繫，讓他徹底在裡面洗洗腦。

這是一個沒有支點的地方，分不清上下左右，身體不受自個控制，如同幽魂一樣在裡面飄浮著。這還是一個完全靜音的世界，安靜到只能聽見自個的心跳聲。

可惜顧洋完全沒心情去享受這份安逸，被人毫無緣由地放進來，那份驚喜感就像這裡的空氣一樣，一出現即被抽乾了，剩下的就是滿腔的憤怒。

如果你認為在這待著可以享受自由的意境，那你就完全錯了，這裡一點兒都不自由，而且比平地上還有束縛感。顧洋就吃過一次虧，僅僅蹬了一下腿，整個人就朝低壓艙內壁上衝撞而去，巨大的衝力又讓他的身體砸向另一側的內壁，他想掙扎著穩住身體，結果越是動越是撞，像個彈力球一樣在艙內來回撞著。

在顧洋的記憶中，他這三十來年只受過兩次罪，第一次是八年前躺在地道裡，第二次就是現在飄在這。事實上這兩次痛苦的實質是相同的，都是為了解除顧海的危機，幫助他逃脫，從而苦逼地做了替身。

唯一的不同點就是上一次是知情的，這一次被蒙在鼓裡。

不知道在裡面待了多久，顧洋完全沒有時間意識了，只是感覺有些餓了，想要吃東西。這個低壓艙裡還真準備了一些太空食物，全是壓縮的，顧洋隨便拿起一個壓縮餅乾，稍不留神就從手裡跑了，逮了好久才逮回來。

在這裡，任何強人都會變成一個廢物，比如顧洋，打開壓縮餅乾的外包裝就用了十多分鐘。然後把壓縮餅乾遞到嘴邊用了十分鐘，好不容易吃到嘴裡，還沒嚼兩口，因為無意識張開嘴的緣故，餅乾飛出去了。

是的，它飛出去了，碎末飄得整個艙都是！

對於顧洋這種潔癖的人而言，嚼過的餅乾碎末環繞在身體四周，是多麼大的視覺衝擊！

東西沒吃成，那就睡覺吧，這麼飄著肯定睡不著，顧洋看到艙壁上掛了一個睡袋，便試著鑽了進去，這下總算是固定住了。

不知道睡了多久，顧洋睜開眼，看到兩隻大手朝他飛過來，霎時間驚愣住！

顧洋死都不會承認，他被自個的手嚇著了。

50.

周淩雲兇煞的目光往下一掃，自然而然地定在那個顯赫的位置，竟然是空缺的。一個人在主席臺沉默了將近一分鐘，等著白洛因的遲到報告，結果耳旁一直很消停。

「白營長去哪了？」周淩雲沉睿的聲音響起。

下面沒人吱聲，整個訓練場透著一股濃重的壓抑感。

周淩雲又問了句，「有人知道他的情況麼？他和誰請過假麼？」

還是無人回應。

周淩雲濃眉擰起，伸手召喚旁邊的參謀長過來，壓低聲音朝他說道：「這些官兵就交給你了，我得去小白那看看。」

參謀長也是一臉慮色，「快去看看吧，千萬別出什麼事。」

在所有軍官的印象裡，白洛因沒有因為任何緣故遲到過，更甭說明目張膽地躲避訓練了。

周淩雲快步走回白洛因的宿舍，裡面的燈還是亮著的，推門而入，房間裡透著濃濃的暖意，一點兒都不像是沒人的樣子。可當周淩雲走到白洛因床邊，掀開被子往裡面看，卻發現裡面是空的，別的房間也沒有人。

走到屋外，一排清晰的車軲轆印兒在眼前無限延伸。

不請假？不打報告？私自外出？……周淩雲還在想著，手機突然響了。

「首長，您快來看看，出事了。」急切而慌亂的聲音。

周淩雲沉聲問道：「什麼事？」

「您……您帶回來讓我們看著的那個人，他……他自殺了……」

「什麼？」周淩雲大吃一驚，「現在情況怎麼樣？」

「不清楚，我們沒法打開低壓艙，只能看到裡面血霧彌漫，連人影都逮不著了。」

周淩雲掛掉電話，猛地從白洛因宿舍衝出，大步朝實驗基地跑去。

顧洋利用低壓艙內的鈍器，將皮膚畫開了一個口子，因為沒有重力的緣故，血液很快彌漫了整個低壓艙，他這麼做的目的就是引起監視人員注意。結果身體脫離航空服，暴露在真空環境裡，很快造成血液沸騰，整個人瞬間喪失意識，生命危在旦夕。這種情況異常危險，一旦搶救不及，很可能五臟六腑都被擠壓出來。

周淩雲馬上將低壓艙打開，空氣被灌入，顧洋的身體迅速跌落至艙底。

「趕緊聯繫急救人員！」

十幾個軍醫迅速趕到，馬上對顧洋進行搶救，折騰了一個鐘頭，終於把情況控制住了。這些醫護人員又把顧洋轉到了空軍總院的重症病房，周淩雲陪著一塊去的。

早上七點多鐘，白洛因的手機響了。

顧海正在廚房裡準備早點，聽到手機響，迅速衝進臥室把手機拿出來，又把臥室門關上，生怕吵到白洛因休息。

一看號碼，是周淩雲打過來的，想都沒想就按了接通。

「你弟出了點兒意外狀況，現在在空軍總院，嘟嘟嘟——」

顧海的臉色變了變，不用說，周淩雲所謂的「你弟」肯定指的是顧洋。雖說顧洋是兩人設計送到周淩雲身邊的，可他仍舊是顧海親哥！顧海一聽說顧洋出了事，心中恨意頓生，這個老賊，真尼瑪把我們顧家人當菜鳥了！

把早飯盛出鍋，放進保溫櫃，迅速收拾東西準備去醫院。

白洛因睡得正香，顧海不打算和他說出實情，生怕刺激到他，於是趴到床邊，和他說了一句去上班了，就沒事人一樣地出了家門。

火速趕到醫院，打聽到顧洋的病房，在監護人員的允許下，顧海走了進去。

顧洋還在昏迷之中。

顧海坐在顧洋床邊，看著顧洋毫無血色的臉，心裡很不好受。顧洋雖然釀造了那麼一場大車禍，可是在他住院的那半年時間裡，顧洋一直都看護在他身邊，這也是顧海為什麼從未追究過此事的原因。

醫護人員進來查看顧洋的情況，看到顧海的臉都禁不住一愣。

「你們兩個長得好像，是雙胞胎吧？」

顧海冷冷地掃了她一眼，「都不是一媽生的。」

醫生不好意思地笑笑，「我還以為是親哥倆。」說完這話，醫生走了出去，顧海也跟著她一起走了出去，詳細地打探著顧洋的情況。

就在這時，周淩雲突然從電梯裡走出來，顧海側過頭，無意間撇到周淩雲的身影，剛想衝過去暴揍一頓，突然靈光一閃，從周淩雲的眼皮底下消失了。

周淩雲穩步走回病房，顧洋還在昏迷著，旁邊有個護士正在查抄著儀器上的各項資料，周淩雲忍不住開口問道：「情況怎麼樣？」

「還算穩定。」

「大概多久才會醒？」這才是周淩雲最關心的。

「不一定。」護士委婉地笑笑，「有可能過一會兒就醒了，也有可能要一、兩天。」

周淩雲面色凝重地點點頭。

護士出去之後，周淩雲目光專注地看著顧洋的臉，他發現，這張臉與自個最初見到的那張臉有那麼一絲不同了，具體哪不一樣，周淩雲也說不出來。因為距離顧海整他已經兩個多禮拜了，而後顧洋又被打得鼻青臉腫，等他相貌恢復，周淩雲理所當然地把他的臉重新植入到腦海裡。

至於之前的顧海長什麼樣，周淩雲早就沒印象了，只記得那個熟悉的笑容，時不時漂浮在腦海裡。

顧海走到醫護人員的辦公室，借了一套病號服，進了浴室之後換到身上，然後對著鏡子簡單地整了一下頭髮。又想起顧洋身上連接儀器的部位黏著白色膠帶，便從醫護室拿了一些出來，隨便找幾個明顯的部位貼上，看起來更像是從病房走出來的。

然後，悄悄埋伏在浴室門口。

二十分鐘過後，周淩雲從顧洋的病房走出來，朝浴室走過來。

方便完之後，周淩雲推開單間的小門，看到外邊的人禁不住一愣。

「你……你這麼快就醒了？」

顧海出拳極快，周淩雲還在詫異之時，顧海就朝他的眼睛上掃了兩拳。然後把他推進單間裡，按在馬桶上一頓狂揍。

周淩雲並非打不過顧海，只是在這種時候，他不敢輕易出手。

「你是假裝昏迷的？」周淩雲僵持中忍不住質問，因為他不相信顧海在甦醒後這麼短的時間內能恢復到這種體力。

顧海還在裝，「誰假裝昏迷？老子是迴光返照！」

挨了數拳之後，周淩雲終於不再沉默，他又找回了顧海身上那種熟悉的血性和令他為之激動的囂張氣焰。他打算好好和他試吧試吧，瞧瞧這隻小雛鷹到底有多大的本事，竟然三番五次地挑釁他。

結果，就在他找到感覺的那一剎那，顧海又不和他玩了，找準時機扒住門板的上沿，直接翻身躍出。

周淩雲本想大步趕上，結果發現褲子在打鬥中被拽開了，等他扣上褲子走出浴室的時候，顧海已經不見了。

周淩雲在走廊和樓梯口轉了一圈，都沒發現顧海的影子，等他回到病房，看到躺在床上的顧洋，禁不住愣在門口。

這也太能裝了吧？

大步走到顧洋床前，一把揪起他的領子，作勢要把他拽起來。

護士驚了，「先生，您幹什麼？他還在昏迷中啊！」

「昏迷個姥姥，剛才還歡著呢！」

顧洋純粹是被周淩雲給搖晃醒的，大腦還沒恢復思考，就看到一張猙獰的面孔。周淩雲嘴角噙著笑，陰惻惻的笑，幽幽地朝他說：「行啊！裝瘋賣傻還挺有一套。你別告訴我，剛才那一陣抽瘋只是夢遊而已！」

顧洋疑惑地看了周淩雲一眼，「這是哪？」

「裝，再接著裝，你可真是一朵奇葩。」周淩雲磨著牙說。

顧洋和周淩雲總共見過兩次面，這會兒周淩雲又被顧海打了個烏眼青，顧洋一時間反應不過來，冷冷地甩了一句，「你誰啊？」

顧洋這麼一問，周淩雲更確信顧洋是裝的了。

「呵……你有必要每次幹完缺德事都問一遍這句話麼？」

顧洋這下知道周淩雲是誰了，當即還口，「你現在從病房滾出去，我留你家人一條活口，你要是還在這胡攪蠻纏，我讓你家人給你陪葬！」

顧海一直在病房外邊聽著，見局面有些收不住了，趕緊脫掉病號服，走到醫生辦公室，「醫生，四號重症病房的病人有危險！」說完，迅速埋伏到樓梯口。

在隨後到來的醫生和護士的全力勸說下，周淩雲總算是按捺住了情緒，暫時到病房外面靜候。

顧海瞧見一個熟悉的身影閃過，趕緊用眼睛追蹤。

周淩雲走到窗邊，面色凝重地抽著菸，百思不得其解。

顧海又從他的身後成功突襲，周淩雲這次反應迅速地轉過身，看到身後的這張臉，果然又愣住了。

「你說對了，我就是有夢遊的毛病。」顧海笑得陰險。

周淩雲闊步上前要和顧海交手，結果顧海早有防備，也不知道在周淩雲的臉上灑了一把什麼，造成他眼睛乾澀痛癢，判斷力下降，又吃了不少虧。

等周淩雲恢復過來的時候，顧海早跑了，周淩雲這次沒追，他就是想看看，顧海怎麼在這麼短的時間內迅速撤回病房，並做到神不知鬼不覺的程度。結果，推開病房的門，看到坐在床上那張面無表情的臉，周淩雲徹底服了。

「你怎麼又回來了？」顧洋目露寒光。

周淩雲猛地將病房的門關上，大步走到醫生辦公室。

「我認為，有必要給四號重症病房的病人額外請一名精神分裂科的專家。」

51.

這幾天，白洛因一直窩在顧海那兒，他多次提出回部隊的要求，都被顧海強行阻止了。顧海給出的理由是，我不看到小因子恢復健康，我是不會放你走的。當然，光是把小因子養好還不夠，他得把這麼多天虧欠小海子的統統補上。

白天，顧海就把白洛因揪到車上，帶回公司裡，中午一起在外面吃，晚上再完好無損地帶回家。白洛因去個廁所他都跟著，生怕這主兒一不留神就跑了。

以前，顧海總是獨來獨往，公司的女職員都已習慣了他那一抹瀟灑不羈的身影，現在可好，每天都捎著一個，勾肩搭背地走進公司，再勾肩搭背地走出公司，二十四小時形影不離，是個長眼的人都該有點兒想法了。

白洛因正好趁著這段時間審查專案進展情況，每天跟著顧海遛達車間，偶爾還會提出一些建議。本來之前商議合作方式的時候，海因科技公司並不是這個項目最主要的合作商，現在在夫夫倆的合謀下，幾乎所有的核心零件都在海因公司生產——用顧海的話說，我賺的錢到頭來還不是你的，肥水不流外人田。

這天下午，顧海又在電腦前瘋狂地忙碌著，白洛因大爺一樣地坐在旁邊晒太陽。

「顧總，這是最新草擬的企畫書，請您過目。」

顧海接過來，端詳了幾眼，沉著臉說：「妳過來看一下，這裡有幾個需要改動的地方。」

女職員立刻彎下腰去，半個身子都貼在辦公桌上，領口就那麼大刺刺地敞開著，顧海只要一抬起眼皮，就能看到中間那條性感的溝和兩個白花花的大饅頭。

白洛因瞇著眼睛朝那處看了一眼，又把眼睛閉上了，一副無動於衷的表情。

很快，女職員笑靨如花地點頭表示明白，然後扭著腰走人了。

門一關上，白洛因立刻輕咳一聲。

顧海扭頭，「怎麼了你？」

白洛因勾勾手指，「你過來，我有話和你說。」

顧海還未感覺到危險的來臨，徑直地坐到白洛因身邊，手搭上他的肩膀，悠然一樂，「想和我說什麼？」

白洛因的手直接滑到顧海的襯衫裡，顧海欲拒還迎地回了句，「別鬧，這是在公司。」其實心裡面巴不得白洛因的手別拿出來。

白洛因的手很快摸到顧海胸前的凸起，唇線死死一抿，兩根有力的手指硬是將那個小東西狠狠擰了兩圈半，只看到顧海臉上的肌肉瞬間繃起。

「呃……」顧海一把攥住白洛因的手腕，死擰著眉毛說：「不帶這麼重口味的。」

「這一天天的，光是用眼睛看就看飽了吧？」手還是沒鬆下來。

「別擰了，再擰就擰掉了。」顧海苦著臉，「真要給擰掉了，以後你吃什麼？」

「你們公司能人這麼多，再讓她們給你生產一個安上不完了麼？」說完，繼續對另一個下黑手。

顧海箍住白洛因的兩頰，又氣又笑地說：「告訴你，趕緊鬆手聽見沒？我這特敏感，你真要是沒完沒了的，我一控制不住，沒準兒就在這把你幹了。」

白洛因還是不鬆手。

顧海一吃痛，瞬間將白洛因按倒在沙發上，白洛因憋著一口氣，剛要把局面扭轉過來，門突然響了，兩條靚腿出現在他的視線內，再往上看，一張熟悉的面孔。

閻雅靜尷尬地笑笑，「你們兩個幹嘛呢？」

顧海起身，白洛因也把手從顧海的襯衣裡拿了出來，兩人裝作一副沒事人的表情，各歸其位。顧海的手輕輕地叩擊著辦公桌，眼神還未從白洛因那裡完全恢復過來，看著閻雅靜的視線還帶著幾分輕佻。

「忙完了麼？」

閻雅靜被顧海的眼神弄得一愣，忍不住低頭看了看自個的穿著，沒什麼問題啊！

「你幹嘛用那種眼神看我？」

顧海一臉糊塗，「什麼眼神？」

閻雅靜定定地看著顧海眼裡的溫度一點兒一點兒下降。

「沒什麼。我和你說說天銳公司找我們合作的條件，我剛才和他們老總聊過了……」閻雅靜坐到顧海身邊，認真詳細地講述著工作上的事情。

白洛因在這待了三、四天，他發現只有閻雅靜不會有意無意地勾引顧海，表面上看他們的關係最正常，其實這恰恰反應出來他們關係的不一般。任何員工來到這，都是顧海開口提出問題，而閻雅靜來到這，大多數時候都是她在說，顧海在聽，很多事情甚至都不過問，完全放手去讓閻雅靜做。

他們的默契度真是羨煞旁人。

「對了，上次你問我什麼藥去疤效果好……」閻雅靜從衣兜裡拿出一個小瓶子，「喏，這個是我哥找一個老中醫配的，每天敷三次，如果效果好，再讓那個醫生配點兒。」

顧海微微揚起唇角，「謝了，多少錢？」

「不用了，咱倆還提錢幹嘛？」閻雅靜笑得無奈。

顧海晃了晃手裡的瓶子，「那替我謝謝妳哥。」

「欸，你試試吧，看效果怎麼樣？」

顧海擰開瓶蓋，把藥粉倒在手指上一些，朝自己額頭上的一塊疤上塗去。

「不是那樣抹的。」閻雅靜急笑了，「你看看都掉到眉毛上了，你得先把額頭潤濕。」說罷用濕巾幫顧海擦了擦額頭，然後用手指輕輕在上面塗抹，直到藥粉完全抹均。

白洛因就在一旁默默無語地看著，看著那個他屢次見到卻從未想過治療的疤痕，正在被閻雅靜的手悉心呵護著。這個疤是那一場車禍留下的，是因自己產生的，卻要用別人的手幫它去掉。如果是閻雅靜主動買的也就算了，它卻是顧海開口要她買的。

他為什麼從不主動要求我給他做什麼？

直到閻雅靜走了，白洛因都沒回過神來。

晚上回到家，白洛因破天荒地要求下一次廚。

顧海心裡這個激動啊！多年來的一個心願終於在今兒實現了。於是拿出ＤＶ全程追蹤拍攝，從買菜、洗菜、切菜到炒菜，多角度高清拍攝，期間有幾次火苗子都竄到鏡頭上了，還堅守在自個的崗位上。

「你先出去，你待在這太礙事了。」白洛因踢了顧海一腳。

顧海沒動，「我怕你燙著。」

「一邊待著去！等救火再叫你進來！」

顧海一出去，白洛因就報復性地往鍋裡倒了半瓶子醬油和一大碗乾辣椒，嗆得自個都跑到陽臺上避難。等所有菜炒完，白洛因的臉都成醬油色了。

「吃吧！」白洛因招呼一句。

顧海低頭看了一眼，所有菜都一個模樣，黑得令人髮指，幸好廚房有燈，這要是停電了，連菜都找不著。

白洛因笑得讓人慎得慌[49]，「快吃啊！」

顧海試探性地用筷子夾了一片白菜葉放進嘴裡，剛嚼一口，直覺得一股氣流猛的從鼻息間鑽入腦瓜仁，舌頭瞬間就木了。

「怎麼樣？」白洛因問。

顧海勉強擠出一個笑容，「還不錯，有飯麼？」

「沒有，這麼多菜還不夠你吃啊？要不我再去弄個湯？」

顧海：「……」

「你必須都吃了啊！我還得錄影呢！」說著，白洛因又把那個ＤＶ拿過來，對準顧海的吃相開始

49：有點害怕。

拍。

可憐的顧海，被嗆得眼淚都快飆出來了，還要打腫了臉充胖子，對著鏡頭不停地秀幸福。

白洛因很納悶自個的菜到底難吃到什麼境界，於是打算坐下來一同品嘗，結果被顧海嚴厲阻止了，「別動，都是我的！」然後碗和筷子都被沒收了。

看著顧海硬著頭皮吃那些難以下嚥的飯菜，白洛因的心突然間抖了一下。

吃過飯，顧海把白洛因拉到沙發上坐下，一開口是單田芳和馬三立的混腔兒50。

「你的手到底怎麼弄的？」

顧海翻來覆去看著白洛因的手，上面有大大小小的疤，每次都是老疤還沒掉，新疤又出來了。最要命是白洛因的指甲，永遠都是兩層，扭曲地扣在手指上，顧海每次見了都心疼得不得了。

「平時經常改造機器，難免會被鋼板畫傷。」

剛說完，白洛因就看到顧海拿起閻雅靜給他的那個小瓶，用毛巾給白洛因擦濕之後，小心翼翼地往上面抹藥，把手心手背上所有留疤的地方全都塗上了。

白洛因的心臟驟然一縮，眼神再沒了剛才那般輕鬆。

「你讓閻雅靜幫你打聽藥方，就為了給我治手？」

顧海咕咚咕咚喝了兩大口水，然後回問一句，「你以為呢？」

白洛因徹底不說話了。

凌晨兩點多，顧海剛睡著沒一會兒，懷裡的人突然起身了，顧海以為白洛因是去上廁所就沒搭理，結果等了半個鐘頭都沒見他回來。心一緊，暗想白洛因不是偷著跑了吧？於是趕緊下床找人。

結果，他在陽臺上發現了白洛因，這廝正穿著一條內褲盤腿坐在陽臺的地板上，眼睛微微瞇著，活脫脫一個帥佛祖。

「因子，你在這幹嘛呢？」顧海給嚇了一跳。

白洛因頭也不抬地說：「反省！」

顧海蹲下身，一副難以理解的表情看著白洛因。

「大晚上不睡覺，跑這反省什麼啊？」

「洗滌我罪孽的靈魂！」

50：單田芳和馬三立分別為中國知名評書與相聲表演藝術大師。

52.

「這麼冷的天在外邊折騰什麼啊？」顧海作勢要把白洛因扶起來，「聽話，和我回屋，別凍著。」

白洛因甩開顧海的手，「就讓我一個人在這贖罪吧，我不想日後遭報應。」

顧海蹲下身，有些發愁地看著白洛因，見他不像是開玩笑的，便開口說道：「這樣吧，你向我坦白你的罪惡，我幫你掂量掂量，我要覺得你罪大惡極，你就繼續在這凍著。我要覺得可以饒恕，咱就回去睡覺成不成？」

白洛因沉默了半晌，忍不住開口說道：「其實我是故意把菜做得那麼難吃的。」

顧海的臉色變了變，因為那麼一頓飯，他喝了不下兩桶水，但心裡還是樂滋滋的，因為那是白洛因心甘情願給他做的飯，沒想到竟是故意折騰他的。

即便這樣，顧海還是很爺們兒地拉住白洛因的手，豁達地笑笑，「不就這麼點兒小事麼？我原諒你了，只要是你親手做的，甭管出於什麼目的，我都高興。」

結果，白洛因還是沒站起來，繼續艱難地坦白自個的心事，「其實我是看閻雅靜給你買了治疤的藥，為了打擊報復才決定給你做這頓飯的。」

顧海納悶，「她給我買藥和你做飯有什麼關係？」

「我以為那藥是你讓她給你買的。」

好吧，這一條顧海也強忍了，雖然白洛因有不信任自個的嫌疑，可出發點也是因為他在乎自個，因吃醋而做出的荒唐事，他可以理解接受。

「還有，你吃飯的時候，我給你錄影，其實是想保留下來，等下次你招惹到我，再把這段錄影拿出來恐嚇你。」

顧海視作神聖且夢幻的美好時光，就在白洛因無數壞心眼的合計下，瞬間成了泡影。可顧海是個純爺們兒，聽完了這些還可以面不改色，反過來安慰白洛因，其心胸寬廣之程度令人咋舌。

「這都不叫事，只要你向我坦白，我無條件地寬容你的一切錯誤。好了，回去睡覺吧，別在這凍著了。」

白洛因剛要站起來，突然又想起來一件事，「對了，忘了告訴你，其實這不是我親手做的第一頓飯。」

顧海拽著白洛因的動作停滯片刻。

「我做的第一頓飯讓你哥吃了。」

「……」

「而且比這頓做得好。」

「……」

白洛因把所有話都說出來，心裡覺得痛快多了，當即準備起身，「走，回去睡覺。」

啪！

又被顧海按回去了。

「坐下！你敢起來試試！」顧海態度急轉，剛才的寬容全都不見，赤紅的雙眸裡全是咄咄逼人的霸道氣焰。

白洛因沒想到，他竟然會栽在最後一句話上。前面坦白了那麼多他自以為罪大惡極的都沒事，結果在他看來最微不足道的小事，竟然讓顧海黑臉了。

「你不是說這都不叫事麼？」白洛因又把顧海之前的豪言搬了出來。

「怎麼不叫事啊？」顧海陰鷙著臉，「這都不叫事，那還什麼叫事啊?!」

「又不是我主動做給他吃的，我是給你做的，讓他給吃了！」

顧海拳頭攥得咔咔響，「我不管你做給誰的，最後是不是吃到他肚子裡了？只要讓他吃了就不行！」

剛才還厚道得令人髮指，這會兒一渾起來又沒邊了，顧海用力按了白洛因的頭一下，狠狠地說：「你給我坐這好好反省反省！」大步朝臥室走去。

白洛因回頭瞅了他一眼，他還大聲訓斥道：「老實待著，沒我的允許不許回屋，今兒我非得凍你一宿！」

結果，渾人躺在床上不到十分鐘，滿腦子都是白洛因赤裸著身體盤腿坐在地上的帥氣身影。那無可挑剔的身材，流暢的肌肉線條，兩條筆直的長腿，就那麼交叉盤在地上，中間凸起的部位被薄薄的布料恰到好處地包裹住，勾勒出誘人的形狀。

這幾天，顧海每天給白洛因上藥，都快內出血了，好不容易圈在家裡養幾天，卻只能看不能碰，對於顧海這種流氓素養極高的人，簡直就是暴殄天物。

於是，顧大少就像是玩變臉一樣，一刻鐘前黑著臉走進屋，一刻鐘後又紅著臉走出屋，軟硬兼施地將白洛因騙回了床。

兩副身軀很快扭纏在一起，白洛因索取的是顧海身上的溫度，顧海由著他磨蹭，而後直奔主題，大手直接滑入白洛因的內褲。

白洛因身體一僵，「你不是說在我好之前不會碰我麼？」

顧海信誓旦旦，「我就算不碰你那，也能讓你爽翻了。」

這就意味著白洛因今兒全是被壓的戲碼，他連一次主動的機會都沒了。

看到白洛因有些猶豫，顧海當即將烙鐵一樣的小海子抵到白洛因臀縫處，有一下沒一下地撞擊著，「都多少天了？自打咱倆吵架到現在，我連你的手都沒碰過。」

白洛因仔細想想，好像真是那麼回事，一晃十多天過去了，因為兒子一直不給力，他也沒心去想這種事。現在被顧海這麼一磨蹭，倒真有點兒想了，後面那位健康的主兒應該忍得更難受吧？

於是，扭過頭，接住了顧海主動送過來的吻。

顧海的舌頭從薄唇一路滑到腿間，順勢分開白洛因的腿，舌頭在大腿內側惡劣地逗弄著，就是不碰中間的飢渴之物。

白洛因被撩撥得氣喘吁吁，顧海的舌尖就在內褲邊縫處滑動著，白洛因腿上的肌肉不規則地顫抖。最後實在忍不住，一把將顧海的頭按到小因子上面。

「給我弄弄……」

顧海的嘴唇貼著小因子勾起一個魅惑的弧度，手隔著內褲揉了揉，白洛因立刻反應強烈地拱起腰，顧海拍了他屁股一下，「等好了再弄，聽話，先忍忍……」

白洛因的臉立刻沉了下來。

顧海看不得白洛因不高興，於是柔聲哄道，「好好好，隔著內褲舔幾下，就隔著內褲舔，不能脫下來啊！」

結果，顧海這麼一撩撥，白洛因更受不了了，簡直是隔靴搔癢，癢上加癢。白洛因自個將手伸向內褲，被顧海眼急手快地攔下來，一把嵌到身後。又將白洛因的腰提起，呈趴跪姿勢待在床上，內褲往下一扯，所有羞恥部位一覽無遺。

顧海像欣賞一件寶貝一樣，毫不掩飾目光的輕佻和下流。巨大的羞恥感刺激著白洛因，他想避開，可又怕顧海做出更令他難堪的舉動。

可惜，流氓顧大少是不會放棄任何一個調戲白洛因的機會的。在他看來，羞辱一個不苟言笑的軍官，讓他在自個的面前露出淫蕩的表情，是特有成就感的一件事。

於是，把白洛因的兩隻手按在他的兩瓣上，強勢命令道：「扒開，讓我看看你有多想要。」

白洛因的臉噌的一下變了色，隱忍的目光恨恨地逼視著顧海，很明顯他不接受這麼大尺度的下作表演。

顧海並未被打擊，他走下床，挺著傲然的小海子，去櫃子裡拿出了那個新研究出的武器。嘴角揚起一抹壞笑，今兒我非得把你治得服服貼貼的。

白洛因一看到那個東西，當即磨牙，「你丫的不把這東西推廣出去不死心是不是？」

「我保證你喜歡。」顧海再次誇下海口。

事實證明顧海為了提高他倆床上的樂趣和性生活的品質，真的是下了一番苦心。這東西經過頻頻改裝，已經確保在安全上萬無一失，在效果上無人能敵。

顧海把開關打開，調成正常檔位，朝白洛因敏感之處伸去，白洛因立刻像觸了電一樣到處逃竄，顧海乘勝追擊，一路將白洛因逼到床角，拿起那嗡嗡作響的東西放到白洛因胸前的凸起處，白洛因立刻發出情動的悶哼聲。

「拿走……唔……」

顧海笑得邪魅，「我要真拿走了，你不得哭啊？」說著又把那東西滑到腰上。

白洛因立刻繃不住了，腰身抖著，小腹肌肉都跟著顫動，一個勁地推搡躲避著。白洛因的這些反應看得顧海都有些吃醋了，貌似他親自動手的時候也沒見白洛因這麼激動過。

顧海又將這個東西伸到白洛因的臀縫處，就著白洛因失控的哼叫聲一舉插入。

「啊啊……」

捅了幾下之後，顧海覺得不過癮，又把白洛因的手拿過來，放到玩具的另一端，沉聲說道，「想要就自個來。」

事實證明，這東西果真比顧海有魅力，剛才顧海讓白洛因掰開臀瓣他都不情不願的，這東西在白洛因身體不過幾分鐘的時間，他就捨不得拿出來了，甚至不惜在顧海面前做著最難堪的動作。

白洛因一邊用玩具撫慰著自己，一邊去吃顧海被擰腫了的乳尖。

顧海手箍著白洛因的頭，沙啞著嗓子指示道：「寶貝兒，大點兒勁吸。」

白洛因加重了嘴裡的力道，顧海立刻發出舒服的悶哼聲。再看一眼白洛因，只見他趴跪在床上，手在身後積極運動著，顧海都可以想像到那迷人的密口是如何吞吐著那個玩具的。

顧海的呼吸越來越不穩，鼻息間漫著一股血腥味，眼睛都快被情慾燒著了。他本來是想羞辱白洛因的，結果到頭來把自己折騰得夠嗆，一邊想看白洛因把自個玩到泫然若泣的模樣，一邊又想趕緊持槍上陣。

白洛因的手摸到顧海的胯下，發現小海子的哈喇子已經三尺長了，用手在頂端蹭了一把，壞壞地抹到顧海嘴邊。

顧海失控地吼叫一聲，立刻拔下那個玩具，放出兇猛的小海子。為了宣告自個的主權，顧海還在入口處蹭了蹭，氣息不穩地問：「想要什麼？嗯？」

白洛因脹紅的面孔散發著攝人的魅力，雖然難以啟口，可還是如實相告。

「我還是想要那個……」說罷，把手伸向被顧海撇在一旁的玩具。

「……?!」

顧海臉色驟變，喘息間都帶著一股醋味兒，他迫不及待地將小海子挺入，兇猛霸道地耕耘著，為的就是趕緊奪回主權。

終於，白洛因迷失在顧海一次又一次的貫穿中，亟待爆發之時，顧海狠狠扼住白洛因的腰身，每挺動一下便問道：「還要不要那個東西？……嗯？……」

白洛因被汗水打濕的頭髮隨著他搖擺的動作拍打著前額，他已經完全迷陷在快感的漩渦中，性感的薄唇一開一闔。

「不……只要你……」

顧海滿意地咬緊牙關，一陣兇狠的撞擊過後，兩人共同攀上頂峰。正如顧海所說，他真的沒用手，就靠著自身強大的實力征服了小因子。

對於顧海而言，這個世界上最美妙的聲音莫過於白洛因在高潮的那一剎那，動情地喊出的那聲「大海」。

顧海這邊還在顧自回味著，白洛因那邊已經開始自言自語上了，「這東西真不賴。」

扭頭一看，白洛因又把他那個「情敵」拿起來擺弄上了。

顧大少僵持了幾秒鐘，「給——我——放——那！」

53.

趁著白洛因睡著的工夫，顧海給姜圓打了個電話。

「喂，小海麼？」姜圓的口氣聽起來很驚訝。

顧海清了清嗓子，「因子受傷了，一直住在我這。」

「什麼？受傷了？」姜圓立刻緊張起來，「傷在哪了？嚴重不嚴重？」

「已經好了。」顧海壓低聲音解釋道，「最近訓練任務太重，他身體有點兒吃不消，就跑到我這養幾天。但是他來之前沒和領導打招呼，也沒請假，可能回去會有點兒麻煩。」

姜圓立刻會意，「放心吧，我會和領導說明的，我就說我想兒子了，強行把他扣留在家幾天。他就是不給我面子，也得給你爸面子吧。」

顧海滿意地「嗯」了一聲，「這事別和因子說。」

「我知道了。」

掛掉電話，姜圓還挺高興，顧海肯找她幫忙，說明已經從心底認可她這個媽了。正想著，門突然開了，顧威霆走了進來。

「欸，你今天不是要開會麼？」姜圓詫異地看著顧威霆。

顧威霆一邊脫衣服一邊淡淡回道：「臨時取消了。」

「哦。」姜圓扭頭繼續照鏡子。

「剛才空軍部隊那邊給我打過電話來，說白洛因無故缺勤一週。」

姜圓的動作停了停，轉過身看著顧威霆。

「哦，對了，我忘了告訴你了，因子是讓我接回來的。」

顧威霆的目光中透著幾分質疑，「真是妳接回來的？我怎麼沒看見他？」

「你一個禮拜都在外地，去哪看他？他剛走沒一會兒，我讓他回家看看他爸，一會兒再把他送回部隊。」姜圓說得和真的似的。

顧威霆冷哼一聲，「我還以為他又和顧海混到一塊去了。」

姜圓裝出一副不耐煩的模樣，「你腦子裡能不能想點兒別的？他倆就是住在一塊又怎麼了？本來就是哥倆，現在還有商業合作，多好的一件事啊！怎麼從你嘴裡出來就變味了呢？」

「妳還說我？」顧威霆的臉上透著幾分不悅，「誰讓妳擅自把兒子接回來的？妳不知道軍隊有軍隊的紀律麼？妳這麼三番五次地闖紅燈，讓人家怎麼看我啊？」

「你就惦記著你自個！提幹51提到什麼時候才是個頭啊？」姜圓恨恨的，「我想兒子不行啊？敢情你想兒子開車直接去公司就成了，我看一眼兒子還得瞧別人臉色，我容易麼我？」

顧威霆不想聽姜圓嘮叨，自顧自走到廚房，拿出一根黃瓜咬著吃。

「誰讓吃我黃瓜的？」姜圓存心找茬。

顧威霆低頭瞧了一眼手裡的黃瓜，又瞧了一眼菜籃子，漫不經心地回了句，「不是還有那麼多根呢麼？」

「就這根又粗又直，別的都不好用。」

顧威霆猛地僵愣在原地，用不著這麼豪邁吧？就算我一個禮拜沒回來，也不至於這麼寒磣52我吧？

顧威霆正在猶豫要不要咬下一口的時候，姜圓突然走進廚房，拿出一根黃瓜，恨恨地瞪了顧威霆一眼，然後坐到梳妝檯前。

顧威霆眼睜睜地看著姜圓把黃瓜切成一個又一個的小片，一邊往臉上貼一邊抱怨，「你看看，這個黃瓜又歪又細，切出的片都不均勻……」

中午，顧海接到顧洋的電話。

「在哪呢？」

顧海起身朝浴室走去，「在飯館，怎麼了？」

「馬上過來，我有危險。」

顧海還想問什麼的時候，顧洋那邊又把電話掛了。顧洋就是這個毛病，每次接打電話，只要把自個想說的說完，就不會再管別人了。

回到座位，白洛因還在吃著飯。

「下午和我回趟家，你已經很久沒見我爸和鄒嬸了吧？」

51：升遷。

52：寒酸、不體面，使之丟臉。

顧海驀地一愣，而後點頭。

「成啊！老丈人不會把我轟出去吧？」

白洛因猛地踩了顧海一腳，然後一副若無其事的表情看著顧海。

「你公公、婆婆的脾氣你還不了解麼？」

顧海輕咳一聲，繼續埋頭吃飯，等飯吃得差不多了，顧海又朝白洛因說：「因子，我得先出去一趟，馬上就回來，你在公司等我，別到處亂跑啊！」

「這次怎麼不帶著我了？」白洛因納悶，「既然怕我跑，就捎上我唄！」

「就一會兒的工夫，不想讓你陪著我折騰。」

白洛因定定地看了顧海一陣，開口說道：「行了，那你去吧！」

顧海火速趕到醫院，拿著閻雅靜新給他帶來的去疤藥。實驗證明，這個藥的療效還是不錯的，白洛因只用了幾天，手上的疤痕就淡了很多。想到顧洋那麼個臭美的人，身上真留了什麼疤，肯定得記仇一輩子。

「我看你好好的，沒什麼危險啊！」顧海看著顧洋。

顧洋朝外邊看了一眼，眼中盡是惱恨。

「我身體是沒什麼問題了，關鍵是我出不去，香港那邊一攤子事等著我去處理，我現在連通話都受到限制。」

顧海故作一副不知情的樣子，「為什麼出不去啊？」

「你沒看見門口好幾個官兵把守麼？」

「官兵為什麼在你病房門口把守？」顧海還在裝。

顧洋陰鷙的面孔上浮現幾絲慍色，「莫名其妙惹到一個師長。」

顧海輕咳了一聲，「那你把我叫來幹什麼？人家手裡有槍，我這手無寸鐵的，你讓我和那麼多官兵硬碰硬啊？」

「誰讓你硬碰硬了？」顧洋朝顧海勾勾手。

顧海把耳朵湊了過去。「我想讓你做替身！」

顧海疑惑的目光朝顧洋看去，「替身？」

「對，替身……」顧洋謹慎地說，「就像當初我把你從地道救出來一樣，只不過現在咱倆換個位置。你穿上病號服坐在這，我穿著你的衣服出去，放心，這群官兵看不出來的。」

顧海心中冷笑，老子才把你騙成替身，你又讓老子替回去，這不扯淡麼！

「放心，只要他發現你不是真的，他是不會為難你的。」顧洋不忘補了一句。

顧海都想仰天長嘯了，他到現在都沒發現你是假的，我還指望他發現我不是真的？

「這樣吧！」顧海還算厚道，「我幫你去香港那邊處理公司的事情，你呢，安安心心地在這對付那個什麼師長，我相信你的本事！」

顧洋面露寒光，「你要見死不救？」

「實在是能力有限！」顧海拍拍顧洋的肩膀，又拿出小藥瓶，「喏，這個是去疤藥，每天三次，拆線之後即可使用，我能為你做的只有這些了。」

顧洋拿著那個藥瓶，心裡動了動，徹底打消讓顧海冒險的念頭。

「行了，你走吧！」

顧海轉身就換了一副表情，姥姥的，竟然想誆我？你也不看看你是被誰誆進來的！

周凌雲剛從電梯裡走出來，就看到一道熟悉的身影。雖然只逮到了一張側臉，可顧海的身姿太顯赫了，完全不具備複製性，周凌雲一眼就認出那是他。可是扭頭朝病房看去，那些官兵全都守在門口，完全沒有任何行動。

這一次，周凌雲很確定顧海走出病房了，並且不具備在他眼皮底下突然溜回病房的可能性。可當他推開病房門的時候，還是看到顧洋老老實實地坐在床上，連病號服都沒換。

怎麼回事？鬧鬼了？

周凌雲穩步走到顧洋床邊，開口即是一句驚世駭俗的話。

「剛才我看到你從樓梯口走出去了，現在又看到你坐在床上。那個你穿著便裝，而這個你還穿著病號服……」

顧洋深吸一口氣，他被周凌雲的缺心眼徹底征服了。

「那是我弟！我們是兩個人！」

周凌雲身形劇震，「你弟？雙胞胎麼？」

顧洋冷哼一聲，「不是雙胞胎，勝似雙胞胎。」

周凌雲突然想起那天在浴室發生的一幕，又想起顧洋這些天說過的莫名其妙的話，猛然間意識到了什麼，一把拽住顧洋的胳膊問：「海因科技公司的老總不是你？」

顧洋一把甩開周凌雲的手，「你拽錯人了。」

周凌雲的臉色青一陣白一陣，他又問：「你不是顧海？」

顧洋的臉色也變了，「你別告訴我，你要抓的人是顧海？」

周淩雲那張臉徹底綠了。

顧洋一看周淩雲的臉色，瞬間什麼都明白了。

「周淩雲是吧？我記住你了！我也請你記住，我叫顧洋。」

周淩雲還是不死心地僵持著，「可白洛因說你就是顧海，而且我記得清清楚楚，那天你在公司惡意整我，戴的就是這副眼鏡。」說罷，將眼鏡從衣袋裡取出，放到顧洋手邊。

顧洋磨著牙，眼中迸發出絕冷的寒意。

白洛因，我真是小看你了！

54.

車子行駛到半路，顧海扭頭朝白洛因問：「你說我應該買點兒什麼呢？」

「前面不是有個商場麼？咱去裡面轉轉，給我爸買身衣服吧，我看他總是穿我剩下的。」

顧海忍不住調侃道，「你們爺倆現在的衣服還混穿呢？」

「賤民出身，擺脫不了饑荒的心態，有錢也不捨得花，和你家比不了。」白洛因暗諷了一句。

顧海狠狠拍了白洛因的後腦勺一下，「就你還賤民？你見過哪個賤民讓資本家給脫褲子的？」

白洛因：「……」

兩人走進商場，直奔男士品牌區，顧海相中了一件衣服，指給白洛因看，「你覺得那件褂子怎麼樣？」

「不適合我爸，倒挺適合你爸的。」

「哦，那走吧。」

白洛因拽住顧海，「別走啊！買下來吧！」

「不適合還買它幹什麼？」顧海看著白洛因。

白洛因黑了顧海一眼，「你爸不是爸啊？」

顧海剛反應過來，白洛因已經率先去付款了，顧海看了看衣服的尺碼，笑著問：「你怎麼知道我爸穿這個碼的？」

「不知道，瞎矇的。」

其實白洛因心裡特清楚，有一次他去外地執行任務，正巧碰到顧威霆在當地開會，爺倆一塊回來的。顧威霆去浴室的時候，讓白洛因幫忙拿著外衣，白洛因就那麼無意間瞥到了，從那之後，這個尺碼就一直刻在他心裡。

關於顧海的一切，他從不用刻意去記，一知道便已刻骨銘心。

「這件衣服怎麼樣？」白洛因徵求顧海的意見。

顧海覺得不錯，「那就這件吧！」

「先別著急買呢，我爸有點兒發福，穿著不見得合適，你幫著試試。」

顧海走進試衣間，白洛因無聊地四處張望，目光突然定在一個身影上，眼前一亮。

「尤其！」

不遠處一個戴著墨鏡的大帥哥下意識地朝這邊看過來，見到白洛因朝他揮手，表情先是一僵，而後大步朝這邊走過來。

兩人來了一個久違的擁抱，心情都是異常激動。

尤其摘下墨鏡，露出一張禍國殃民的面孔。

「因子，你怎麼在這啊？」

白洛因指指身後的店，「給我爸買身衣服。」正說著，顧海從試衣間走出來，背對著白洛因照鏡子，白洛因拉著尤其走進去，還沒開口叫顧海，尤其就先開口了。

「叔，好久不見了。」

顧海從鏡子裡瞄到尤其，轉過身，皮笑肉不笑地看著他，「客氣了吧？」

尤其頓時驚愕住，「鬧了半天是你啊！」

顧海脫下衣服，朝白洛因說：「挺合適的，我去付錢了啊！」說著走向收銀臺。

尤其低聲朝白洛因問，「你還和他在一起呢？」

「嗯，也是前不久才聯繫上的。」白洛因刻意掩飾了一下。

尤其這才注意到白洛因身上的軍裝，眼睛驀地瞪大，一副不可置信的表情看著白洛因。

「你這……」

白洛因挺大方地承認，「我入伍了，現在是飛行員。」

「太帥了吧！」尤其一副驚豔的目光看著白洛因，「什麼軍銜？」

「就是個少校。」

「這麼年輕就混到少校了？」尤其又是一驚。

站在尤其旁邊的男人都是一副讚歎的目光看著白洛因。

「哦，對了，忘了給你介紹了，這是我經紀人，馬先生。」尤其指著身邊一個中年男人。

白洛因很客氣地和他握手，而後繼續和尤其調侃，「我都很久沒接觸媒體了，都快忘了，你現在也是明星了，趕明有個演唱會什麼的，別忘了送我一張票。」

「瞧你這話說的，我現在頂多算個跑龍套的。對了，你倒是提醒我了，這是我參演的電影，過兩天舉辦首映式，這是入場票，有時間一定要來啊！」

「你演的電影，我當然得捧場了！」

話音剛落，身後傳來顧海的聲音。

「就給一張不合適吧？」

尤其用手指戳了下腦門，「瞧我這記性，等著，我再給你拿一張。」

三個人又聊了一會兒，尤其給了白洛因和顧海一張名片，笑著告別，「我得走了，一會兒還有事，改天再聊！」

「快去忙你的吧！」

看著尤其遠去的背影，白洛因忍不住感慨了一句：「越來越帥了！」

「嗯……」顧海在旁邊冷哼一聲，「帥得都不像個人了。」

白洛因斜了顧海一眼，「趕緊走吧，你哥還在家等著呢！」

「我哥？」顧海神色一滯。

白洛因幽幽一笑，「你是叔字輩的，我爸不就是你哥麼？」

「欠操吧你？」

「嘿嘿……」

兩人也給鄒嬸買了一身衣服，實在不知道該給孟通天買些什麼，就隨便捎了一臺平板電腦回去，到家的時候天都快黑了。

聽到門鈴響，白漢旗緊走幾步去開門。

「過來了？」

顧海這次看到白漢旗，和訂婚那次的心情完全不一樣了。

「叔。」特親切地稱呼了一聲。

白漢旗心裡不由得一陣激盪，好像這種語氣多少年沒聽到過了。

「快進來吧！」

四個人坐在沙發上聊天，顧海一直不知道該說點兒什麼好，畢竟這麼多年過去了，他再也不是當年那個愣小子了，有些話已經不敢冒然說出口了。

鄒嬸一直看著顧海樂，「哎呀，說話就這麼大了！我到現在還記得你來家裡吃飯，一個人吃了六碗炸醬麵，在院子裡遛達一會兒又餓了。」

顧海笑笑，「您現在如果給我做，我還能吃六碗。」

鄒嬸一陣激動，立刻起身，「那我趕緊去和麵，今兒晚上咱們就吃炸醬麵。」

白漢旗看著顧海，也看了看白洛因，臉上露出欣慰的笑容。

「看一眼少一眼了。」

白洛因一臉黑線，「爸，您說什麼呢？」

「我說得不對麼？」白漢旗把目光朝向白洛因，「你一年才能回家幾次？我一共還能活多少年？這麼一算，也沒多少眼了吧？」

白洛因被白漢旗說得心裡很不是滋味。

顧海在一旁心疼了，趕緊幫白洛因說好話。

「叔，您不了解部隊的政策，他入伍的前些年的確需要一直住在部隊，等過幾年夠資格了，他就能搬出來了。」

白漢旗眼睛一亮，「真的啊？」

白洛因在旁邊沒好氣地插了一句，「我以前不就這麼和您說過麼？」

「你的話不靠譜，我瞧大海這麼多年倒是變化不小，起碼看起來比你穩重多了！」

白洛因默默地回了一句，您是沒看見他上床的時候……

白漢旗又把目光朝向顧海，一副歉疚的表情看著他。

「大海啊，叔不是故意騙你的，因子入伍的前兩年，叔心裡一直不好受。那天你來家裡找叔，叔和你說因子死了，等你走了，叔哭了一宿啊！」

顧海心裡一動，趕忙握住白漢旗的手。

「叔，我不怪您，我知道您有您的難處。」

白洛因在旁邊埋著臉不吭聲。

顧海見氣氛有點兒壓抑，便打趣地朝白漢旗問：「當年您給因子做的黑白照片和牌位還留著麼？」

白洛因的頭猛地一抬，「啥？您還給我弄黑白照片和牌位了？我怎麼不知道？」

白漢旗憨厚地笑了笑，「每次你一回家，我都偷偷收起來！」

「敢情您天天跟家擺著啊?!」白洛因淩亂了。

白漢旗底氣不足地說：「也沒天天擺著，就禮拜六、禮拜日拿出來晒晒，我怕擱在櫃子裡反潮了。」

白洛因氣結，「你還留著它幹嘛啊？」

「我覺得扔了怪可惜了兒的！那大相框可牢實了，你那相片我也不捨得扔，就當藝術照擱那擺著唄！現在不是有一些小年輕的還專門拍黑白照片麼？」

「人家那黑白照片前面也不擺一盤點心啊！」

「噗……」顧海嘴裡的水差點兒噴出來。

55.

吃飯的時候，白漢旗一個勁地招呼顧海，「多吃菜、多吃菜。」

「叔，您吃您的吧，甭管我了，我在您家肯定能吃飽。」說著，習慣性地把白洛因的碗拿過來，給他拌麵條。

白漢旗的目光滯了滯，白洛因也感覺氣氛有點兒不對勁，趕緊把碗搶過來，輕咳一聲說：「行了，我自個來吧。」

白漢旗埋頭吃了兩口麵條，嚥下去後情緒平復了一些，又和顧海嘮家常，「大海啊，你打算什麼時候結婚啊？」

「結婚？」顧海把嘴裡的麵條吸溜進去，抬頭問：「和誰結婚啊？」

「就上次那個姑娘啊！你們不是連定親飯都吃了麼？」

一說起這個，鄒嬸也停下筷子，一臉關心的模樣看著顧海。

「哦，她啊……」顧海隨便回了句，「黃了[53]。」

「黃了？」白漢旗一副可惜的表情，「好好的怎麼黃了？」

「性格不合。」顧海敷衍著。

白洛因嘴裡的麵條也有點兒嚥不下去了。

「哎……」白漢旗歎了口氣，「你們現在的年輕人，做事沒個譜兒。因子也是，處了十幾個都黃了。」

這話可真是把白洛因和顧海兩人全都噎著了。

「十幾個……」顧海的臉都變成七色光了，「你還挺能搞。」

「哪啊？」白洛因叫屈，「那十幾個在哪啊？我怎麼都不知道啊！」

鄒嬸瞪了白漢旗一眼，「你也真是的，孩子都沒同意見面，也能叫黃了？」

白漢旗還挺有理，「不叫黃了難道還叫成了？」

白洛因：「……」

顧海：「……」

回去的路上，顧海突然開口說：「我覺得咱爸不待見[54]我了。」

「咱爸？」白洛因的嘴角帶著一絲不易察覺的笑容，「你改口改得還挺快。」

「我沒和你開玩笑，我覺得咱爸對我的態度和以前不一樣了，我覺得他膈應我了。」顧海語氣中透著幾分傷心。

白洛因面色一緊，扭頭看向顧海，發覺那廝還真往心裡去了。

53：失敗之意。

54：不重視、看不起。

「他不是不待見你，他是不知道怎麼重新接納你。」

顧海搖下車窗，點著一根菸緩緩抽著，臉色有些複雜，「我總覺得愧對於他，如果不是因為我，你們父子倆不會分開這麼多年。」

白洛因冷哼一聲，「你要這麼想，那咱倆乾脆散了吧。」不料，這句話剛一說出口，白洛因左半邊的臉頰被顧海的大手狠擰成麻花狀。

「你下次再說這句話，我抽你信不信？」

白洛因吃痛，惱火的目光朝顧海看過去，還未來得及報復，就被顧海的一條胳膊攬到懷裡，「別拿這話逗我，我不禁嚇唬。」

白洛因拿菸頭去燒顧海後脖頸上的汗毛。

顧海順了順白洛因的頭髮，柔聲說道：「因子，我得去趟香港。」

一聽「香港」倆字，白洛因就明白這事一定和顧洋有關。

「他怎麼了？」

「你說呢？」顧海嘴角噙著笑，「被你們那個師長扣留了唄！他在香港有那麼多爛攤子，除了我誰去幫他收拾啊？」

白洛因面露疑慮之色，「既然他能和你通話，也就應該能和別人聯繫，以他的人脈和本事，想從周師長手裡逃出來也不是什麼難事吧？他幹嘛非要你去香港呢？不會是故意給你下的套吧？」

「不是他讓我去的，是我自個樂意去的。」顧海目露精光，「總比讓我替他去對付那個老賊強吧？」

白洛因當即恍然大悟，「你哥可真陰險。」

「放心吧，我去香港不光是幫他收拾爛攤子，還有別的事。」

「那你小心點兒。」白洛因扯了扯顧海的領子，「早點兒回來！」

顧海捧著白洛因的臉狠狠親了一口，而後打車去了機場。

白洛因開車直奔部隊，他聽說周凌雲明天回來，他必須要在今兒晚上把缺勤的原因上報給領導，真要落在周凌雲手裡，處分肯定要重得多。

「夫人已經把你缺勤的情況向我們說明了，下次記得早點兒打電話，真要把你這個棟樑之才弄丟了，這得是我們飛行界多大的損失啊！」

白洛因雖然納悶，可也沒多問，問多了反而會惹來不必要的麻煩。

出了領導辦公室之後，白洛因立即給姜圓打了一個電話。

「您怎麼知道我缺勤了？」

「電話都打到老顧這了，我能不知道麼？因子，下次出去提前言一聲，別這麼不聲不響的，真要給記過了影響多不好啊！」

意識到姜圓又要嘮叨，白洛因趕緊說結束語。

「行了，我知道了。」

「欸，先別掛！」姜圓又搶了一句，「你和雙雙怎麼樣了？」

「雙雙？」白洛因一臉糊塗。

「就是狄雙啊！」

白洛因真不想承認，他都快忘記狄雙長什麼樣了。

「吹了。」說完這倆字，白洛因直接掛了電話，心裡鬆了口氣，真沒想到，缺勤的事就這麼算了。難道周淩雲也不追究了麼？還是說他生活太豐富多采，已經無暇顧及自個了？

想到顧洋在周淩雲那的種種吃癟，白洛因心中就莫名的暗爽。一路歡暢到了宿舍，白洛因把房門打開，轉身去開燈，突然感覺身後一股殺氣。幸好他反應夠快，動作靈敏，才沒被人偷襲成功。

黑暗中，兩人一交手，白洛因就嗅到了對方身上那股熟悉的氣息。

燈被打開，顧洋的臉出現在白洛因的視線中。

「你怎麼跑這來了？」白洛因感覺來者不善。

顧洋笑得滲人，「你猜。」

「這我哪猜得出來？」

顧洋倚靠在櫃子旁抽著菸，幽暗的燈光把他的側臉襯托得更加冷峻。

「我怎麼覺得你比我還清楚呢？」

白洛因很快將自個的情緒調整到了迎戰的狀態。

「我不知道。」翹著二郎腿坐在沙發上，一副死不認帳的表情。

顧洋若有若無地瞥了白洛因一眼，「你的腿型真漂亮。」

「是麼？」白洛因晃了晃腳，「我們部隊裡腿型最完美的人不是我，是我們周師長，你沒見過吧？下次我介紹給你認識，他那兩條腿，可真的是筆直如槍，剛硬如杜啊！」

顧洋默不作聲地朝白洛因靠近。

白洛因目光含毒地看著顧洋。

「有幾個前輩，他們用血淋淋的代價告誡你，最好和我保持一米以上的距離。」

56.

顧洋定定地看了白洛因一會兒，突然從衣兜裡拿出那副眼鏡，舉到白洛因眼前晃了晃。

「白洛因，你太傷我的心了。」

白洛因冷哼一聲，「你有心麼？」

「我怎麼沒心了？」顧洋用手掐了白洛因的臉頰一下，指甲印嵌得很深，「如果我沒心，就不會丟下那麼多事情來這找你了，你以為我真的是來這出差的麼？這麼多天我找過一個客戶、聯繫過一個商家麼？」

白洛因自動關上耳朵。

「你知道我是怎麼被周淩雲扣下的麼？因為他搶了我的眼鏡，我為了要回眼鏡撞了他。當時我身上還有傷，是被你和顧海合起夥來打的，我的手連方向盤都控制不了……直到今天我才知道，我冒著這麼大風險搶回的眼鏡，竟是你給我下的套。」

白洛因漠然地回了句，「開個玩笑而已。」

「玩笑？」顧洋笑得晦澀，「你把顧海種下的孽，放在我身上來償還，你把這當成玩笑？那在你眼裡，什麼東西不是玩笑？」

白洛因冷眸微閃，「只要發生在你身上的，全是玩笑。」

「所以你把我喜歡你這件事，也當成一個玩笑是麼？」顧洋目光帶鉤地在白洛因的臉上畫著道兒。

可惜，白洛因只是輕描淡寫地回了句，「車軲轆話55來回說就沒勁了。」

顧洋的臉上瞬間覆蓋了一層冰霜。

「八年前我正處青春期，天真且自戀，那會兒你向我表達好感，我還會因為無法回應而心存愧疚。如果我被人割了一次剎車油管，又在部隊生活了八年，還會相信你的話，那我當初真不如死了。」

顧洋坐起身，兩條眉毛狠狠擠在一起。「你還恨我對麼？」

「咱倆之間用不到那麼濃烈的字眼兒。」

顧洋沒來由的笑了笑。「這八年來，我總是莫名其妙地夢見你，夢見我給你剪頭髮，你沒心沒肺地靠在椅子上睡著了。說起來也邪門了，我顧洋做過無數缺德事，怎麼偏偏到了你身上，突然就覺醒了呢？」

「因為我這個人很危險。」白洛因複製了顧洋當年的話，「所以我選擇不再禍害你，把你對我的好感徹底扼殺在萌芽時期。」

「你已經禍害完了。」顧洋語氣生硬。

白洛因毫不避讓，「其實你根本不喜歡我，你只是喜歡和自個較勁。」

「我很享受這個較勁的過程。」

「那你就自娛自樂吧！」白洛因冷哼一聲，「只要你別來打擾我的生活。」

「如果我偏要呢？」顧洋說著，就開始撕扯白洛因的衣領。

白洛因狠狠擰住顧洋的手臂，「我告訴你，現在顧海都不一定是我的對手，更甭說你了。你要是識相，就趁早從這屋滾出去，省得我找人來請你。」

顧洋僵持著沒動。

白洛因腰部一用力，突然就將顧洋的半個身子壓在身下，胳膊肘扼住他的脖子，拳頭掃過去的一瞬間，顧洋的眼神閃都沒閃。

白洛因卻根本下不去手，恨恨的磨牙，「你幹嘛要和顧海長得那麼像啊？」

白洛因每次一晃神，都會看走眼。別說顧洋了，就算是一個不熟悉的人，如果他的身上帶有顧海的影子，白洛因都會對他多幾分寬容。

「既然你都把我當成替身送出去了，我不介意你把我當成替身陪你一晚。你放心，我的嘴很嚴實，如果你一口咬定我就是顧海，我不會死乞白賴澄清身分的。」

這一次，白洛因下手一點兒都沒留情面。

「顧洋，我告訴你，我白洛因就是要洩火，要玩曖昧，也不會找男的。顧海是個特殊物種，專門留給我來愛的，目測已經滅絕了。」

「特殊物種？」顧洋笑得陰損，「什麼特殊物種？長了兩個雞巴麼？」

「你說對了。」白洛因更損，「他把你的那個也長在自個身上了。」

顧洋的手猛地按到白洛因的腰上，這本來是顧海的軟肋，但被他一番調教之後，現在也成了白洛因的軟肋。他的這個部位肌肉最薄弱，因此也最敏感，最禁不起折騰。

特殊部位被襲擊，白洛因的目光中透著一股狠勁兒。

「我本來要給你留幾分薄面，既然你不稀罕，那我就不客氣了。」氣氛已經醞釀好了，眼看著就要開戰了，顧洋突然從懷裡抽出一張紙，舉到白洛因的面前，白洛因的臉霎時間變色。

「你……你怎麼會拿到這個東西？」

這是他和十幾名研究員辛苦了幾個月才完成的繪圖之一，這種軍事機密一旦落入別人手中，後果不堪設想。不要說白洛因會承擔責任，所有與此事牽連的領導都要承擔責任，其中就包括周凌雲。

顧洋不緊不慢地說：「我直接進了你的研究室，本來看守人員是不讓進的，結果有個人說我是熟人，每天都來給你送飯，就允許我進去了。」

「你開我的電腦，他們也沒說？」白洛因臉都青了。

顧洋把手裡的紙抖得嘩啦啦響，「他們什麼也沒說。」

其實，白洛因早就料到會是這樣，顧海本來就是這個專案的合作商，又是他的弟弟，兩人感情甚好，是個人都看在眼裡。他沒想到，顧洋會用同樣的方法反將一軍，將一個玩笑性的事件上升為一場惡鬥。

白洛因下意識地去搶那張紙，顧洋很大方地扔給他。

「反正我已經掃描到我的電腦裡了，隨時可以拿出來看，我還可以把它交給國外的企業，肯定能得到一筆厚利。你也不用太著急，以你這種智商，再設計一份也未嘗不可。」

幾個月的努力，竟然被顧洋這樣輕而易舉地踐踏了。

白洛因可以等，但是他的團隊不能等了，顧海那也不能等了，幾億元的融資全都投進去了，別說突然叫停，就是延誤工期，造成的損失都是不可估量的。一旦圖紙跑到別人手中，洩露了國家機密，他們這些人全都折進去了。

沉默了半晌，白洛因把目光移向顧洋。

「你這是一石三鳥啊！」

「放心，你和顧海都不會有事的，頂多是虧點兒錢而已，會有兩個替罪羊心甘情願站出來的。」

「談條件吧！」白洛因目露寒光。

顧洋戲謔地問道：「你就沒想過我會不忍心麼？」

「我對你的扭曲人格很有把握。」

顧洋眼中的波光一閃而過，他暫時把圖紙放下，和白洛因面對面而坐。

「顧海呢？」

白洛因此時此刻都不想開口，覺得說話都是髒了自個的舌頭。

「去香港幫你收拾爛攤子了。」

「喲，挺無私啊！」顧洋陰惻惻地笑，「自個這邊都掰不開鑷子了，還惦記著我呢？」

白洛因霸氣地脫掉襯衫，直接甩到顧洋臉上，而後四仰八叉地躺在床上。

「上吧！」一臉悲壯的表情。

顧洋的手捏住白洛因的下巴，「你果然變了！想當初，你可是寧願看著顧海在地道凍死，也不樂意和我上床。」

「少廢話，要幹就麻利點兒的！」

顧洋的目光灼燒著白洛因的鎖骨，聲音還是不冷不熱的。

「你說，要是讓顧海知道你的這一做法，他是不是會很失望？」

白洛因狠狠拽著顧洋的衣領，「你是不是不行啊？要不換我來？」

顧洋一把薅住白洛因的脖子按在床上，手朝他的褲子邊緣探去，他在試探白洛因，在等著他底線被衝破的那一剎那，突然流露出的那副哀求的表情。哪怕只是垂死掙扎，起碼也讓顧洋看到，白洛因對他的仁慈還抱有一絲小小的幻想。

可惜，白洛因自始至終都僵硬得像一塊石頭。

顧洋將手裡的紙狠狠扣在白洛因的臉上，眼神突然從玩味變得冷冽。

「你對我，一丁點兒的了解都沒有！」說完這話，砸門而出。

白洛因從床上坐起，一隻手接住那張滑落下來的圖紙，心中暗暗回道：我要真不了解你，就不敢這麼做了。

57.

白洛因以為顧洋摔門走人之後，這事就算告一段落了，哪想這僅僅是個開始。第二天，顧洋就去顧海的公司蹚渾水了，假借著他的名號各種搞破壞，還當著職員的面調戲部門經理，把顧海的形象徹底給毀了。

這些還不算什麼，最可惡的是白洛因每天拖著疲倦的身軀回到宿舍，一打開門以為顧海回來了，結果定睛一看不是，那種顛覆的心情是無法用語言形容的。

顧洋就憑藉著那麼一張圖紙，在白洛因身上討了不少便宜。他也看透了，與其把白洛因上了，讓這張圖紙徹底喪失效用，還不如一直把著，讓它發揮長期穩定的效果。一來可以報仇，二來可以慢慢培養感情。

晚上，白洛因拖著疲倦的身體回了宿舍，剛想到床上休息一下，不料他的床被人占領了。顧洋正坐在他的床上看電影，眼神那叫一個慵懶，表情那叫一個愜意。

「小因子，幫我削個蘋果。」顧大人發話了。

這要是顧海，看到白洛因這副模樣，早就從床上竄下來，把他抱到浴缸裡一頓按摩了。結果換成了顧洋，這廝不僅沒看到白洛因一腦袋的汗珠子，還要指示他為自個服務。同樣姓顧，做人的差距怎麼就這麼大呢？

顧洋晃了晃手裡的圖紙，「快點兒！」

行，我忍！

削好了蘋果遞給顧洋，顧洋卻一臉嫌棄地說：「你削得太難看了，我看了一點兒食欲都沒有。」
白洛因恨恨的，「吃個蘋果還這麼多事！」
顧洋晃了晃手裡的圖紙，「重削。」
白洛因繼續忍辱負重，這一次，他把蘋果削得很圓很圓，稜角都被他削掉了，然後恭恭敬敬地遞給顧洋，「顧大人，請吃。」
顧洋拿起來看了看，「你誤會我的意思了，我是想讓你削成五角星形狀的。」
白洛因臉上的肌肉一陣抽搐。
顧洋又晃了晃手裡的圖紙。
白洛因點點頭，繼續削，一邊削一邊沉聲提醒，「你也該回香港看看了吧？老在這折騰也不叫事啊！事業重要還是娛樂重要？別因為一時痛快，再把公司折進去。」
「放心。」顧洋冷笑道，「有那麼一個免費勞動力幫我打理，我有什麼可擔心的？你要擔心，還是擔心顧海的公司吧！」
白洛因磨著牙，「可惜了你這麼個仁厚的弟弟。」
「你可以打電話告訴他。」顧洋說著，又晃了晃手裡的圖紙，「不過後果自負。」
白洛因削好了蘋果，小心翼翼地遞到顧洋手裡。
不料，顧洋手一滑，蘋果掉到腿上，再拿起來時缺了一塊。
「就剩四個角了怎麼辦？」顧洋幽幽地問。
白洛因沒等顧洋把圖紙拿起來，就自覺地拿起一個新蘋果。
顧洋饒有興致地欣賞著白洛因豐富多彩的面部表情。

晚上，趁著顧洋出去打電話的工夫，白洛因迅速打開聊天介面，和顧海視訊。

「我來這一個禮拜了，他們這的員工竟然沒人認得出我來，你看看，我現在是不是特像我哥？」

顧海做出顧洋的經典表情。

白洛因嘴角噙著笑，「像得我都想抽你了！」

「你那邊怎麼樣？」顧海問。

白洛因勾了勾嘴角，「還那樣，我看他一時半會兒回不去呢。」

「今兒我又從他們公司轉走一批資金，這下我公司的資金困難問題就徹底解決了。我看差不多了，這邊能偷的東西我基本都偷走了，你覺得我還有待下去的必要麼？」

「有！」白洛因目露精銳之光，「把不能偷的也給我偷了！」

顧海定定地看了白洛因一會兒，語氣謹慎地問：「你沒露餡吧？」

「放心吧，我裝得特慫。」

顧海神色一緊，「他們沒為難你吧？」

「沒有。」白洛因很堅定地說，「你就安心在那搞破壞吧！」

「因子，遇事靈活多變，千萬別讓自個吃虧，也不能讓對方占到一點兒便宜。你要是不惜代價對付別人，我第一個不饒你，聽見沒？」

白洛因沒聽見這句話，倒是聽見腳步聲了。

「我先斷了，他來了。」

58.

顧洋走回白洛因的宿舍，看到白洛因靠在沙發上睡著了，臉上透著濃濃的倦意。他剛要把白洛因抱進房間，警報聲突然響了。

白洛因猛地驚醒，眼睛還沒睜開就往外跑。

下午訓練的時候，周淩雲特意命人在白洛因的房間安裝了特殊警報器。如果周淩雲只想訓練他一個人，就可以按這個特殊警報器，這樣一來只有白洛因的房間會響。

所以，偌大的訓練場只有白洛因一個人。

幸好還有一架戰機，白洛因心裡稍稍鬆了口氣。看來今晚的任務主要在飛機上，這就意味著他不需要耗費過多的體力了。

——等下，為什麼戰機底下還拖著一條長長的繩子？

正想著，周淩雲陰沉的聲音在耳畔響起。

「你把這根繩子繫在腰上，憑藉著腰部的力量來拉動這架戰機。我不給你提太高的要求，你看好了，只要五十米，今兒晚上完成這個任務，就可以回去睡覺了。」

努力了將近兩個鐘頭，白洛因才拖了兩米不到，腰上已經勒出一圈紅痕。

周淩雲難得發了一次善心，「今兒就到這吧，你先回去休息，剩下的四十八米明天繼續。」

白洛因卻很固執，「不，我必須得拖完五十米再回去睡。」

周淩雲打了個哈欠，「那我回去睡了，你自個在這拖吧。」

眼瞅著周凌雲走遠了，白洛因也偷摸溜回了宿舍。只不過他不是回去睡覺，而是另有目的。

顧洋正靠在床頭吸菸，聽到門響，瞇縫著眼睛朝白洛因看過去。

「任務完成了？」

「沒有。」白洛因咕咚咕咚喝了幾大口水，聲音裡掩飾不住的疲倦，「師長允許我回來歇十分鐘，一會兒繼續。」

顧洋看到白洛因整個人像是被水洗過的，忍不住問了句，「什麼任務這麼難完成？」

「用腰拖戰機走五十米。」白洛因用袖子擦擦汗，「我剛拖了二米不到。」

顧洋冷哼一聲，「又是周凌雲的餿主意？」

白洛因若有若無地嗯了一聲，抵擋不住倦意，說著說著就睡著了。睡了不到十分鐘，自動起身往外走，腳步有些踉蹌，表情看起來異常痛苦。

顧洋的臉色有些複雜。

白洛因沒有去訓練場，而是去了士兵宿舍，揪出幾個夜聊的兵蛋子，把他們拽到訓練場，命令他們把戰機往前拖動十米，然後讓這些士兵站成一排，看著他躺在戰機裡睡覺，他們幫忙盯梢，並負責提醒時間。

「首長，時間到了。」

白洛因伸了伸懶腰，精神抖擻地走出機艙，朝宿舍的方向走去。回到宿舍，白洛因又裝出一副痛苦不堪的表情，齜牙咧嘴地揉著自個的腰，然後咕咚咕咚喝水，又靠在沙發上裝睡，十分鐘之後再次起身走了出去。

回到訓練場上之後，白洛因又讓那些士兵把飛機往前拖十米，他躺在飛機裡睡覺，到了點兒就回宿舍打個卯56。如此折騰了三、四次，眼瞅著天都要亮了，顧洋還沒闔眼。

終於，在白洛因最後一次走回宿舍的時候，顧洋朝他晃了晃手裡的圖紙，「別再去了，立刻上床睡覺。」

白洛因把舌頭咬破一小塊，然後用力咳了幾聲，咯出來的唾沫都帶著血絲。

「還有一米。」白洛因說得無比艱難。

顧洋又晃了晃圖紙，「我沒和你開玩笑，你要敢邁出宿舍一步，明天這張圖紙就會跑到別人的手裡。」

「惹他還不如惹你。」白洛因扔下這句話就走出了宿舍。

到了訓練場上，看著那些士兵說：「你們可以回去了，記住，有床可以睡是一種恩賜。如果你們再不好好珍惜，睡覺的時間在床下亂晃，我就把你們叫到這來拖飛機。」

幾個士兵全是一臉心悸的表情，表示再也不會犯同樣的錯誤了。

白洛因用心良苦地看著他們離去的背影，然後，把繩子綁在自個的腰上，開始奮鬥那剩下的一米。

那些士兵走後不久，顧洋就來到訓練場上，天還是黑的，不遠處那個奮戰的身影卻那樣的清晰。

顧洋從未見過這樣狼狽的白洛因，在他眼裡，白洛因一直都是英姿勃發、盛氣凌人的，永遠都高昂著頭，從不輕易顯露他的脆弱。

但是這一刻，顧洋看出了白洛因心裡的那份脆弱。

這八年來，他究竟受過多少非人的訓練，才能讓他對自己恨得如此徹底。

一看到顧洋，白洛因更有勁了，加上剛才睡覺補足的精力，剩下的這一米很輕鬆地完成了。不過他還是裝作一副體力不支的樣子，剛完成任務就立刻倒在訓練場上。

顧洋卻沒去顧海的公司，而是去了另一個地方。

中午，白洛因正在和周凌雲一起吃飯，門突然被踢開，顧洋那張臉出現在二人面前。

「周師長，不好意思了，您涉嫌出賣國家機密，現奉命將您逮捕。」

周凌雲不愧是個老江湖，聽到這話，臉上的表情竟沒有絲毫變化。

「那好，我現在就陪你們走一趟。」從容地伸出手，被人戴上手銬，然後穩步朝警車走去。從顧洋身邊經過時，別有深意地看了他一眼。這一眼若是一般人接了，這輩子都睡不了一個踏實覺。可顧洋接了，頂多就是心裡彆扭一陣而已。

白洛因佯裝一副憤怒的表情拽著顧洋的領子，「你竟然玩真的！」

「我已經警告過你了，是你不配合。」

白洛因的眼神訥訥的，沒有半點兒神采。

顧洋好心提醒一句，「放心，他死不了，頂多就是被折騰幾天。」

廢話，我當然知道他死不了……白洛因心裡暗暗回了句，我還知道他出來之後，你倆會有一場激烈的較量，我會叫來你那仁厚的弟弟，站在旁邊為你們加油鼓勁的！

56：「報到」之意。

59.

顧海在顧洋的公司待了近十天，基本把顧洋公司的底兒都摸透了。顧洋公司裡的東西，大到進口的機器設備，小到辦公室的工藝品，只要顧海看上了，一律命人運送到北京。他還以縮減開支為由，將資金投入削減到原計畫的三分之二。至於那三分之一哪去了，除了顧海沒人知道。

「叮咚！」

「請進。」

進來兩個西裝革履的年輕小夥子，全是熟悉的面孔，這段時間顧海往外輸送的東西，全是這兩個人負責的。

「顧總，您讓我們運走的那批樣品全部被打回來了。」

「打回來了？」顧海微斂雙目，「為什麼？」

兩人還沒說話，一聲陌生的聲音傳了進來。

「我讓運回來的。」

突然閃出的一個身影，讓顧海神色一滯。該人身材修長，模樣英俊，兩道目光像是帶了電一樣，隨便往哪一看都是火花四射。

當然，顧海之所以關注他，並不是因為外貌，而是覺得有種似曾相識的感覺。

「你們先出去吧！」顧海淡淡地朝那兩個小夥子說。

辦公室只剩下兩個人，顧海才開口問：「為什麼運回來？」

對面的男人冷著臉說：「我們公司的東西，為什麼要往外運？」

「我不是解釋過了麼？這些東西不是售賣品，只是一個半成品，需要投放到市場上進行試用……」顧海一邊說著，一邊滑動滑鼠，尋找著人事檔案。終於，他找到這一頁：佟轍，二十八歲，總裁助理以及副總經理。

「甭找了，我乾脆來個自我介紹算了。」

顧海的臉色變了變，他在這待了近十天，幾乎沒人認出他來，可這個佟轍，竟然剛一進門就知道他不是顧洋，可見這傢伙和顧洋的關係應該相當親密。

「你怎麼看出我不是顧洋本人的？」

「感覺。」佟轍回答得很隨意。

顧海饒有興致地看著佟轍，「為什麼前些日子沒看見你？」

「出國剛回來。」佟轍坐到沙發上，修長的腿直接搭在茶几的一角，目光若有若無地瞟著顧海，「你來了多久了？」

「快十天了。」顧海如實相告。

佟轍淡淡一笑，「十天……那公司裡的東西應該被你偷得差不多了。」

「怎麼能叫偷呢？」顧海從容地點了一根菸，「你們公司的經營管理方面存在著很大的漏洞，我是來修繕的，如果你們公司再按照這個模式走下去，離倒閉不遠了。」

「修繕？」佟轍冷笑一聲，「我們公司生產的是高端產品，你採用集約精簡的方式，你是讓我們向中國的黑心商販看齊麼？」

「你們難道不黑麼？上上下下幾千號人，資金流動經過幾個環節，真正投放到生產領域的資金絕對比我最初給的要少得多。」

佟轍微微瞇起雙眼，「所以你就把這筆資金畫入自個公司的帳目中，所謂肥水不流外人田？你這是在幫你們顧家斂財麼？」

「我不介意你把話挑明。」

佟轍的目光突然變得狠厲，「把資金全部轉回來，東西全部歸還，我就不再追究這件事。我這有你違法亂紀的所有證據，如果你不想損失更大的話，最好按照我的要求去做。」

顧海從辦公椅起身，坐到佟轍旁邊，熾熱的目光掃到他的臉上。

「我突然想起來，我還有一件東西沒拿走。」

佟轍懾人的目光與顧海冷冷對視，顧海突然擰住了佟轍的脖子，將他的臉拉到距離視線不足兩公分的地方。

「你也跟我走吧！」

佟轍狠狠攥住顧海的手腕，手背上的青筋全都擰在一起。

「你的公司不是不招男員工麼？」

顧海目光爍爍，「我可以給你破例！」

審訊室外，顧洋正和逮捕周淩雲的警官喝著茶。

「情況怎麼樣了？招了麼？」

「我們只負責關押，不負責審訊，他即便招認了，也不歸我們受理。再過兩天就要押送到軍部了，這種重大案犯，審理起來是相當麻煩的。」

顧洋狠狠皺起眉毛，神色凝重。

「也就是說他這幾天過得很滋潤？」

警官立刻領會顧洋的意思，臉上露出為難的神色。

「這種國家幹部，我們哪敢擅自動手啊？姑且不說他能不能出去，就算他不出去，他的親戚兒子，哪個是我們惹得起的？」

顧洋點點頭，陰騭的目光掃向警官。「我可以代勞。」

警官的臉上露出驚愕之色，「別介……真要是出了什麼岔子，您不是還得受牽連麼？就算您和他有什麼過節，也可以假借別人之手來整他啊，自個動手，也太……」

「放心。」顧洋打斷了警官的話，「真要出事了，第一個把你洗出來。」說完，冷著臉朝審訊室走去。

成功將矛盾轉移之後，白洛因難得有了兩天的休息時間，他把電腦立在旁邊，打開視訊，和顧海連線。

「你還挺會享受啊！」顧海看著被窩裡的白洛因，忍不住感慨了一句，「你這都躺進被窩了，我還在辦公室忙乎呢！」

白洛因頹靡的視線朝顧海投了過去，「忙什麼呢？」

「我的身分暴露了，今兒公司裡來了個副總，也是我哥的助理，他一眼就看出我不是顧洋了。你瞧瞧人家，你再看看你，都和我睡了這麼久了，還能認錯人。」

顧海本想給白洛因嗆火，讓他吃個小醋，不想人家自動把後面一句話刪除了。

「身分暴露了？」白洛因神色一緊，「那他豈不是會把這些事告訴你哥？你哥現在還在你的公司興風作浪呢！他要是知道你做了這些事，不得把你公司給抄了？」

「你也太瞧得起他了，我的手裡握著國家重點專案，他有幾個膽兒敢和軍部對著幹？何況那個助理也不會把這邊的情況告訴我哥，你的這些擔心都是多餘的。」

「你怎麼知道他不會告訴？」白洛因反問。

顧海微微揚起嘴角，「感覺。」

白洛因的黑眸斜了顧海一眼，「剛認識一天就心靈相通了？」

「嗯，一見鍾情。」顧海說得挺認真。

白洛因哼笑一聲，「那你幫我謝謝他，謝謝他拯救了我。」

顧海的表情立刻從玩味變成了猙獰，這麼大的跨度，一下把白洛因身上所有的不適都掃光了。

「找揍吧？」

白洛因把被子掀開，身下塞了一個枕頭，屁股墊高，一副挑釁的表情看著顧海。

「你揍吧！使勁揍！怎麼不揍啊？有本事你把手伸出來啊！」

顧海眼睛都紅了，那股熾熱的火焰差點兒燒到螢幕外。

「怎麼著？還想脫褲子揍啊？」白洛因真把褲子褪下來一半，邪光瞥向顧海，「這回行了吧？快動手吧！」

顧海那張臉都快鑽到螢幕裡了，白洛因渾圓立體的雙臀就那麼大剌剌地挺著，身體愜意地舒展在床上，像是一隻勾人到骨子裡的野豹子。

「你把電腦再往你身邊挪挪，我看不清。」顧海嗓子都沙啞了。

白洛因搖頭晃腦的，就是不搭理顧海，存心折騰人。

「寶貝兒，媳婦兒，小因子，小驢兒……」顧大少開始賣萌。

白洛因幽幽地問了句，「還一見鍾情麼？」

「一見鍾情？這是個成語麼？我怎麼沒聽說過？」

白洛因：「……」

60.

鬧夠了之後，顧海突然對白洛因說：「因子，你瘦了。」

「你看走眼了吧？」白洛因摸摸自個的臉，「我最近吃的都是高脂肪的東西，怎麼可能瘦呢？」

「瘦了一斤。」顧海說。

白洛因一副質疑的表情，「一斤都能看出來？你也太神了。」

「別說一斤了，一兩我都能看出來，不信你去么么[57]。」

白洛因果真站到了不遠處的體重計上，低頭看了一眼，一副鄙視的表情。這二五眼[58]，真能矇人，明明胖了兩斤。

「那是因為你穿的衣服太重了，上次你么的時候沒穿衣服。你把衣服脫了再么一遍，我保證你會少三斤，不信你就試試。」

白洛因剛要脫衣服，突然意識到了什麼，扭頭一看，某隻狼的目光正賊兮兮地盯著他看。姥姥的！竟然給我下套……白洛因忍不住齜牙，幸好我反應快，不然真傻呵呵地在他面前脫光了。

白洛因鑽回被窩，顧海一個勁地在那頭抱怨，「都老夫老夫了，至於那麼害羞麼？」

白洛因對燈發誓，他真不是害羞，腰上那麼一圈大血印子，真要讓顧海瞅見了，他得急得從螢幕裡鑽出來。

「累著呢，不想折騰。」白洛因把自個捂得嚴嚴實實的。

顧海心疼地看著白洛因，「那你把小因子放出來，我和它折騰，你睡你的。」

「草！有區別麼？」白洛因氣結。

顧海剛要說話，那邊突然傳來一陣樂聲，聽著像門鈴的聲音。很快，顧海起身離開電腦，看來真的有人來了。

白洛因迅速把視訊掛斷，然後趁著這個時間下床秤體重。這就好比一個人告訴你吃了烏鴉眼能看見鬼，雖然你不相信，可你為了驗證這句話的真假還是想去試一試，白洛因現在就是這種心態。

白洛因脫得光溜溜的，站到體重計上，結果發現真的少了三斤，一兩都不帶差的，再么還是一樣。他把睡衣和鞋穿好，再次站到體重計上，發現立刻多了三斤。也就是顧海所說的白洛因瘦了一斤完全正確，他對自個的觀察真的細緻入微到了這種地步？還是瞎貓碰上死耗子了？

正想著，電腦響了，白洛因看過去，是顧海發送的視訊邀請。

「怎麼掛斷了？」顧海問。

白洛因找了個很好的理由，「看你那邊來人了，我怕他看到之後會懷疑，為了保險就先關上了。」

顧海溫柔一笑，「用不著，剛才進來的人就是佟轍，我之前和你提到的那個助理。」

「這才認識一天，就這麼心無戒備地相處了？」白洛因的語氣裡明顯透著一股酸味。

57：秤重量。

58：京劇的「板眼」有兩板三眼、兩板四眼、兩板六眼，但沒有兩板五眼，簡稱二五眼。衍申意義為二百五、不可靠。

顧海直想去咬白洛因那倔強的嘴唇，如果不是看到白洛因疲倦的面孔，他一定趁機多逗他幾句。可看到他那副昏昏欲睡的模樣，心裡不落忍，便沒再說什麼刺激性的話。

白洛因就這麼開著視訊睡著了，就在顧海的眼皮底下，心無防備地睡著，呼吸聲靜謐而悠長，傳到顧海的耳朵裡是那樣的醉人。

顧海躺到床上，把電腦放在枕邊，就那麼看著白洛因睡。半夜，顧海頻頻醒來，白洛因踹被子、起夜、說夢話……顧海統統都知道。

顧海最後一次醒過來，白洛因的胳膊和腿都晾在外邊，顧海忍不住說了一句，「因子，把被子蓋好。」

白洛因真的聽見了，而且把胳膊和腿都收回去了，不僅如此，他還把電腦給摟過來了。

顧海剛要誇一句聽話，就發現眼前只剩下黑糊糊的一片。

顧洋走進審訊室，眼前的情景讓他眸色一沉。周淩雲靠坐在牆上，一條腿屈起，另一條腿傲慢地舒展著，眼睛微微瞇著，嘴角的笑容硬朗厚重。

他的手指上還夾著一根菸，幾天的禁閉並沒有給他的情緒造成任何影響。他還是那樣悠然地坐著，目光沉穩，神色淡定。

看到周淩雲這樣，顧洋心裡的氣就不打一處來。他必須要在這兩天折騰夠本了，一旦周淩雲被壓回軍部，事實真相很快會被揭開，到時候他再想嫁禍也沒機會了。

「周師長，在這待著感覺如何？」顧洋瞇著眼睛看向周淩雲。

周淩雲慢悠悠地吐出一個菸圈，淡淡說道：「清靜。」

顧洋幽幽一笑，「清靜？比低壓艙裡還消停麼？」

言外之意，顧某我今天就是來報仇的，你就乖乖受著吧！

很快，十幾個大漢闖入屋內，並抬進來一口水缸，三五個人衝上前，一把架住周淩雲，將他的頭往水缸裡面按去。

顧洋抬起腳，鞋底狠狠壓在周淩雲的後腦勺上，陰冷的聲音透過冰涼的水波傳到周淩雲的耳朵裡。

「既然你這麼喜歡無氧的環境，那我就讓你好好享受一下。」

這是一種從身體到精神的侵犯，從未有人敢把腳踩在周淩雲的頭上，顧洋是第一個。

時間一分一秒地過去，顧洋一直在等著周淩雲的掙扎和抽搐。然而，直到幾個大漢的手都酸了，顧洋的腳也麻了，這個傢伙還沒事人一樣地扎在水裡。

「十分鐘了……」一個大漢忍不住在一旁提醒。

顧洋眸色一緊，已經十分鐘了？還沒動靜，不會死了吧？

命人將周淩雲的腦袋從水裡拔出，看到一張濕漉漉的臉，還有一雙炯炯的雙眸。

顧洋一驚，草！竟然沒事！

「接著給我按下去！」我就不信這個邪了，顧洋陰狠的眸子直逼著周淩雲的臉。

這一次到十二分鐘，把周淩雲的頭從水裡拔出的時候，他依舊神氣活現的。顧洋又命人把他按下去，每次都拖延一、兩分鐘，看到他沒事，再接著把他按下去，就這麼翻來覆去地折騰他。

到了十六分鐘的時候，押著他的那些人腦門都冒汗了，這是人麼？草……真要把這號人物惹毛了，會不會死得連渣兒都不剩。

顧洋算是觸到死穴了，周凌雲是什麼人？一個最喜歡和身體做鬥爭的人。他閒來無事就喜歡鑽進真空艙，在無氧環境裡修煉內功。他是空軍飛行員中完成危險任務最多的，也是安全飛行時間最長的，他的戰績至今無人匹敵。

顧洋暗暗想道，空中王牌的名頭果然不是蓋的，怪不得出了這麼大的事，他還能安然無恙地待在這。這種極品真是百年難遇，看來，他就是為飛行界而生的。

這一次長達二十分鐘，等周凌雲被撈起來時，已經「幸福」地昏死過去了。整個過程中，他都沒有掙扎過一次，也沒移動過分毫。

「算你是條漢子。」顧洋命人把周凌雲搶救過來。

很快，周凌雲醒了，沒有絲毫萎靡虛弱之態，目光一睜開便是冷銳強硬的，讓人不敢直視。

顧洋看到擺在旁邊桌子上的飯菜，神色一凜，立刻將碗裡的饅頭拿出來，一邊把玩著一邊打量著周凌雲。氣氛營造夠了之後，顧洋突然轉過身，直接將饅頭扔到地上，饅頭打了幾個滾之後，裹了一層的土。

你以為這就是顧洋的底線了麼？儼然還不夠。他用腳踢了踢那個饅頭，幽幽地說：「這麼髒，恐怕沒法吃了，不如我給你洗洗吧。」

然後，顧洋把褲子脫了，滿意地看著饅頭被尿液浸泡，顧洋把目光轉向周凌雲身邊的兩個大漢，示意他們把這個饅頭餵給周凌雲吃。

周凌雲被七、八個人按著，硬是將整個臭饅頭塞了下去，過後，那些大漢恭順地站到兩邊，顧洋走了過去。

他蹲下身，眉眼間都是戲謔之色。

「周師長，味道怎麼樣啊？」

周淩雲不予作答。

顧洋薅起周淩雲的衣領，視線陰鷙冷銳地逼視著他，「就算不能在你身上留下一個傷口，我依舊能讓你生不如死。」

周淩雲目光幽深，看不到裡面暗藏的真實情緒。

「周師長，你還沒告訴我呢，這個饅頭味道怎麼樣？」

周淩雲終於把目光移到顧洋的臉上，「你真的想知道？」

顧洋還沒來得及回答，就被周淩雲反手按在地上，而後便是一段重口味的深吻。顧洋眼眶欲裂，目光死死盯著周淩雲身後的那幾個大漢。那幾個大漢剛反應過來，等他們把周淩雲強行拖開的時候，人家早親夠本了。

顧洋哪想到周淩雲會用這招，當即氣得半死，可再生氣也得宣告暫停。顧洋平時聞著不喜歡的香味都會受不了，更甭說這味兒了，簡直噁心得他肝膽俱裂。

呸呸呸呸呸！

顧洋從審訊室出來就一直刷牙，刷得琺瑯質都少了一層還是覺得不乾淨。越想越他媽的噁心，顧洋差點兒把刷牙杯給摔了。

從浴室走出來，顧洋聽到手機在響，拿起來一看，已經有N條未接電話了。

「總經理，我們的產品倉庫進賊了，大量奢侈品被偷，箱子都是密封完好的，可今天我們開箱檢查，發現箱子裡面都是磚頭！」

「總經理，公司帳目上莫名其妙地少了一大筆錢。」

「顧總，公司網路系統遭駭客攻擊，很多財務資料洩露了。」

「小顧啊！你們公司最近怎麼總是出事？今兒又送進來一個高管，在夜總會開槍傷人，我們已經將他逮捕了，你盡快回來吧，別把事鬧大！」

顧洋的臉色越來越難看，接到最後一個電話的時候，忍不住咆哮出聲。

「早幹嘛吃的？為什麼現在才通知我？!」

那邊囁嚅一陣，小心翼翼地說：「之前您不是一直都在公司麼？就今天沒在，我們才給您打電話的。」

顧洋心裡咯噔一下，迅速撥打了顧海的號碼。

無人接聽……

感人肺腐推薦——

腦洞開到最大的極致妄想，浪漫得教人上癮！

占星專家／唐立淇

相信很多對ＢＬ有興趣的人都跟我一樣，因為追了網路劇的關係，開始回頭尋小說來看，畢竟，劇裡很多細節沒顧到，看得人一頭霧水。好比顧海對白洛因產生興趣的開始與原因，怎麼沒頭沒腦被罵幾句後就「眼裡只有他」了？讀了小說，才知原來白洛因字寫得好看，而顧海是個字控，這才恍然大悟。

讀《上癮》小說也讓我終於大大滿足，從等劇的焦慮中被拯救，雖然第二季遙遙無期，但反正已看過第一季了，知道後面的劇情，所有畫面都可以自動腦補，誰叫我們是有特異功能又擅長妄想的腐女呢？

唯一要敬告「圈外人」的是，請勿以文學的標準看待ＢＬ創作，若以此為準，《上癮》絕對有許多值得吐槽之處：好比父親把兒子關在地洞八天不吃不喝，這真的很不實際啊！照說到第三天，人就會死了吧，哪有父親還能無動於衷？或墜機在全世界都尋不到的地方，愛人卻能第一時間自帶ＧＰＳ般搜尋而至，成就分離八年後，終能「綁在一起，哪都別想去」的夢幻療癒場景（當然是療癒腐女）……

通篇之中，諸如此類「不合理但腐女能接受且釋然」的安排比比皆是，因為那都是超受歡迎的老哏，而能成老哏，就因為管用、受歡迎啊！因此要問的並非劇情合不合理，而是老哏運用巧不巧妙，不用老哏，腐女才悶呢。

所謂老哏，就是用不可思議的阻礙來凸顯熱戀忠貞；面臨死亡才知道愛有多濃烈（只能瀕死不能真死）；集優點於一身，卻對愛虐待他的人死纏爛打，才顯得出專情至極……是的，我們終生都在期待這種不切實際能發生在自己身上吧，否則怎會被這些不合理吸引？（是的，我們自己知道）。那，既然都不切實際了就不切到底吧……畢竟我們知道老哏的作用是什麼，畢竟尋常強度已不能動搖心旌，腦洞只能一開再開，才能得到我們的笑容。

這也是許多腐女親自下海動手創作的原因，靠人不如靠己，乾脆當起自耕農，妄想自己來，腦洞沒有最大只有更大，能寫出妄想本身就很幸福、很過癮了，若能得到他人共鳴更棒。柴雞蛋絕對是箇中翹楚，《上癮》劇情蜿蜒曲折，內心鋪陳到位、細膩，毫不打折，主角個性夠鮮明，俊美的強攻ＶＳ強受又更增添風味，難怪讓人一吃上癮。

嗯，這是部能滿足腐女妄想的ＢＬ創作無誤，也能勾起「有為者亦若是」的雄心，是否該把高中時寫的ＢＬ小說再拿出來瞧瞧、繼續寫下去呢？

STORY 系列 012

上癮4

作　者—柴雞蛋
主　編—陳信宏
責任編輯—尹蘊雯
責任企畫—曾睦涵
美術設計—黃庭祥
校　對—王瓊苹

董事長—趙政岷
總編輯—李采洪
出版者—時報文化出版企業股份有限公司
一〇八〇一九臺北市和平西路三段二四〇號三樓
發行專線—（〇二）二三〇六六八四二
讀者服務專線—〇八〇〇二三一七〇五
（〇二）二三〇四七一〇三
讀者服務傳真—（〇二）二三〇四六八五八
郵撥—一九三四四七二四　時報文化出版公司
信箱—一〇八九九臺北華江橋郵局第九九信箱

時報悅讀網—http://www.readingtimes.com.tw
電子郵件信箱—newlife@readingtimes.com.tw
時報出版愛讀者粉絲團—http://www.facebook.com/readingtimes.2
法律顧問—理律法律事務所　陳長文律師、李念祖律師
印　刷—紘億印刷有限公司
初版一刷—二〇一六年六月三日
初版三刷—二〇二一年五月十七日
定　價—新臺幣二九九元

時報文化出版公司成立於一九七五年，
並於一九九九年股票上櫃公開發行，於二〇〇八年脫離中時集團非屬旺中，
以「尊重智慧與創意的文化事業」為信念。

上癮4 / 柴雞蛋著. -- 初版. -- 臺北市：時報文化, 2016.06
冊；　公分. --（STORY系列；12）
ISBN 978-957-13-6641-8（平裝）

857.7　　105007545

ISBN 978-957-13-6641-8
Printed in Taiwan